馭禽長征

4 詭異空間

龍人 策劃　雨魔◎著

故事簡介

紳士大盜楚天，歷盡艱苦，終於找到了雅瑪人價值萬億的藏寶地，
卻因一時好奇，而意外喚醒了封印千年的逆世天禽，被移魂奪魄，
莫名其妙來到一個被鳥類統治的異世星球，故事從此展開。

禽鳥世界美麗而富足，但由於神權與王權的激烈衝突，
再加上虎視眈眈的百萬戰獸，誓雪前恥的四方海族，
天鵬盛世並不如表面那樣和諧、平靜，一切只是風雨驟來前的假象。

鳥身人腦的楚天，努力學飛，抗拒吃蟲，
卻因一時嘴饞，吃下鳥蛋而引起眾怒。
即將被處以極刑的楚天，
卻因神權與王權的制衡而僥倖生還，且因禍得福晉升為啄衛。
機緣巧合之下，楚天收了一隊天牛軍團為部下，
意外成為孔雀崽崽的「媽媽」，並獲孔雀忠心家臣鴕鳥的相助，
繼而結交鴨嘴獸王和不死之神始祖鳥，
屠戮擁有傲世真言的黑天鵝和火鳳凰，得到神級羽器幽靈碧羽梭，
戰敗了不可一世的大雷鵬王和海族幻龍大帝，威名震懾天下。

一座座天空之城在他腳下顫抖，
鳥、蟲、獸、海四族的屍體和鮮血鑄就了他逆天禽皇的威名！

馭禽齋傳說

人物介紹

禽皇：萬年前率四王作亂，被神王兩權陰謀鎮壓，流放到外界，萬年來懷著復仇的念頭存活，大盜楚天巧合之下觸碰禁忌，思想留在楚天腦海裏，把自己的一切都給了楚天。

楚天：因尋找寶藏穿越到鳥人世界的彪悍大盜，其腦海裏有著禽皇的思想，修煉九重禽天變，在鳥人的世界裏一步步建立屬於自己的勢力，得到禽皇寶藏之後開始爭雄，破神權鳳凰，滅王權鯤鵬。擁有神級羽器幽靈碧羽梭、烈火黑煞絲，頂級羽器大日金烏、修羅鳥語針。

吉娜：機緣巧合之下跟在楚天身邊，漸漸看清了神王兩權的本來面目，對楚天暗生情愫，對楚天裨益極大。

獨眼：楚天在血虻沼澤收服的恐怖天牛隊首領，通過自己不斷修煉，領悟蟲族力量，最終隨著楚天一起在鳥人世界橫行。

崽崽：孔雀王系一族嫡系後人，本來是楚天在血虻沼澤拾取的一個蛋，活潑可愛，跟在楚天身邊漸漸成長，在楚天的幫助下奪取綠絲屏城政權，擁有孔雀一族王系神級羽器孔雀翎和孔雀明王印。種族異能「孔雀屏」。

特洛嵐、伯蘭絲：孔雀家臣鴕鳥一族的兩位族長，結爲夫妻，爲尋找主上的後裔在陸地上待了百年，找到崽崽之後一直待在楚天身邊，對楚天在鳥人世界成長稱霸幫助極大，成爲其左膀右臂，兩人分別擁有頂級羽器虯翼和碧波粼羽刀。種族異能「坐地裂」。

馭禽齋傳說

卷四 暗殿迷蹤

CONTENTS

目錄

第一章 凶威震霄

天空的雲彩如眾人心中的情緒，正是風雷激蕩。只是不論如何波動，都不能掩蓋那一份讓人壓抑的陰霾。

就在剛才，隨手一擊就將自己等人心目中的殺神德里克擊斃，亡命禿鷹再次展現出他遠遠超越凡鳥的能力。經過無數殺陣，可以說是被血河浸染過的眾雕鴞戰士，已經被這天地間獨存的鳥中霸王震懾了心魂。

「看來我還是有些小覷了他。」對於楚天此刻表露出來的無上神威，伊格納茨也是心神大震，她一對美目中泛著異彩盯著身在半空的男人，暗暗轉動心思。

正如楚天所顧慮的，伊格納茨並非單獨一人，她需要爲自己的族人考慮，如果只是因爲一個已經過氣的承諾、一件早已換了主人的超級神器、一個讓自己揣摩不透的雄性鳥人，就這樣孤注一擲將所有族人的性命以及前途押下去，她不敢！所以直到此刻紅頂鶥的族長才真正作出決定，爲了幫楚天成就霸業而殫精竭慮。

除了伊格納茨心中惴惴外，特洛嵐和伯蘭絲同樣爲楚天爆發出的驚人氣勢感覺到內心一震，不過兩隻鴕鳥畢竟已經陪同楚天經歷了不少的事情，他們很快就恢復過來了，他們默默運用靈禽力做好了防禦準備，盯著半空的楚小鳥等候著他下一步的行動。

「幽靈碧羽梭，顯形吧！」傲立虛空的楚天身體四周逐漸翻湧起一團團紫金色的煙霧，它們好像醞釀暴雨的雲團在翻滾在喧騰，隨著楚小鳥的大喝，他和幽靈碧羽梭之間形成一種讓人能感覺到的聯繫，彷彿兩者融爲一體，生命共用。

瞬息之後，幽靈碧羽梭已經成長到一個不可思議的地步，它幾乎籠罩了整片天地，在所有的雕鴞集團軍感覺到一股來自靈魂深處的戰慄後，楚天臉上突然揚出了一個微笑。

「諸位，咱們也沒有什麼奪妻殺父之仇，沒必要非拚個你死我活，要不你們都睁隻眼閉隻眼，讓我們走了算了。」楚天口中笑瞇瞇說出的這句話，差點讓特洛嵐幾個人暈倒，畢竟，楚小鳥前後表現的差異實在是太巨大了。

其實特洛嵐等人可是誤會楚天了，他也不想給人這樣小人的印象，但是沒有辦法啊，他現在並不確定以他半王的實力和特洛嵐三人能不能將這上千雕鴞們幹掉，若是幹不掉的話，小聖女吉娜以及崽崽豈非完蛋了？當然，楚天也很擔心自己的安危。

這樣想著，楚小鳥最終決定示敵以強，來個扮老虎嚇豬，鎮住這些雕鴞，然後談判，爭取和平解決。

楚天的想法是很美好，但人家這群傢伙卻明顯不知道什麼叫「得過且過，難得糊塗」。本來被楚天的威勢所鎮住的三魂七魄，終於在他說出談判的言語之後，回歸到了眾雕鴞的軀殼裏。

楚天溫言相詢後在半空中看著這群雕鴞，又偷偷地給特洛嵐等人使眼色，示意他們悄悄退出週邊。楚小鳥並沒有傻傻地等傻雕鴞給自己回覆，那只是給他們個台階下。

如此他正想說話離開，卻見那些雕鴞突然爆發出一陣澎湃的殺氣，眾鳥發出一聲整齊的呼吼，手中的羽器化作離弦的箭射向了悄悄向外退走的特洛嵐等人。

「殺了他們，爲將軍報仇！」大喝聲中雕鴞們瘋狂地擁了上來。

一看這種情形。楚天急了，奶奶的，給臉不要臉啊。心中暗罵著，楚小鳥身形如疾風般在空中晃了一圈，手大力地一揮，一團靈禽力便化作一面氣牆擋在特洛嵐等人身前。

當然，楚天並沒有指望這一下就能擋住眾雕鴞好像烏雲一樣的刺叉，他不過只是阻止一下，好給特洛嵐等人爭取時間，讓他們有時間調動靈禽力。

這點不能不說楚天是杞人憂天了，他有防人之心，特洛嵐、伯蘭絲及伊格納茨也不是省油的燈。這三個人，前兩位是擁有幾輩子經驗的鴕鳥族族長，而後者更是在比烏鴉還黑的神殿薰陶出來的聖女，他們早就明白光靠威嚇根本不可能在狂熱的雕鴞手下全身而退。

可，不論是人還是鳥，只要是智慧生物，都有一種心理，那就是總愛向好的方面去想，哪怕只有一點希望，也會像抓住救命稻草般試上一試。

如此，在雕鴞們咆哮著將手中的羽器扔過來的時候，三個人都已經發動，綠白銀三色光華閃爍，三層顏色不同卻同樣堅固的護罩已經籠罩在五人跟前。

長刺叉好像蝗災肆虐時漫天飛舞的蝗蟲，帶著尖銳的破空呼嘯聲射在了由楚天布設的第一層結界上，隨之響起的是無數如清泉敲打石壁的「叮咚」聲，由稀而密，眨眼之後，匯聚而成的聲音讓整個山谷都震顫起來，由此導致上方的石塊滾滾而落。

「咚！」一聲脆響，隨後那面紫金色的光牆就好像冰凍後的玻璃般撕裂開來，最終化作無數光斑消散在空氣中，眾「蝗蟲」卻鍥而不捨地繼續射擊，突進了特洛嵐布置的銀色光罩。

一看這個情形，楚天真是惱了，這群傻鳥，居然真想將他們幾個攔下來？

抬頭看看上面，雖然眼睛無法看到，但意識裏已經可以感覺到聖鸞城上面的嘈雜，這肯定是有人發現了自己等人，要是再耽誤下去，自己這幾個人就鐵定要交待在這裏了。

心中一發狠，楚天也不在乎如果雷霆一擊是不是會讓自己完全與神權派徹底分裂完全無轉圜之地了，他在半空中的身體開始以某種暗含神秘韻動的姿態飛舞起來。

隨著楚天作出決定，一直懸掛在眾人頭頂的幽靈碧羽梭開始了靈動的變化。

在天空眾轉了一圈，楚天口中念念有詞，神器幽靈碧羽梭在準備了半天終於發威了，那好像水晶般的萬千光劍好像空對地導彈一樣，帶著讓人可怖的呼嘯，直接射向那群不識好歹的雕鴞集團軍。

萬劍齊發，威勢驚人，在「嗖嗖嗖」的破空聲中，所有的光劍都在陽光的照耀下泛射出絢麗的色彩，這種美麗的色彩竟直接將天空掩蓋。

而在一旁抵擋雕鴞攻擊有些力不從心的特洛嵐等人則被這種情形再次鎮住了，這，這，這也太強悍了吧。在那樣美麗的場景下就是身爲夥伴的自己等人也都能感覺到上面凌厲的寒意。

可能是楚天還不能更好地控制神器的原因，這些光劍速度並不相同，有快有慢，很多光劍落空，打在山石水澗間，激起無數粉碎的石屑和晶瑩的水花。但有句話說得好：「絕對數量代表絕對質量，絕對質量也等同絕對數量」，在數倍光劍的打擊中，仍是有很多雕鴞慘號著倒下了身形。

光劍不止發射的樣子像空對地導彈，就連碰觸到實體後的場景都與導彈相同，除了將人刺穿外，更是在隨後爆炸開來。

光劍炸裂帶起無數七彩光斑的同時，陪伴的還有蓬蓬惹人眼球的鮮豔血花，激灑在這景色宜人的谷地間。

那一瞬，緊護在吉娜和崽崽跟前的伊格納茨幾乎有一種錯覺，若是神殿的神殿畫師在這裏，肯定會爲這一幕而產生超脫於思想範疇的靈感，畫出一幅驚天動地的著作。

楚天此刻真正地化作了勾魂的使者，他的眼裏沒有憐憫沒有波動，既然作出了選擇，那就必須承受選擇後的結果。

整個場面彷彿古戰場般，死亡，死亡，還是死亡，曾經的最強大的神殿軍隊，此刻就彷彿待宰的赤裸羊羔，在屠殺面前無助地呻吟。如此情形，就連特洛嵐都心生不忍，他的眼球都被血映紅了……

狀況雖然慘烈，但你不可否認眾雕鴞確實算得上真正的軍人，在知道不可能先一步將特洛嵐等人幹掉後，他們立刻轉換了攻擊方式。

在幾個可能是領隊的帶領下，剩餘的雕鴞們調轉刺叉，向身在半空中的楚天攻來。

「雕鴞族的健兒們，爲了我們的兄弟，殺！」幾個領頭的將領口中大喝一聲，結果在瞬間，這群鳥人再次爆發出一種藐視世界的氣勢。

「真是……這樣的部隊竟然讓神殿那群笨鳥得到了。」楚天多少有些感歎，雖然他自忖天牛部隊也能有這種無懼生死的行爲，但畢竟天生限制了其能力的增長，看到這樣一群英雄好漢，楚小鳥多少有些惋惜。

雖然如此，但他並沒有把這種心態表現出來，眼見那些好像螞蟥一樣漫天飛來的刺叉，他卻沒有一點慌張的意思，而是一揚嘴角，兩隻手合在一起，好像蝴蝶一般起舞著。

頓時，被幽靈碧羽梭遮住光華的烈火黑煞絲開始展現它超神器的光輝，自楚天體內飛出來後從其上面爆發出一股讓人不敢正視的暗紅色光芒，隨後一層隱約晃動好似海水的薄膜以楚天三倍大小的樣態將他給圍了起來。

一看到這層奇怪的薄膜，特洛嵐三人具是大奇，伊格納茨秀眉一軒忍不住開口說道：「這是什麼結界，我怎麼感覺不到上面有任何靈禽力的波動？」

就連一向喜怒不形於色的聖女大人都如此訝異，更別提特洛嵐和伯蘭絲，不過不愧是擁有幾代前人經驗的鴕鳥，他瞪眼瞧了一會兒就點點頭說道：「這根本不是靈禽力幻化出來的結界，而是完全憑依烈火黑煞絲而生成的能量實體。」

「果然是擁有靈性的神器，竟然能自主作出適當的反擊。」伯蘭絲眼睛裏透露出一股神往之色，而就在那神色中，她的眼睛不由再次瞪大。

只見萬千帶著七彩靈禽力的刺叉「導彈」全數穿過了楚天的身體，飛射在凹凸陡峭的山壁上。

「啊……」一直被保護的吉娜忍不住發出一聲驚呼，而其他三位實力派的心也被這驚呼給揪了起來，但沒等眾人將心提到嗓子眼就迅速地穩穩落了下去。

那些刺叉是穿過了楚天的身體，但他卻是毫髮無傷，在所有人眼裏，都看到他的身影在刺叉及身的那一刻模糊起來，好像變成了一面水中的倒影，那些刺叉穿過他，只能引起一點點的波動，隨後又恢復了原樣。

「這是怎麼回事?!」不止是特洛嵐幾個人，就連雕鴞們也是驚得幾乎要將舌頭咬掉。

楚天當然明白眾人心中的感受，爲此他小小地得意了一回。造成這種效果的，正是當年禽皇推崇備至的烈火黑煞絲。他認爲只要使用了它，別說大鵬王了，就是大鵬王和鳳凰祭祀以及獸族四王聯手都要落敗。

不一會兒，上千數量的雕鴞們，到現在也就剩下了不到百人，而他們此刻竟然全部放棄了手中的武器。

整齊的「哐噹」聲中，剩餘的雕鴞們通通一臉肅穆神聖地盤膝坐了下去。

如此的行爲讓楚天也是一愣，要投降嗎?這想法剛從腦海中閃過，他就聽一些奇怪的呢喃從滿臉肅穆的雕鴞口中傳了出來。

呢喃聲由小變大，最終慢慢地會聚成一條通天的音河，那一刻包括楚天在內的所有人都生出了頂禮膜拜的心思。

在地球時這種陣仗雖然沒有親身經歷過，但無論是書還是電視裏都看到過不少。楚天才不相信他們是念佛懺悔呢，他隱約猜到這是什麼大殺招。再加上他體內的天禽作祟，在略微停頓後他竟然繼續操控神器向這些根本不還手，貌似任他宰割的雕鴞發起攻擊。

「你們既然選擇了，就不要後悔，此刻即使你們這些小鳥不還手，我也不會心軟放掉你們！」手上不停地閃耀出五顏六色的光芒同時，楚天的叫聲有些瘋狂味道，他已被引動了殺機。

只見那些閉目禱告的雕鴞頭頂升起一層金黃色的薄罩，與此同時一尊完全由七彩光芒組成的鳥神巨像自盤膝而坐的雕鴞頭頂緩緩升起。那些本來哀號著死去的雕鴞們竟猛地睜開了眼睛，他們身上的傷口也迅速地癒合，本來斷掉的肢體居然也連接了起來，他們……竟然都復活了！

看著這尊身高上百米，一臉憤怒地望向自己的鳥神像，再看看正逐漸站立起來的幽靈雕鴞們，楚天大叫了一聲：「大祈禱術，竟然是大祈禱術！」

一聽這個名字，本來已經隱約有些不安的特洛嵐更是感覺心中如墜冰窖之中，這才是雕鴞集團軍不敗的秘密，他們竟然擁有大祈禱術這等逆天的咒法。

需要三位鳳巢大祭司、三個金冠大祭司、十二個銀羽大祭司共同祈福，並耗費一半生命才可成功的大祈禱術，根本就是一種無法抗衡的存在。

據說，只要祈福成功，這些被祈福的人就能擁有生命相通的能力。不論他們死掉多少人，死得多麼淒慘，只要還剩下一個人，這個人就能通過召喚鳥神祈禱，以此來讓死掉的人復活。

這等只是傳說中才會存在的術法竟然出現了，還出現在對手的身上。

這心神失守的片刻，包括德里克在內的所有雕鴞都復活過來，他們在整齊的吼聲中向自己幾個人發動了攻擊。

「一二三編隊，你們對付那兩隻鴕鳥族的；四編隊把我們的聖女『救』下來；五編隊把那女人和小孩幹掉；其他人都跟我對付這渾蛋。」德里克口中的渾蛋當然就是楚天了，不過德里克實在夠陰險的，他這樣安排下任務，卻在暗地裏打埋伏，首先送給楚天等人的是一波很像剛才萬劍齊發的羽器攻擊。

「你們敢！」楚天聽到德里克的話差點沒氣瘋，本來有些委靡的心神立刻被刺激得振奮起來，他用烈火黑煞絲建起一道陣法，在完全擋住這次的攻擊後，立刻喊道，「特洛嵐，你快帶大家走，我來斷後。」

可惜他們根本就走不了，只是特洛嵐就有一百多人在亡命圍攻，就連最弱的吉娜也被十來個鳥人圍著。

但為了崽崽的安全，特洛嵐已經決定拚命了，蚪鼉翼上銀芒大放。但面對殺不死的對手，他還是逐漸落了下風，身體裏的靈禽力越來越少，身上的傷口越來越多，意識已經漸漸開始模糊。

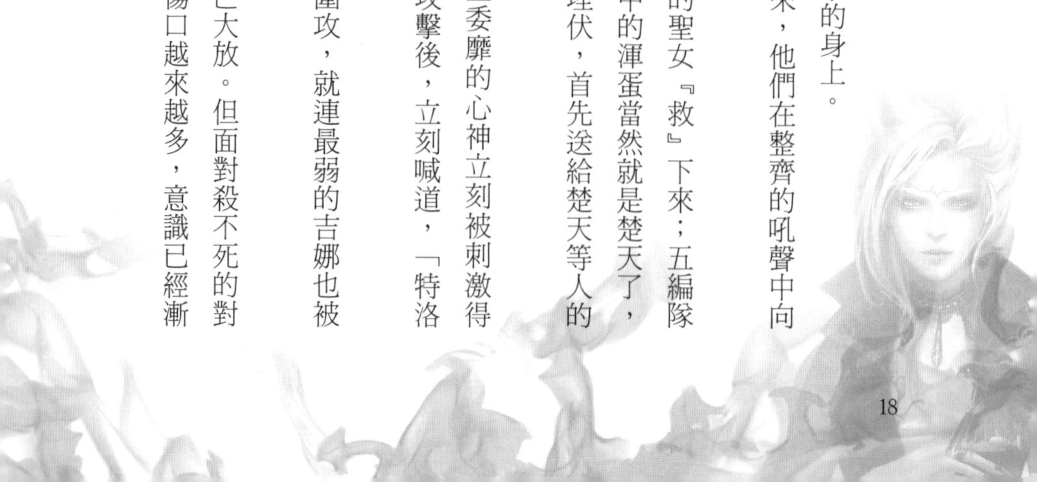

就在這個時候，眾人突然聽到吉娜那裏嚶嚀一聲，轉頭看去，吉娜竟被一隻雕鴞用刺叉刺穿了身體。

特洛嵐掃了一遍身邊的戰場，悲哀地望了一眼浴血奮戰的伯蘭絲，想要爆體給敵人造成最大的傷害，掩護大家逃亡。這時楚天那裏傳來一聲驚天動地的怒吼：「你們都要死……」

隨著這聲震天怒吼，所有人眼睛裏出現了幽靈碧羽梭的身影。只見它瞬間變大，楚天的身體彷彿被它吸了起來，紫金色的靈禽力形成垂直的光柱連接在兩者之間。

那柄紫金色劍狀物上光芒閃爍，逐漸變大，不一會兒竟脫離幽靈碧羽梭，在楚天被吸完靈禽力自動變成鳥身時飛向了空中。

並不清楚到底發生了什麼事，但德里克卻知道此刻正是殺楚天的最佳時機，所以他馬上命令雕鴞們全力進攻。

眼看無數羽器鋪天蓋地砸向楚天，就要將他碎屍萬段，可就在此時，在天際翱翔了一圈的巨大光劍卻飛了回來。

此時光劍已經有百米粗細，它猶如墜地的天神，逕自插向了地面。頓時，無數山石碎裂。在滾滾的響聲中，一個七彩的光圈自劍體發出，不斷地向四周擴大。

只要一接觸光圈，雕鴞們立刻燃燒起來並迅速化爲灰粉。知道這是最大的殺招，德里克立刻命令雕鴞飛開，但太晚了，那光圈擴散的速度，根本不給人思考反應的時間，等人回過神來，所有的雕鴞都成了地上的一堆灰塵。

大祈禱術是很厲害，但它的前提是被祈福的人中必須有一個人活著，現在一瞬間所有的人都死了，它也就沒有意義了。

楚天一招之威，斬殺盡了五千雕鴞大軍，但這並不表示他們一行人就安全了。因爲最強大的楚天靈禽力透支，已陷入了昏迷狀態，而其他人都是傷痕累累。這個時候，別說再來一個軍團，就是神殿隨便派點高手出來，他們就鐵定要交待在這裏了。

眾人正心內彷徨，天空中兀自旋轉不停的幽靈碧羽梭主體卻來到了眾人的頭頂，照射下八道光芒。

光芒中，眾鳥身體裏的靈禽力迅速恢復，身上的傷口也飛快地癒合。幾秒鐘後，除了昏迷的楚天外，連吉娜都恢復了過來。

靈禽力雖已恢復，但沒有了楚天這個變態的存在，一行人不敢再挑戰神殿的權威。此後一連幾天，楚天都沒恢復靈禽力，只能變成人首鳥身的樣子，而且還變得懶洋洋的，整天睡覺，什麼也不想做。而爲了躲避追捕，他們躲躲藏藏地逃到了耀古叢林。

第二章 鷲鷹翎爵

烈日熾芒，透過林間碧綠的枝葉照射在草地上，形成各種奇形怪狀的金銀色光斑。隨著一陣和煦的小風吹過，光斑的形狀頓時變化起來，連帶著樹下小憩的人也被這光晃得眼暈目眩。

「嗯……」渾身疲乏地翻動了下身子，再次換了個舒服的姿勢，那人又要沉沉睡去，卻聽旁邊傳來一聲甜綿如潺潺流水擊打溪澗小石的叫聲：「楚大哥，你……你說伯蘭絲大姐他們怎麼現在還不回來，不會出什麼事情吧？」

眨巴了兩下眼睛，楚天抬起翅膀遮住陽光後，半坐起身，拿懶洋洋的眼神看著眼前吉娜那張亦嗔亦喜的雪白臉蛋，打著哈欠說：「那兩隻鴕鳥都賊精賊精的，聖鸞城的那群傻鳥絕對摸不到他們的影子。」

「不要這樣樂觀。聖鸞城不爲人知的高手數不勝數，雖然我們逃了出來，但絕不能放鬆警惕。」一直冷冰冰的伊格納茨脆生生地提醒道。

「看來我們的聖女同志終於棄暗投明了，呵呵。」先是維持自己一貫流氓風格地開了個玩笑，楚天才恢復正色看著這位紅頂鶥一族的族主說道，「事情的險惡我比誰都清楚，但現在需要考慮的倒是你的去留。」

「我……去留……」感覺到楚天話裏的隱意，伊格納茨芳心一顫，「他是要趕我走嗎？難道我就這樣惹人厭煩嗎？」

「對，那天見過你反叛的離鴞集團軍，在我用神器引發的天威下全數羽化。這樣你回到神殿後，就可以說當時只是被我綁架了，欲以此來要挾鳳巢大祭司。」

楚天習慣性地伸手想去敲額頭，但一接觸才發覺自己現在是原形鳥身，不由苦笑一聲，心中暗道：「那天拚盡靈禽力，終於引出了神器的真正威力，也激發了天劫，將所謂的不敗離鴞集團軍全數殲滅，但我也因靈禽力告罄而成了這般模樣，真是……鄙視啊！」

「爲什麼？難道他還懷疑我的用心嗎？」心中悲哀地想著的伊格納茨並不說話，只是用潔白的銀貝輕咬著豐潤的紅唇，一雙蔚藍色的眼眸中滿是倔強和不甘，透過那一層朦朧的霧氣死死地盯著楚天。

「畢竟你並非一人。身爲紅頂鶥一族的族主，你要爲自己的族人考慮。若是你現在就叛離神殿，有可能爲你族中招來滅族之禍。」楚天並沒有注意伊格納茨的異狀，他邊將自己的打算說出來，邊在心中將計劃理順：「只有你回到神殿，你們紅頂鶥一族才能真正地發揮作用。畢竟你們掌控著神殿的聖女一職。若是脫離了神殿，你們的勢力必定大減，反之自己則可以利用你們做內應，爲將來的事情作好鋪墊。」

心中將大局放長遠，楚天才抬頭看向了伊格納茨那張比仙子還美豔的臉龐，見到那雙霧濛濛的大眼睛，他神情一慌說道：「你這是怎麼了？」

雖然是兇悍狡詐的大盜，但楚天一直都是個憐香惜玉的多情種，否則的話他也不會被女人搞得要冒險攀絕壁，孤注一擲做最後一票了。這輩子雖然變成了鳥人，但心裏對女人還是充滿柔情的。看到女人，尤其是伊格納茨這樣漂亮的女人「梨花帶雨」，他立刻有些手忙腳亂的感覺。

「沒什麼。」聽了楚天關心的問候，伊格納茨忙轉頭欲蓋彌彰地擦掉眼淚。她這是感動的，真沒想到，他竟然會這樣在乎自己的族人。

聖女的回答讓楚天一時無言，主要是吉娜還在旁邊眼巴巴地看著。若是自己此刻的表現出一點差錯，那事情極可能一發不可收拾。

這樣想著，楚天和兩個女人只好大眼瞪小眼，任由一種怪異的氛圍在這片蒼翠的叢林裏慢慢醞釀。

「楚天！你是不是想死啊！」突然一聲怒氣衝天，猶若驚雷的叫聲自叢林東方傳來。

三個人都猛地坐起來，回頭看去，楚天視力最好，第一時間看到了懷抱崽崽的伯蘭絲。

看著臉色不是很友好的鴕鳥，楚天眉頭一擠，有些奇怪地說：「怎麼了伯蘭絲?我沒得罪你吧。」說著話的時候，楚小鳥底氣還是很足的。雖然不知爲何，老是不願招惹這隻母老虎，但你也不能這樣無緣無故找碴吧。

「我不是讓你看著崽崽的嗎？」彷彿感應到楚天身上散發的氣勢，伯蘭絲話語一頓，隨後才提高嗓音說。

「呃……」被這樣一說楚天才想起來，剛才兩隻鴕鳥出去打探消息時確實將崽崽交給了自己，而自己睡覺的時候，崽崽還在自己肚子上呢。

乾笑了一聲，楚天看著在伯蘭絲懷裏拱著好像小豬的崽崽，搔著大光頭問：「崽崽，你怎麼跑伯蘭絲阿姨那裏去了?」

抬起小腦袋看了楚天一樣，隨後崽崽又趕緊趴在伯蘭絲懷裏哼哼唧唧說：「你們三個玩遊戲，不喊崽崽，崽崽只好自己去玩了。」

這句話不要緊，搞得兩個女人都「騰」地紅了臉，楚天只好再次乾笑後急忙轉移話題：「特洛嵐呢?他沒和你在一起。」

「他隨後就回來。」一見這個情形，擁有幾十輩經驗的伯蘭絲如何不明白發生了什麼事情，她也瞭解楚天的爲人，只好在心底無奈地歎了口氣。

話剛說完，楚天心中已生感應。雖然此時靈禽力枯竭，但身爲強者的意識卻還是有的。抬頭望向北方的叢林，那裏特洛嵐正飛速奔來。

楚天向特洛嵐邊迎去邊哈哈笑著問道，「有什麼消息沒有？」

「情況不妙啊，神權派對你下了絕殺令，由鳳巢大祭司起草，直接通過了鳳凰族長老會。他們已經對你在全世界發行了通緝令，他們命令各天空之城，見楚天，殺無赦。」特洛嵐一臉的鄭重之色，他看著楚天說道，「這次可是玩大了，整個鳥人世界都無我們立足之處了。」

「用不用這樣誇張啊，不就是幹掉了鳳巢的兒子和一個天鵝祭司外加幾千隻雕鴞嗎？我還被搞得靈禽力告竭了呢！」一臉鬱悶地嘟囔著，楚天最終一甩翅膀說，「算了，反正幹也幹了，我還就不信他們那群小鳥能把我怎麼著。哼！連強大的軍隊都給老子一人滅了，他們還能玩出什麼花樣來？」

那天因爲剛剛融合了禽皇的意識，加上一時氣憤，結果失手將幾千鳥人全幹掉了。後來想及楚天也有些後悔，畢竟此時還不是和神權派完全翻臉的時候，他的勢力還太弱小。逃出來後，他也是抱著僥倖心理才想讓特洛嵐他們去查探消息的。此刻聽神權派徹底翻臉了，他也沒什麼好擔心了，大不了就開打嘛！

楚天心中是豪氣干雲地想著，特洛嵐卻是苦笑地直搖頭：「那天也算是走大運了，未來的情況哪有你說的這樣輕鬆？」

在說話的同時，特洛嵐心中也是暗自慶幸，這幾天情況實在是太險惡了，楚天因爲動用太多不屬於他的東西，而被抽乾了靈禽力。隨後的這幾天裏，楚天都沒恢復靈禽力，只能變成人首鳥身的樣子，而且還變得懶洋洋的。

記憶在腦中一閃而過，特洛嵐看著楚天的樣子，心中大是氣憤，忍不住說道：「你說現在咱們去哪裏？我們根本無處可去了。」

「我都知道了，不用吼這麼大聲。」用翅膀搔搔耳朵，楚天動了動乏力的身子說，「那只是名義上的說法而已，下令整個鳥人世界追殺我？神殿哪有那麼大的影響力？別的不說，北大陸那邊就沒人聽他的，而且還有地下世界呢，實在不行咱們就找奧斯汀去。」

聽到這話，特洛嵐不由一愣。隨後一想，確實是那麼回事。畢竟神殿的實際控制區域就南大陸而已，不過他也不好立刻承認楚天的話，那不等於是自己搬石頭砸自己的腳嘛！

一看特洛嵐的樣子，楚天哪裏還不知道他心中所想。他暗暗一笑心道：「這一套地球上的人都玩膩了，哪次打仗不是實際兵力五十萬，號稱卻是上百萬這樣來。跟老子玩這套，鳥人們，還差著十萬八千里呢。」

揉揉自己惺忪的眼睛，楚天儘量將體內的無力感驅除出去，開始向特洛嵐全盤托出自己關於伊格納茨的計劃。

「這樣，可以啊，你和她商量好了？」特洛嵐思索了一下問。

「已經沒問題了。」說著話楚天抬頭向後方看了一眼，卻正好迎上那對蔚藍色的眸子，一時間一種心靈的震動竟自他心中升起。他立刻晃了下腦袋，將這份怪異的感覺排出腦海，暗暗道：「以你現在的情況可不是飽暖思淫欲的時候，地球的教訓還有現在的境況你要謹記啊。」

提醒著自己，楚天咧嘴一笑，露出那口潔白的牙齒說：「你們也說完了吧，現在咱們商量一下後面的行動。」

聽到楚天的話，幾個女人都圍了上來，這時出去找食物的坎落金、坎落黑兄弟也正好回來，特洛嵐也招呼他們先過來。

一眾人席地而坐，看著生起的篝火，楚天開口說道：「首先，聖女是不能和我們在一起了。一是太危險；二是她的族人需要她回歸神殿。當然，這並不是說聖女以後和我們就是敵人了。」看著伯蘭絲臉上升起的異色，楚天隱晦地解釋了一句，卻沒有挑明。

隨後看了特洛嵐一眼，楚天繼續說道：「另外我想大家都知道，現在神殿通緝我們了，這樣南大陸就不能待了，我們要去北大陸。」

伯蘭絲臉色瞬間大變，看著楚天又望望特洛嵐，她神色激動地說：「我們去北大陸，那綠絲屏城怎麼辦？」

「咳咳咳……」楚天無言，畢竟那天若是自己不殺法蘭西斯，或許神殿也不會如此震怒，搞得眾人連在南大陸立足都不能。

一邊掩蓋地猛咳嗽著，楚天一邊給特洛嵐使眼色，結果就聽伯蘭絲歎了口氣說：「你也別讓特洛嵐說什麼了，我不是不明白大局的人。看來只有在北大陸打下一片天地後，再以武力搶回綠絲屏城了。」

「呃……」一聽這爽利的話，楚天差點沒噎住，偷偷看了特洛嵐一眼，就看到了他眼中的無奈。楚小鳥感歎著向他投去了同情的一眼，「這樣比男人還有男子漢氣概的女人，一般人可不好消受啊。」

商議妥當，眾人強顏歡笑地吃了頓相當於「餞行宴」的烤肉後，將伊格納茨送走了。爲顯得逼真，伯蘭絲還在神女身上用碧波粼羽刀割出了幾道傷痕。

心中雖然留戀，但在深深地盯了楚天一眼後，伊格納茨終於飛走了。只可惜，楚小鳥好似並不知道女孩的心思，仍是一副懶洋洋的樣子。

別過伊格納茨，一行七個人正準備向折翼海那裏走。楚天突然定住身形，本來迷濛的眼睛發射出兩道神光。

距離他最近的特洛嵐第一時間注意到楚天的異象，靈禽力瞬間運轉起來，一葉而知天下心法馬上展開，結果立刻臉色大變。

「是神殿的武士！」口中低吼一聲，所有的人立刻擺出防衛姿態，而楚天則說道，「人不多，都是白鴿武士，他們已經發現我們的行蹤了。」

皺眉點點頭，特洛嵐說道：「是的，那我們怎麼辦？」

「哼哼。」對特洛嵐的行為楚天有些好笑，他說道，「還能怎麼著，當然是……」沒有說話，楚小鳥只是將翅膀橫到脖子上向旁邊一抹。

「呵呵，還從沒有這樣與神殿硬碰硬過，有點緊張也是應該的嘛。」出言調笑一番，特洛嵐才向左面轉去，那裏出現了第一隻白鴿。一看到楚天等人，他就高聲歡呼起來：「找到了，找到……」

歡呼聲戛然而止，一道銀色的光刀自他的喉管劃過，看著噴灑而出的血箭，楚天搖搖頭說道：「無知的鴿子啊，明明是最善良的種族，卻偏要做劊子手。快離開吧，戰爭不適合你們。」

聽著楚天迸出來的話語，吉娜幾個人都是有點摸不著頭腦。不過不等他們細想，左面的叢林裏已經接踵出現了十來隻白鴿。

不怪楚天為他們默哀，這群傢伙，連一隻達到羽爵級別的高手都沒有，竟然還敢追殺自己。看來是神殿並沒有將自己這幾個人就滅了雕鴞集團軍的事情說出去。不過這也難怪，要是知道自己這些人如此厲害，也沒幾個人敢爲了那點獎賞而找上門來拚命了。

一招出手後，連特洛嵐都懶得以大欺小了，他們就任由飧豹兄弟二人將血腥殺戮進行到底了。只見兩個人爪口並用，那些正喜滋滋幻想自己加官進爵的白鴿們好像碰到頑皮孩子的西瓜一樣，「劈哩啪啦」中殘肢斷臂亂飛，鮮血碎肉濺得漫天都是。

雖然楚天自詡已經是見慣大場面的人，但這等比屠宰場血腥了幾百倍的畫面還是讓他的胃承受了不小的壓力。邊給吐得稀哩嘩啦的吉娜順氣，邊對這次沒有懸念的戰鬥表示著無聊，好一副風騷的樣子。

一旁的伯蘭絲卻是神情淡淡地說：「這些白鴿難道沒有其他幫手嗎？」

「嗯……」一聽這話，幾個人都反應了過來，確實，這些人是非常弱小，但誰知道他們發現自己等人行蹤的時候，有沒有通知其他人？

這麼一想，各人本來鬆懈的神經再次緊繃起來，特洛嵐也運起一葉而知天下心法探查起附近的情況。結果這一看，他臉色可有意思了。

「有高手！」楚天和他同時出口，眼眸中彼此出現凝重的臉龐。楚天一甩翅膀說：「走！」

幾個人倒也乾脆，現在楚天屬於半殘廢，而特洛嵐兩隻鴕鳥則要保護其他人，所以硬仗能不打就不打。

幾個人迅速行動起來，楚天、吉娜和崽崽坐上飧豹，兩隻鴕鳥則幻化原身，飛速地化作幾道塵煙向叢林外跑去。

楚天指揮大家向一些隱秘的地方跑去，四周的樹木好像飛速倒放的電影。飧豹在這裏竟然跑得得心應手，比兩隻鴕鳥還要快上幾分，但他馬上發覺，天上那群鳥飛得比自己還快。

聽著耳旁的風聲和飧豹爪子擦破地上樹葉的「沙沙」聲，楚天的大光頭上竟出現了一層細密的汗水。怎麼還不出現密林？這裏太稀疏了，對於天空上的鳥來說，自己這些人就像黑夜裏的螢火蟲一樣顯眼。

正當楚天想不到主意時，那群鳥速度又加快了很多，搶在眾人的前面，在耀古叢林的邊緣處把他們攔了下來。

是六隻神殿武士，每個都有羽爵後期的水準，其中一個竟然有了翅爵初期的水準。

「楚天，看你們往哪裏跑？」竟然有個老熟人，曾在聖鸞城神殿有過一面之緣的鳳凰唐納德。

「唉，這不是唐納德嗎，榆木腦袋沒和你在一起嗎？」楚天聳聳肩膀，挑著眉毛打招呼說。

「媽媽，你們原來認識啊，那你就和他敘敘舊，別讓他打我們了。」一直在伯蘭絲懷裏的崽崽可沒見過唐納德，天真地說。

一聽這話，本來就惱火的唐納德更是感覺渾身的毛都快豎起來了。他將翅膀上的綠色圓圈羽器摘下，怒喝道：「楚小鳥，那日你竟然挑撥我們跟天鬥士內鬥，害我們受罰。今天我一定要讓你知道我們神武士的厲害。」

唐納德的話讓楚天心中一動：「鳳巢那老傢伙看來連自己的內部都隱瞞著事情的真相，這可就好玩了。」這樣想著，他也不說話，畢竟不論說什麼也免不了一場大戰，剛才之所以還囉唆一句，完全是爲了給特洛嵐等戰鬥人員一點緩衝時間。

「嘭」的一聲，銀白色的虯鼉翼在特洛嵐的上空升起，伯蘭絲身邊也是根根碧羽搧動，瞬間，碧波粼羽刀已經幻出原形，橫在伯蘭絲身前。

「爲了神武士的尊嚴！」空中大喝一聲，幾個神武士都駕馭著自己的羽器衝了上來，不愧是經過訓練的專業人員，四個分開衝向特洛嵐坎落金等人的同時，唐納德卻和另一個神武士殺向了楚天。他們也不傻，知道楚天才是最重要的。

綠色的圓環本來好像手鐲一樣大小，但飛在空中卻變成了月亮那麼大，一圈圈好看的綠色流光搧動著。隨著它的旋轉，一個個半月形的綠色光芒從上面射向了楚天。

「他奶奶的，若不是老子現在靈禽力實在是提不起來，哪裏容得你們這些小蝦米囂張。」心中暗暗叫著，楚天一個懶驢打滾，沾著很多樹葉躲過了這次的攻擊，而另一件羽器卻是塊一米見方的黃布，飛在空中，居然也釋放出一道道閃電。

躲了光圈，閃電就有些顧及不到，在左右滾了好幾次後，那閃電終於劈中了他。

「啊！」慘叫一聲，楚天身上的黑毛都捲了起來。他雖然靈禽力全失，但身體強度還是翎爵的等級，所以這一下並沒有給他太大傷害，但瞬間的麻痹卻讓他在短時間內失去了活動能力。

眼見機會難得，唐納德兩個神武士如何肯放過，他們雙手成爪抓向了楚天。

「不會吧，我竟然會被這些小癟三幹掉？」心中不敢相信地想著，楚天就聽一聲「不」，吉娜在這個時候竟然衝了過來。

她渾身籠罩一層雪白的光芒，如神聖的天使揮動了一下翅膀，一個神武士竟然被搧飛了出去。

而吉娜身邊的崽崽這時也衝了上去，這個小傢伙化作了一道道烏光，口中嘟囔著：「竟然敢打我媽媽，竟然敢打我媽媽……」

唐納德則是不斷地慘叫退後，他雖然實力較強，但速度實在不是崽崽的對手，所以他只能護住自己的重要部位，卻無法反擊。

趁著這段時間，特洛嵐和伯蘭絲已經解決了對手衝了過來，眼看就能將幾個神武士徹底解決，天空突然傳來幾聲異響。

「不會吧，沒完沒了了！」心神一動間，楚天悲哀地發現天上又出現了幾隻鳥，還是幾隻實力遠超這群神武士的傢伙。

「難道老天真的想將我們埋葬在這片叢林裏給這些小樹做肥料？」鬱悶地想著，楚天抬起頭，身體卻不斷地催促自己體內不聽使喚的靈禽力，企圖作最後掙扎。

晴朗的天空中，四個小黑點在陽光的照耀下飛速接近。眨眼工夫，那四隻大鳥的身影已經清晰無比。

和楚天的樣子有幾分相似，個頭都很大，雖然在灰色羽毛的包裹下，但仍能感覺到下面斑駁的橫肉。

最讓人注意的是他們的那雙翅膀，是一種隱含流彩的棕色。隨著棕翅的搧動，那些氣流竟在他們周圍形成了可駕馭的旋風。

彎而長的鳥喙是讓人感覺有些陰冷，精光閃爍的綠色眼眸除了表明這些鳥人的實力，更表現出一股殺意。

總體上來說，除了那雙棕色的翅膀，這四隻鳥很像兇猛的老鷹。

心中對這些人作著評價的同時，楚天已經暗示特洛嵐等人聚集過來。至於唐納德，他們現在可沒時間去管他了。

「他們是棕翅鷲鷹，天性嗜血好鬥，但人丁單薄，是王權派的實力貴族。」不愧是擁有幾輩子的經驗，特洛嵐一下就看出了幾隻鳥的來歷。

一聽這話，楚天心中悚然一驚：「爺爺的，不會就因為我幹掉了雕鴞集團軍，兩個對立的勢力就合起夥來揍我吧！」

正當楚天心中揣測不已的時候，渾身是傷的唐納德捂著流血的腦袋踉蹌著跑向了降落下來的四鳥。

「卡扎爾瓦翎爵大人，您快把這隻賊鳥擒獲，他就是神殿通緝的楚天。」雖然神情有些委靡，但唐納德音量可不低，同時恨恨地盯著楚天和崽崽。

楚天卻看也不看唐納德一眼，只是全心全意地積聚著靈禽力，做著魚死網破或落荒而逃的準備。

特洛嵐和伯蘭絲早就將各自的羽器放出守護著眾人，兩隻飡豹也幻化出原形，而就連小崽崽和吉娜都知道此時稍有不慎就可能落個身死荒野的結果，所以他們也舞動著自己嬌嫩的「爪子」，準備最後一擊。

一陣微風拂過，捲起地上的幾片殘葉，在兩幫人中間挑釁式地轉了個圈，才再次落在鋪滿落葉的地上。

這樣一觸即發的氣氛，在兩夥人中間的唐納德感受最深，他渾身打個冷戰，正想走到棕翅鷲鷹那邊去，卻聽站在三隻鷲鷹前面的卡扎爾瓦翎爵陰鷙地哼了一聲道：「你是在命令我嗎，高貴的鳳凰神武士？」

這聲話裏被卡扎爾瓦灌輸了靈禽力，本就受傷半殘的唐納德被這樣一衝竟再次口溢鮮血，搖晃了幾下，最終雙腿一曲，跪倒在地。

看到唐納德這個樣子，跟在卡扎爾瓦身後的三隻鷲鷹露出了笑臉，就連高貴的翎爵大人都是眼含嘲諷笑意。

一看這個情況，楚天等人都有些摸不著頭腦，這是玩的哪一齣啊？楚小鳥悄悄地蹭到特洛嵐身邊，低聲問：「貌似不是來找咱們的。」

「我看也像。」特洛嵐點點頭。

「如果真的打起來的話，咱們有多少勝算？」雖然感覺事情不對勁兒，但楚天還是決定把事情的後路備好。

「百分之二十！」特洛嵐想了想，毫不猶豫地回答。

「這和沒有有什麼兩樣？」楚天瞪著那對鳥眼說道。

「你也聽見這位的封號了，翎爵啊，雖然實力只是準翎爵級別……」特洛嵐有些無奈地正說著，楚天突然打斷說道：「準翎爵？」

「都什麼時候了，你還有心思問這些。」嘴上這樣說著，特洛嵐卻解釋道，「對於某些有大貢獻的人，就算他實力還沒有達到，但也會被神殿賜予高等的爵位。」

解答了楚天心中的疑問，特洛嵐皺眉說道：「而另外三個每個都有翎爵的實力，你說怎麼打！」

「那咱們還是撤吧！」楚天看著貌似將全部注意力放到唐納德身上，根本無視自己等人存在的鷲鷹們，在特洛嵐苦笑著點頭後高聲說道：「既然你們要敘舊，那麼我們就不打擾了。」說著話，幾個人就想跑，卻聽那陰鷙的聲音強硬地裝成和善道：「楚天翎爵，請稍等，我們是來找您的。」

「呃……」伸出去的腳僵在當空，楚天機械地轉過頭，看著卡扎爾瓦說，「我？」

「這些鳥到底想幹什麼，貌似聽這語氣不太像要打架的。」心中揣測著，楚天知道既然人家有意找自己，那無論如何都是走不了的，所以他迅速地收回爪子露出個笑容道：「不知翎爵大人找我有什麼事情？」

並沒有立刻回答楚天的話，卡扎爾瓦一揮翅膀，身上的棕色翅膀已迅速變大，並將他的全身包裹住。只見棕色光芒閃耀了兩下，等他將翅膀放開時，他已經變成人的模樣。

尖削的臉龐，薄薄的嘴唇，大鷹勾鼻子，一對綠色的眸子被棕色的長髮遮掩住半邊。看著他，楚天不得不承認，這身材比自己還好的傢伙除了顯得太陰冷了點，總體來說還是個帥哥呢。

隨著卡扎爾瓦的變身，後面的三隻鷲鷹也如他般用翅膀將自己包成了粽子，隨後都化作了半人半鳥的形象。

無視癱倒在地的唐納德，卡扎爾瓦越過他，踱步來到楚天不遠處露出個笑容說：「正是，本來我是在不遠處的尼羅爾河流域巡視，正巧碰到一群白鴿飛訊，說發現了翅爵的蹤跡，所以我特意來請翅爵大人。」

看著卡扎爾瓦稍顯僵硬的笑容，再聽他話裏的意思，楚天並不是太明白鷲鷹的意思，向特洛嵐投去個詭異的眼神。楚小鳥打著哈哈說道：「有勞翎爵大人了，可惜我身有要事，實在是脫不開身，嗯……不知翎爵是想帶我們去哪裏？」感覺到對方眼內的寒光，楚天馬上臨時改口。

「鯤鵬城！」一個響亮的辭彙將做好動手準備的楚天等人搞得心頭一震，他們就見卡扎爾瓦笑著說道，「不過既然楚天翅爵沒時間，我也不好強人所難，但我想讓翅爵大人明白一件事情。」

話說到這裏，卡扎爾瓦的神色陡然變冷，他抬手一揮，一直在他身後的三隻鷲鷹就分出一隻，正當楚天以爲這是要開打時，卻見那隻鷲鷹手上揮出一道棕色的光劍，直接洞穿了滿臉羞愧憤恨，眼睛裏卻透露著不敢相信的唐納德。

看著唐納德脖子上不斷向外噴血的窟窿，楚天眉頭一皺，就聽卡扎爾瓦哈哈大笑了兩聲說道：「我們王權派不會執行神殿發出的通緝令，相反，我們還想邀請楚天翅爵加入我們王權派，你應該明白，只有在我們的庇護下，你們才有可能躲過神殿的追殺。」

聽到這裏，楚天再不明白那他就是個大傻瓜，看著這位很有大將風範的卡扎爾瓦，他心中暗暗冷笑：「嘿嘿，沒想到神王兩權的矛盾已經到達了這種地步，就差將那層紙捅爛兩方開戰了。哼，不過讓我加入你們，那還不行！」

現在的楚天可不想再寄人籬下，所以他笑了笑很堅決地說：「我不會加入王權派。」

「你這是敬酒不吃吃罰酒！」跟在卡扎爾瓦身後最右側的鷲鷹厲聲咆哮道。

「卡特！這裏沒有你說話的份。」聲音冷冷地呵斥了句，卡扎爾瓦才回過頭繼續笑著說，「不知楚天翅爵爲什麼不願？」

「嘿嘿。」乾笑兩聲，楚天突然將全身的靈禽力爆發，只見他身上紫金色光芒不斷圍繞在他身邊盤旋，豪氣干雲地說道，「若是我已經落到需要加入你們庇護才能躲過神權派的攻擊的話，那麼我也就不值得你們冒著與神殿全面翻臉的危險，而不執行通緝令了。」

一看楚天的樣子，卡扎爾瓦面色一變，隨後他也高聲笑著說：「楚天兄果然是聰明人，這也說明我們沒有看錯人，哈哈，好，今天我就將我們鯤鵬城的意思說明白。對於你和聖鸞城的事情我們不過問，也不插手，但你必須要給聖鸞城一點教訓。」

「哼哼，放心，我和他們已經算是生死夙敵了。」楚天話說得隱晦，但他相信卡扎爾瓦能明白，雕鴞集團軍的覆沒和法蘭西斯的死雖然被神殿瞞了下來，但若是鯤鵬城連這等大事都探聽不出來，那他們就不用混了。

「那就好。」滿意地點點頭，卡扎爾瓦掃了特洛嵐夫婦一眼後說，「既然這樣，那我們就先回去覆命了。」

「嘿嘿，有時間鯤鵬城見。」說出一句很值得人深思的話，看著眼露喜意的卡扎爾瓦，楚天知道自己要的效果達到了。

一直目送四隻鷲鷹從自己的視野消失，靈禽力丁點不存的楚天才一屁股坐在草地上，壓得地上的樹葉「咯吱」直響。

「快點，馬上離開這裏，心臟可經受不起這一驚一乍的玩兒了。」迸出句特洛嵐並不太理解的形容詞，但楚天卻懶得解釋，在吉娜的攙扶下，爬上坎落金，就命令隊伍向叢林外的大草原跑去。

第三章 斑恐巨鳥

碧連天草原擁有整個世界最高的茅草——通天蓮，這種只長六個葉子的草，最矮也能長三米高，而且這草長得極密，所以很少有鳥族來這裏。不論是捕獵還是走路，他們寧可繞開，也不願在裏面一點一點地前進。

可今天，這片最豐盛的大草原上迎來了幾位不速之客。他們的組合很奇怪，四隻大鳥兩隻飨豹，還有一個小黑球。

「楚天，我們現在還要去北大陸嗎？」看著趴在坎落金身上的禿鷹，跟在旁邊的鴕鳥突然開口問。

「嗯？特洛嵐你有其他好去處？」楚天懶懶地動了動脖子，讓臉接觸更多的豹毛。

「既然王權派已經不管我們了，那麼我們就可以在夾縫中生存，而且，我和伯蘭絲商量了下，感覺我們可以回綠絲屏城。」特洛嵐看了下旁邊的妻子，說出了他們已經商議好的決定。

「你們商定了？」楚天終於抬起了頭，看著特洛嵐他一瞇眼睛問。對於特洛嵐這種行爲楚天有些反感，這是融合天禽意識後所產生的王者決策，沒有人可以不經過自己的允許而決定自己的命運。

一看楚天的樣子，特洛嵐心裏「咯噔」一聲。他知道這是誤會了，但卻一時不知道該怎麼開口解釋，正當他犯難的時候，一旁的伯蘭絲插嘴說道：「楚天，別怪我們，畢竟我們要爲崽崽考慮。若只是我們自己，決對會聽你安排的。」

伯蘭絲的話讓楚天一愣，看了眼在吉娜懷裏睡得正香的崽崽，他露出個欣慰的笑容，一拍自己的大光頭說道：「嘿嘿，算我想得不夠成熟，你們說說，爲什麼要去綠絲屏城。到了天空之城，我們肯定會受到神權派攻擊的。」

「呵呵。」與特洛嵐對視一眼後開心地笑了起來，伯蘭絲對費解的楚天解釋道，「綠絲屏城因爲太過混亂，神權派並沒有插手其中。除了王權派的朱鸝族和長耳雕以及中立的鯨頭鸛，其他的都是親孔雀派的種族了。」

「還有這等好事，那不是很容易解決了？」楚天面露喜色道。

「可沒那麼簡單，雖然親孔雀派控制著綠絲屏城一半的勢力，但王權派也不可小覷。若不是這次有了卡扎爾瓦的承諾，我們還真不能回綠絲屏。」苦笑了下，一旁的特洛嵐解釋說。

「呵呵，不管他，反正鯤鵬們已經表明意思了，他們希望我們給他們當槍使，那當然得付出點代價。一個並不能被他們完全控制的綠絲屏城，想來他們不會那麼小氣吧。」大大咧咧地說著，楚天一拍完全無視通天蓮，在草叢裏左右穿越如履平地的坎落金說道，「走，去綠絲屏城。」

也許是神權派在北方並沒什麼勢力，也有可能是祭司們根本想不到楚天居然敢到天空之城落腳，楚天一行竟波瀾不驚地穿過了大草原，再橫行千里，來到了綠絲屏城的週邊。

這是一片長滿果子和花朵的叢林，看著五顏六色的果子和散發著清香的花朵，靈禽力已經恢復到翅爵級別的楚天忍不住深深地吸了口氣，掃了滿臉陶醉之色的吉娜一眼。他微笑著正想和特洛嵐商量在這裏休息一下，卻見到兩隻鴕鳥也是魂遊天外，雙眼熱切地盯著這片果林。

「回來了，終於回來了，最美麗的家鄉。」特洛嵐拉起伯蘭絲的手輕輕撫摸著，彼此眼裏的喜悅讓對方手都顫抖起來。

「幹嗎，突然這麼煽情！」看著這種在大庭廣眾下卿卿我我的人，楚天心裏邊鄙視邊伸出手拉住了吉娜。

「啊！」正一門心思欣賞眼前美景的吉娜冷不防被這下襲擊，口中慣性地驚叫出聲，在發覺是楚天後才臉色桃紅羞答答地低下頭嬌嗔道，「楚大哥……」

「俺的娘！」這聲輕喚將楚天的魂都叫出來了，他心中興奮地想：「沒想到啊，沒想到，清純的小丫頭竟然能發出這樣嗲的叫聲，嗯嗯！實在不錯。」但楚天表面上卻是無比正色地說道：「要知道，越美麗的地方越是危險，我怕你受到什麼傷害，所以必須保證你在我身邊。」

被吉娜的驚叫給驚醒的特洛嵐夫妻一直在旁邊聽著，當聽完楚天的話他再也忍不住，毫無顧忌地大笑起來，而伯蘭絲則是冷冷地說：「這裏是觀光彩樹林，能有什麼危險？」

「觀光彩樹林？」根本無視兩個人的行為，臉皮超厚的楚天繼續拉著吉娜嫩滑的小手問道。

「這是第一代綠絲屏城主特意為了迎接來賓而栽種的，也作為來賓小憩的第一站，可以算做是綠絲屏城的標誌。」特洛嵐眼睛裏露出欽佩讚歎的神色說。

「那不是就要到綠絲屏城了？」楚天眉毛一挑問道。

「還有段路程，不過也快了，哈哈。」特洛嵐是真開心啊，這麼多年，終於又來到生自己養自己的地方了。

「伯蘭絲阿姨，崽崽要吃那個。」因為路上顛簸太辛苦，崽崽一直被伯蘭絲施用安心訣，此刻可能是效力過了，他剛從伯蘭絲懷裏鑽出來，就看到了前面的花花叢林，立刻揮動著翅膀叫嚷道。

「這傢伙，不會是嗅到水果的味道了吧。」對於崽崽的好運氣，楚天這個老爸都有些羨慕，一醒來就可以品嘗自己都沒見過的食物，難道是食神轉世？

心中無聊地想著，楚天一拍手也忍不住肚裏的饞蟲，他說道：「咱們先吃點東西，其他的等吃完再說。」

說完也不理別人，拉著吉娜就向前跑，而在伯蘭絲懷裏的崽崽則大聲地叫道：「快快快，伯蘭絲阿姨，快追，媽媽會把好吃的都吃完的。」

輕輕摸一摸崽崽的頭髮，伯蘭絲笑著說：「不會的，你媽媽剛才說了，越美麗的東西越是危險。」

話剛說完，已經跑到森林週邊的楚天就感覺撞到了什麼東西上，那東西彈性極佳，他這下的力量全被反彈回來，只感覺身體一下不受控制，他快速地向後飛去。

「啊！」「呀！」「嗯！」三個聲音是接連出現的，躺在地上的楚天看著近在咫尺的那張俏臉上漸漸佈滿紅色，嘴上傳來溫潤的感覺，眨巴了兩下眼睛。

「嗯！」把楚天當做床的吉娜只感覺臉上都燃燒起來了，她身體一動就想站起來，但腰卻被一隻粗壯有力的手緊緊地摟住了。

「好甜啊！」享受著這意外的美事，楚天心中陶醉地呻吟著，吉娜現在已經是半身人的樣子，這讓他可以很貼切地感受到那份柔軟和玲瓏。

「放開啦，伯蘭絲阿姨，崽崽要看啊。」一聲掙扎的叫聲自天空左側傳來，楚天一翻眼皮就看到「倒立」的兩隻鴕鳥。只聽伯蘭絲輕笑著說：「你們還要繼續多久，崽崽我可快按不住了。」

「呵呵。」趕忙鬆開手，看著好像被踩了尾巴的兔子般跳起的吉娜，楚天先是笑了聲，然後才瞪了兩隻壞人好事的鴕鳥一眼說道，「你們是故意的是不是？」

伯蘭絲二鳥當然知道楚天指的是什麼，他們一個去和吉娜說話，一個解釋說：「美麗的事物總是會招致某些人的覬覦。爲了保護這片林子，綠絲屏城第一任城主特意建造了一個防護結界，除非是力量超越他的人，否則絕對無法強行突破，而穿過結界的方法只有綠絲屏的原住民知道。」

「哼，想得倒也周到。」對於這位綠絲屏城的首任城主楚天倒也好奇了，居然這樣厲害。他剛想問問這位人物的歷史，突然心裏生出一些怪異的感覺。

抬頭向特洛嵐投去詢問的目光，結果他在一頓後也是眼露驚奇之色。

用鴕鳥的種族異能將伯蘭絲叫回來，特洛嵐低聲說道：「我和楚天感覺有什麼東西在窺視我們，但我運用一葉而知天下心法卻什麼都沒有發現。」

點點頭，楚天在一旁接口說：「我也沒發現鳥族的蹤跡。」

「那會不會是錯覺？」吉娜經過伯蘭絲的安慰，情緒看來已經平穩下來，她皺著白淨的額頭插口說道。

詫異地看了眼這個從不參與「戰略策劃」的女孩，楚天露出個笑容說：「可能是吧，現在先不管他。如果真是窺視我們的，遲早也會露出蛛絲馬跡。」

以無所謂的強勢自信口氣說完，楚天才臉色一苦對特洛嵐兩鳥道：「快點告訴我怎麼打開這結界，都快餓死了。」

「呵呵。」被楚天搞笑的行爲逗得大樂的特洛嵐，看到禿鷹露出要惱火的表情才舉起手說，「好了好了，我立刻給你打開。」

特洛嵐舉步走到結界的跟前，兩雙翅膀向兩邊張開，形成一個十字架的樣子，眼睛裏冒出兩朵彩色的光團，好像珠子一樣，從臉上滾落，掉在胸前，碰撞融合，最終黏在一起變成一個橫放的「8」字。

在特洛嵐旁邊的楚天只見他嘴中呢喃有聲，從地上冒出一個七彩的光圈罩住了他，並迅速旋轉。

本來楚天是能夠看清這光圈顏色的順序的，赤橙黃綠青藍紫，好像木桶的木片那般一種顏色連著一種顏色，但隨著旋轉速度越來越快，最終他只能看到一個五顏六色的炫目光牆了。

隨著圓圈的旋轉，那面無形的結界逐漸顯出了它的原形，就是一個巨大的半圓，顏色還是透明的，但因爲上面時而顯現的波動，才讓人感覺到這層薄膜。

「開！」只聽旋轉的光圈裏傳來特洛嵐的大喝，只見圍在他周遭的光圈頓時碎裂成無數碎片炸飛在天空。

時間彷彿在那刻變慢並停止。等所有的七彩光碎片都聚集在一起時，特洛嵐才將兩隻翅膀向中間一揮隨後又猛地張開，那些碎片也如在他雙翅中一樣，被壓縮後擴散飛開。

碎片們好像已經商量好一樣，落向的位置很有順序，各自占著相等的位置，正好籠罩了整片結界。就如落在海水裏的雨點，整個結界在不斷顫抖波動的同時化作了斑斕的七彩色，最終逐漸隱沒。

「進去！」口中說著，特洛嵐已經先一步向樹林裏走去，伯蘭絲抱著東張西望的崽崽緊跟在後。就當楚天奇怪爲什麼這麼著急的時候，已經進入樹林的鴕鳥大姐開口說道：「結界只有三分鐘的開啓時間。」

「不早說！」埋怨地大叫一聲，楚天趕忙向前跑著，飧豹兄弟也馱著吉娜趕忙跟上。

「特洛嵐，你是故意的。」一跑進樹林裏楚天沒忙著摘水果，他躺在地上看著一旁的鴕鳥恨聲道。

「你又沒問我。」特洛嵐看著正在摘花攫果的崽崽露出了一個笑容。

一直這樣躺著，等坎落金、坎落黑兄弟採擷果子回來，楚天才爬起來。嗅著空氣裏的馨香，看著四周隨風而搖曳的小花小草，坐在草地上的他突然有種地球上野餐的感覺。當然，當幾隻鳥人出現在他的視野中後，這種感覺立刻沒有了。

「這是火腰果，味道很香。」吉娜將一個渾身火紅，外形酷似燃燒著的火焰的一個果子遞了過來說道。

「哦。」這火腰果楚天看了會兒也沒看出該從哪裏剝皮，他按前世的方法就從最高的那朵火焰掰，但卻沒掰開。

看著楚天笨拙的樣子，吉娜輕笑從他手中拿過果子說道：「還是我來吧，楚大哥。」

「這火腰果比較特別，它需要從這腰部撕開，你看到這條金線了嗎，只要一拉，就開了，後面將果子下面的皮拽掉就能吃了。」一邊教著楚天，吉娜一邊做著示範。

看到這裏，楚天可是驚異得要死，這不是地球上香煙、鐵裝罐頭經常用的拉鎖嗎？沒想到植物竟然能夠長成這個樣子。

雖然心中感覺奇怪，但楚天表面上卻是迅速將果子接了過來，光剝皮的方式就那麼奇特了，味道肯定也很特別吧。

「噗哧」咬了一大口，頓時，雪白的果肉上沿著他的嘴角溢出兩行透明的蜜汁。

「甜，好吃！」好像香蕉一樣的味道，卻甜滑無比，還特別脆，真是好吃。

「我也要，我也要，我也要吉娜姐姐給我剝皮吃。」本來正被伯蘭絲餵的崽崽這個時候鬧騰起來。

在崽崽的鬧騰下，這頓水果大餐吃了頗長一段時間，後來又因爲吃得太飽在地上躺了半天。若不是天色漸晚，他們還真準備在這裏多待會兒呢。

最後楚天讓坎落金、坎落黑兄弟採了些果子打包，在特洛嵐的催促下向樹林深處走去，據兩隻鴕鳥說，中心的通天巨樹就是通往綠絲屏城的通道。

此時天色漸黑，片片紅霞下整個叢林顯得有種朦朧的美感。

「到底是誰？出來！」直接自坎落金身上跳下來，楚天瞇著眼睛盯著後方左側的位置叫道。

「呼啦……」後面的樹葉發出一陣響聲，大地突然一陣顫抖。

「出來了！」叫了一聲，特洛嵐和楚天就看到不遠處的地面上漸漸墳起，不一會兒，一個巨大的山包出現了，隨後「嘣」的一聲，那土包炸了開來，出現了一個巨大的鳥頭。

長長的脖子上頂著一個尖削的頭顱，巨大的鳥喙占了腦袋一半的大小，一雙小眼睛死死地盯著楚天等人。最奇特的是，這鳥頭上竟沒有毛，而是一片片閃著寒光的角質甲殼。

一將脖子伸出來。這巨鳥就張嘴叫了一聲，其聲好像小孩子的哭聲，而在楚天等人怪異的眼神下，他將身體也從地下爬了出來。

一米多長的脖子下是巨大的身體，體積大概有四五立方米，看起來極具震撼力，但胸部卻是平平的，而不是像一般鳥類那樣突出來，兩隻翅膀也如鴕鳥般退化得極其嚴重，只有身體三分之一大小。

他的羽毛是灰色的，在頸部和胸前佈滿無數橢圓形的黑色斑紋，一雙被與頭上相同的甲殼包裹得好像樹幹一樣的大長腿，顯得極其有力。

看著這個龐然大物，楚天嘴角機械式地咧了咧，咽了口唾沫問同樣有些傻眼的特洛嵐：「這也是鳥族的？」

「不知道。」一向博學的特洛嵐這次算是栽了，不自覺地搖晃了下腦袋。

「這是斑恐鳥，我在神殿書上曾經看到過。不過傳說中，他們已經在幾萬年前滅絕了啊？」在楚天身後的吉娜突然開口說道。

對於吉娜的表現，楚天已經不再驚訝，他只看著兩隻鴕鳥問：「這東西既然已經滅絕了，又怎麼會跟蹤我們？」

「你問我們，我們問誰啊。」伯蘭絲沒好氣地回了一句。

「孔雀，孔雀……」楚天本來還想問，但那邊站定位置的斑恐鳥卻叫了起來，雖然有些不清楚，但隱約幾個人還是分辨出了他的話。

「孔雀？」揪頭看了眼吃飽喝足後就睡在伯蘭絲懷裏的崽崽，隨後楚天與特洛嵐對望了一眼，皆看到彼此眼中的驚懼。

「這個大傢伙，不會是聞到崽崽的肉味，想吃我兒子吧！」楚天心中揣測著抬頭掃了眼斑恐鳥不斷張合的大長喙，裏面竟然有一層細密的三角形牙齒。

見楚天等人不行動，斑恐鳥竟然不斷叫著「孔雀孔雀……」抬起長腿向眾人走來，邊走還邊伸長脖縮著脖子盯著伯蘭絲懷裏的崽崽。

「竟然想吃我兒子，找死！」已經恢復到翅爵勢力的楚天一看這個樣子可是惱火了，他手上一揮，一團紫金色的氣團已經飛快地射向了大鳥。

特洛嵐和伯蘭絲比楚天也不慢，兩人羽器出鞘，在銀綠兩色大放光華的同時，兩隻飱豹在隨後化作一黑一黃兩道虛影，咆哮著殺向了斑恐鳥。

「哇！」一聲將四周空氣都引動震顫的叫聲自斑恐鳥口中傳出，楚天的光球竟被這叫聲震得分解開來，而虯鼉翼和碧波粼羽刀則被大鳥很靈活地躲過，同時他還用巨大的鳥喙啄向了兩隻飱豹，其速度之快，就連楚天也只能看到道道殘影。

「這傢伙好厲害！」眉頭一皺，楚天收起大意，心神一動，大日金烏已顯在他的頭頂。兩件神器因為靈禽力的問題暫時是用不了了，就連這件頂級羽器也是勉強祭用。

隨著大日金烏的旋轉，一圈圈紫金色的光輪不斷從上面釋放出來。正當楚天決定全力出手時，皺眉思索了半天的吉娜突然開口說道：「這斑恐鳥最強悍的攻擊方式是鳴叫和喙啄，但他的防禦也很強，他頭腳之上的甲殼可在緊要關頭增長護住他的全身。另外，他還有一個絕活，那就是鑽地。」

「吉娜懂得還真多，以前怎麼沒有發現她『百科全書』的功能！」腦海裏閃過這樣的念頭，楚天的攻擊卻已經發出，不管他防禦怎麼樣，反正這時的攻擊只有以硬碰硬了。

大日金烏上的光輪就好像聲音的擴散一樣，一圈圈地擊向斑恐鳥。而這傢伙也確實像吉娜說的那樣，頭腳上的甲殼立刻瘋長了起來。在大日金烏光輪抵達前，他的全身已經被甲殼包裹起來。

好像撞擊在堅硬的岩石上，「叮」的一聲響起的同時，在斑恐鳥的甲殼上竟激濺起一些火花。

「好硬的甲殼！」看到如此情形，楚天口中叫了聲，心神一動間，已控制大日金烏化作流星向斑恐鳥砸去。

「在頂級羽器的打砸下，我看你有多硬！」心中叫著，楚天身體上紫金光芒閃爍，他運氣琉影御風變，身形化作一道風來到斑恐鳥身邊。

在楚天發狠時，兩隻鴕鳥也是下手極辣。

這兩個傢伙不愧是楚天欽佩的人物，他們對靈禽力控制得極好，雖然攻擊迅疾，但每下都是打在上次打中的位置，這樣就算斑恐鳥皮再厚再硬，也絕對經受不住這種「水滴石穿」的不間斷攻擊。

「哇哇哇！」雖然叫聲還是那般刺耳，但裏面卻透露著一股痛苦悲哀執著的味道。對待敵人仁慈就是對自己殘忍。不論是在地球上還是在這裏，楚天都一直信奉這條真理，爲此他下手一點都沒有留力。

「哇哇哇！」正如楚天所想的，斑恐鳥的皮再厚也經受不起這樣的打擊，不一會兒，他的頭上和鴕鳥們打砸的兩側就溢出了墨綠色的鮮血，順著甲殼的縫隙好像小河一樣向外淌著。

搖晃著脖子，似是感受到自己不可能打得過幾個人了，斑恐鳥邊哀傷地叫著，邊艱難地移動腳步，想向抱著崽崽的吉娜那裏靠近。

「哎呀，你這個時候居然還想一滿口舌之欲啊，真是找死。」學習武松打虎的楚天一邊控制平衡一邊揍著斑恐鳥，腦子裏對這個大傢伙卻是恨得牙癢癢。

看到斑恐鳥對吃崽崽這樣執著，特洛嵐二鳥也憤怒了，他們都將自己的靈禽力散發到最大，頓時，樹林裏不少樹木花朵被掃上了天，變成齏粉在空氣裏飛舞著。

這無疑使斑恐鳥傷勢嚴重到了極點，只聽他口中不斷呼喚著「孔雀……孔雀……孔雀……」神態已是越來越委靡。

「事情好像不太對勁。」幾個人心中都感覺有些奇怪，當這樣的想法剛生出來，睡得很熟的崽崽突然自吉娜懷裏醒了過來。

彷彿遇到了什麼震撼心靈的事情，小東西看著斑恐鳥立刻瞪大了眼睛，裏面散發出兩股先烏黑後斑斕的光芒，隨後他竟然從吉娜的懷裏自動飛了出來。

身體上黑色的羽毛根根豎起，一股彩色的光華從他皮膚裏散發出來，圍繞著他的身體形成一道道光蛇不斷地在他身周旋轉。不一會兒，那些黑毛就變得油亮，而他的尾巴那裏也迅速地生長，在隨後竟變成了半米來長的尾羽，雖然還是黑色，但在末尾的位置卻有很多好像眼睛一樣的彩色光斑。

「這是雀尾啊，是主上一族成年進化的特徵，怎麼會？」特洛嵐和伯蘭絲都被這一幕給驚呆了，他們口中不約而同地喃喃著。

「孔雀……孔雀……」看著崽崽身上散發的七彩光芒斑恐鳥好像吃了興奮劑一樣，再加上特洛嵐二人的鬆懈，他竟然甩開了楚天，奔到了崽崽身下。

這時的崽崽已經不再是小小的黑球樣子，而是變成了成年孔雀那般，尾羽好像扇子一樣展開，頭頂的翎羽如花般綻放。

他雙眼緊閉，在斑恐鳥跑到他身上時才猛地睜開眼睛，那裏面，散發出的七彩神光不斷旋轉，特洛嵐和伯蘭絲看到這個情況立刻屈膝跪了下去高聲叫道：「孔雀家臣特洛嵐（伯蘭絲）叩見主上。」

並沒有理兩隻鴕鳥，崽崽在雙眼睜開的同時，身上好像太陽爆炸一樣發出一陣璀璨的光華，隨後楚天就看到他身體進入了變化狀態。在一瞬間，他的半身就變成了人的樣子。

雖然看起來就跟十來歲的小孩子一樣的身體，但楚天知道，崽崽這是真的長大了，竟然達到了翅爵的級別。

在崽崽變成半鳥半人的樣子後，下面的斑恐鳥騷動起來，口中更是連續地叫著「孔雀！」，而崽崽則一咧嘴角，身上光華散去，穩穩地落在斑恐鳥的身上。

這一落，漫天的彩光都集中到了斑恐鳥身上，楚天瞪大了眼睛，就看到那些光華好像水流一樣融進大鳥的傷口裏，隨後那傷口不斷蠕動，竟漸漸癒合了。

「這是怎麼回事？」正當楚天感覺奇怪的時候，崽崽的身體又開始縮小，最終在斑恐鳥傷全好的同時再次變成了半人大小。

直到此時一直跪伏在地的特洛嵐夫婦才從地上站了起來，他們看了還沒從剛才的巨變中完全清醒過來的崽崽一眼，伯蘭絲走了過去，而特洛嵐則走向了楚天。

「呃……你怎麼了？」看著一臉震驚加喜悅的特洛嵐，楚天抬手就想摸他的腦門，結果被他一巴掌排開了。

「你們去那邊守著吉娜。」經過了這處意外，楚天深切地認識到自己確實是個天生惹麻煩的料，所以他謹慎地讓坎落金、坎落黑兄弟去保護吉娜，隨後才坐下看著特洛嵐問，「幹嗎老盯著我看，我臉上又沒有花。」

「我發現一個問題。」特洛嵐神色一下變得嚴肅說道。

「說。」被特洛嵐這一搞，楚天也正色說道。

「你確實是個福星！」特洛嵐好像發現了什麼大秘密的樣子。

「切！你這不是廢話嗎，像我這種經天緯地的棟樑之才，鳥神肯定會賜福保佑來拍我的馬屁，以求將來我能給他點好處……」一副想當然的樣子，楚天用大拇指指著自己的鼻子口若懸河地說著。

「好好好，這些我都知道了。」被楚天的口水差點噴死，特洛嵐心中暗罵自己：「都怪自己高興過了頭，怎麼誇起這種蹬鼻子上臉的傢伙來了。」

心裏感歎著，他趕忙把話頭切入正題：「我終於知道這個是什麼鳥了！」

「特洛嵐，你今天廢話可有點多。」說完話撇頭看了伯蘭絲那邊一眼，見沒注意這裏楚天才壓低聲音說道，「怎麼像個娘們一樣。」

「胡說什麼！」厲聲反駁了一句，特洛嵐才解釋道，「我不是說他不是斑恐鳥，而是我們整個孔雀族都不是這樣叫他。」

「怎麼個意思?你有什麼想說的就一口氣說玩。」楚天大大咧咧地說道。

「嗯。」應了一聲，特洛嵐好像是爲了醞釀情緒，停頓了下才臉上發光地說道，「在我們主上的傳說中，綠絲屏的第一代城主孔雀王帝雷鳴是那一代的天才人物，短短幾十年就進入翎爵境界，隨後更是因爲一件神級羽器孔雀翎而登上王級。正因爲這件事情，孔雀族才能在當時入主一座高貴的天空之城。

「而孔雀王不止力量通天，更是個聰慧人物，他給綠絲屏城建造最好的防禦；替其所屬的鳥族改造心法；還嘗試百草，品煉草藥穀物……」

聽著特洛嵐雙眼放光地說著帝雷鳴的豐功偉績，楚天那個鬱悶啊，這個和斑恐鳥有直接聯繫嗎?別說是什麼孔雀王還做過基因試驗，將某個鳥族改造成了這個德行。如此想著他忍不住打斷了特洛嵐的話。

「呃……當然有聯繫了。在我們族的傳說中，孔雀王幫助我們鴕鳥時，騎的就是一隻高過五米的巨型走禽，孔雀王一身彩色鎧胄，猶若鳥神降世，而其胯下坐騎也是咆哮猶若驚雷，可震懾萬千生靈。」特洛嵐一瞪眼，隨後又是春光滿面的樣子。

「你想死是不是特洛嵐!」快被這個瘋狂追星族氣死了，楚天咬牙切齒地說。

「雖然在孔雀王之後，他的後人中再沒有人能夠駕馭聖鴕，也就是斑恐鳥了，但只要是他的子民中都流傳著一種說法，只要聖鴕再生，而且自主選擇了孔雀後裔，那麼被選的人就是孔雀王轉世投生的托胎。」

「還有這種事！」口中驚歎了一句，楚天心裏卻在腹誹了：「托世？這玩意在這裏居然也有，難道鳥人也有靈魂的？或者是什麼幽冥地府之類的！」

「那你一開始怎麼沒有看出他是聖鮀呢？」心裏想著，楚天嘴上卻問出了讓特洛嵐猛然變色的問題。

「這個……吉娜也說了，聖鮀早在幾萬年前就消失了蹤跡，以至於我們族中的前輩都以爲那個傳說是有心人杜撰的，所以……」特洛嵐有些尷尬，畢竟論起來這斑恐鳥還算是他們族中的恩人呢，今天差點讓他扁得去見閻王，他肯定會有些內疚。

抬起手在特洛嵐肩膀上拍了兩下，楚天正想安慰他什麼，吉娜突然喚他們過去。

「崽崽醒了？」楚天嘴裏問著也不管特洛嵐了，抬腳飛跑了過去。

現在兩隻飧豹和兩個女人都圍著那隻斑恐鳥，楚天一走進就看到這隻樣貌兇猛的大傢伙正不斷地晃動著嘴巴，給咯咯直笑的崽崽撓癢呢。

「這個是……」楚天張大嘴巴問道。

「不知道，崽崽一醒來就和斑恐鳥玩到了一起，好像他們是特別要好的朋友一樣。」吉娜在一邊小聲地解釋。

「這樣？」摸了摸大光頭，楚天還是有些不放心，他彎腰就想將與斑恐鳥同坐在地上的崽崽包起來，「來崽崽，爸爸抱。」

結果剛伸過手去，斑恐鳥已瞪大圓滾滾的眼睛張開長滿三角細牙的鳥喙啄了過來。

「不要，嘟嘟，他是我媽媽……」反擊是來不及了，楚天正想用大日金烏防禦一下的時候，崽崽突然摸著斑恐鳥的大長腿說道。

在崽崽的安撫下，斑恐鳥竟十分聽話地停下了攻勢，他還親切地用脖子蹭了蹭楚天的大光頭，才抽回了脖子。

「這麼厲害！」對崽崽也算是刮目相看了，楚天張大嘴巴搖頭說道。

「當然了，崽崽可厲害了，嘟嘟是崽崽的好朋友，媽媽你們以後可不能欺負他啊。」崽崽一副得意的樣子，讓斑恐鳥將他啄上鳥背後，站直了身子說。

「我們絕對不會欺負嘟嘟的。」特洛嵐趕忙在旁邊應道。

「崽崽怎麼樣了？」不再理會丟臉的特洛嵐，楚天問旁邊的伯蘭絲。

「靈禽力確實被引了出來，達到了翅爵初期，但因爲並非是他修煉所得，所以暫時還不能控制。」伯蘭絲臉上又憂又喜地說道。

「這也沒問題，反正我們有時間，可以慢慢幫他消化這靈禽力。不過，怎麼會突然爆發的？」楚天有些奇怪，畢竟靈禽力不是說有就有的，哪有這樣一夕之間就跳躍這麼多？

「這是孔雀族特有的種族異能，靈禽力隔代大遺傳。不知道是哪位前輩將靈禽力封印到了孔雀血脈中，最終遺傳到了崽崽這一代。」特洛嵐在一旁回答。

「主人，天馬上就黑了。」正當楚天還想問些事情的時候，坎落金嗡嗡地指著天空開口說。

一抬頭，發現太陽確實已經有一半落到了地平線下面，楚天趕忙要大家前進。

住在樹林裏倒是無所謂，這些天什麼地方沒住過，但馬上就要到有室有床的城市了，他實在是不願再忍受餐風露宿的滋味。

爲了趕路快些，楚天和吉娜分別坐在坎落金、坎落黑身上，而崽崽則趴在斑恐鳥身上，兩隻鴕鳥徒步，這樣，他們不一會兒就已經到達了樹林的中間，那條在剛才就隱約可見的通天巨木終於展現在眾人面前。

第四章 綠絲屏城

通體閃爍著一種金屬的亮銅色，雖然是天色已暗，但這樹應該是可自我發光，所以在此時看來仍是亮晶晶的。

樹幹極粗，楚天感覺最起碼直徑得有五六十米。將頭抬成四十五度角他才看到了一些粗大的枝幹，上面有無數五角星形，一閃一閃，彷彿會活動的五彩樹葉。

「這就是通往綠絲屏城的通道——通天之樹了。」看著熟悉的巨木，特洛嵐臉上神色不斷變換，身體也因爲激動而微微顫抖著，在他旁邊的伯蘭絲則更是不堪，兩隻眼睛裏都隱隱出現了水光。

「怎麼上去？不會是爬吧！」仰頭看了半天，楚天感覺就是以他的能力，也不一定能飛到距離地面最近的那根樹杈。

「不，我們綠絲屏城並沒有如其他天空之城一樣在通道上設計考驗，因爲前面的結界已經可以很準確的試探出來者的實力。」伯蘭絲轉頭頓了下，才回身對楚天解釋說道。

「通道是在樹幹的裏面。」不等楚天再次發問，特洛嵐也壓下了內心的激動，指著前面的樹幹說。

「……」楚天張大嘴巴沒有說話，當他到達了如此水準的時候，這個世界對於他居然仍有這樣多驚奇的事情。

兩個鴕鳥的腦子早都被回家的喜悅給佔據了，他們手挽著手快步向巨樹走去，竟連崽崽都給忘了。

「通天的巨樹，請你爲歸家的遊子打開通往家鄉的大門。」先是很虔誠地說了一句，然後兩隻鴕鳥才抱在一起，四隻腳在樹幹前的地面上跳動起來。

在地球上的時候，楚天因爲工作需要，舞蹈還是比較有水準的，但看著兩隻鴕鳥的舞步，他卻是一點都組合不起來。不過他能感覺到，這裏面肯定有什麼說法，要不然怎麼他們每踏一下，地面上就會出現一個巴掌大的光團飛向樹幹呢。

跳了不長的時間，特洛嵐他們終於停了下來。而與此同時，巨大的樹幹上響起一陣「咯咯吱」的響聲，楚天和吉娜等人只看到那樹竟像一般城市的大門一樣，緩緩開啓，露出裏面五彩繽紛的空間。

「大家趕快進去！」吸取了在結界時的教訓，楚天這次根本不用招呼，已大叫一聲，指揮坎落金向樹洞裏跑去。

若是平時看到這一幕，特洛嵐絕對會捧腹大笑，而伯蘭絲得冷冷嘲諷兩句，但現在兩個人都是近鄉情怯，只顧雙眼冒光地打量眼前熟悉的一切了，根本沒有管楚天。

「喂！你們兩個……」本是想趁著機會嘲笑兩隻鴕鳥一下，但楚天話說到一半就感覺腳下一震，然後自己的位置就快速升高。

「電梯！」腦中猛然冒出這個詞，楚天轉頭看著四周，能看到的只有無數遊走的彩色光霧，若非自己感覺靈敏，或許連地面上升都察覺不到。

腳下是一塊透明的圓形地面，好像水一樣時而泛起一陣波紋。頭頂，是望不到頭的色彩海洋。因爲太高，雖然面積已經有一般住房那麼大，但仍是在眼睛裏匯聚成了一片，分不清東南西北。

也許是楚天的動作太過激烈了，雖然他臉上表情並沒有太多的變化，但在他身邊的吉娜還是察覺到了他的異樣。

白淨的俏臉上浮現起一絲矜持的微笑，吉娜輕啓小嘴說道：「這是彩光通道，也是綠絲屏城特有的設計，在神殿的典籍裏，這被譽爲是最讓人沉迷的通道。」

「孔雀一族不愧是象徵美麗的種族，他們對任何事情總是追求完美，就連建這個通道都耗費了無數的心血。」解釋了後，吉娜也是有些感歎，看著四周絢麗的色彩有些陶醉地說道。

「這樣高，它的動力是什麼？」楚天其實在意的是這個，他在想將來是不是也給自己設計一個這樣的通道，要是四周都換成比基尼美女的海報就更加好了。嗯，還要設計幾個柔軟舒適的沙發。

「因為是與綠絲屏城連接在一起，所以它的動力是由天空之城負責的。」隨著伯蘭絲的解釋，就聽特洛嵐顫抖地叫道，「到了。」

在特洛嵐的叫聲後，楚天就感覺地下很輕微地震動了下，隨後穩穩地停了下來，四周色彩燦爛的光霧瞬間散開，一個美麗的城市展現在眾人的視野裏。

無數彷彿琉璃製造的屋頂被天空中高掛的一些彩色光點一映，出現流動的色彩，下面是完全用木頭建造的牆壁。不知是樹木顏色紛雜還是用什麼特殊塗料塗過，這些牆壁也是色彩紛呈，不過確實排列有序，不止沒給人雜亂的感覺，還有種有序的美感。

寬敞明亮的街道兩旁有不少公共設施，顯得人性化卻極其整潔，一些鯨腹鳥、彗星鳥、灰斑鴿等工鳥在街道上和建築物表面清掃著環境。

可能是傍晚的緣故，街上的鳥人不多，但都顯得非常悠閒隨意，身上的衣服飾物，也比楚天在黑雕城和聖鸞城見到的精緻。

「這比地球上最大最發達的城市還漂亮啊。」楚天心中感歎著，不由搖晃著腦袋左瞧右看，一臉的驚歎。

早就知道楚天對外界的白癡程度，也不等他發問，吉娜已開口說：「綠絲屏城被譽爲最美麗的天空之城，這裏的房頂都是用鑽石晶打磨而成，牆壁是由七彩書而搭建，就連這白淨的街道都是由南大陸邊緣的細石鋪築。每一代的綠絲屏城主都會很盡心地修繕城市，這幾乎被他們當做一種祭奠祖先的方式。」

「強啊！」楚天真是對這個世界的孔雀服氣了，竟然能將城市管理成這樣。

「這裏大部分的建築都是木質的，但也有例外，像神殿祭台等，還是用石頭建造。」吉娜很細心地說著，卻看到一旁的特洛嵐兩人眼睛裏竟然浸出了淚花，不由趕忙跑過去安慰伯蘭絲，就連崽崽也憨憨地問是不是他哪裏做錯了。

看到這一幕，楚天也走到特洛嵐身邊，拍了下他的肩膀說：「放心吧，我來到這裏，這座城市就算是你們家的了。」

「噗……」被楚天這話逗得差點沒噴出來，瞪了他一眼，特洛嵐也勸慰了兩句伯蘭絲，隨後才開始趕緊安排下面的行動。

「具體的事情我們是做不了主的，我們必須先找白孔雀族的族長古力德翎爵。」商議了一番後，特洛嵐一攤雙手說道。

「行行行，這些就隨你們了，不過咱們是不是先吃飯，我都快餓死了。」楚天摸了下肚子說，緊跟著趴在斑恐鳥身上的崽崽也大叫道：「崽崽也餓，崽崽也快餓死了。」

呵呵一笑，特洛嵐正想說話，突然幾隻身穿綠色直板制服的紅羽鳥人走了過來，大聲地問道：「你們是什麼人？我們怎麼從來沒有見過你們。」

這幾個鳥人的面部已進化成人形，前胸、頸部、頭頂和後腦，還有裸露的兩翼部位，都是玄黑色的羽毛。除此之外，渾身鮮豔如火，特別是尾翼，豔麗得猶如暗夜中的火把。

特洛嵐和伯蘭絲兩隻鴕鳥正想上前交涉，但他們說話慢了點，沒等他們開口，這隻禿鷹已經開口了。他看著這四隻腦袋已經變化成人形的紅鳥冷冷地說道：「敢情綠絲屏城的居民你們都認識是不是？」

眼見如此，特洛嵐只好低聲在楚天耳邊說道：「這是明面上控制綠絲屏城的朱鸝族侍衛。按照當年鯤鵬城的規定，他們有權查問綠絲屏城中的任何可疑鳥人。」

「鯤鵬城的規定？大鵬憑什麼要他們來做巡城衛？怎麼你們孔雀會同意？」現在的楚天也算是有點見識了，知道每一座天空之城的城主，其實就是一個土皇帝，不可能會任由別人分薄自己的權勢。

「咳……這個，其實這個規定是當年孔雀一族的明武太后定來的。朱鸝一族本來是大鵬王族的御用儀仗隊，後來明武太后把他們賜給綠絲屏做巡城衛，以示孔雀一族的榮耀。」特洛嵐低聲解釋道。

楚天摸摸頭，表示理解，突然又有些鬱悶地說了句：「我很可疑嗎？」

沒有說話，特洛嵐只是掃了自己人一眼，楚天當然隨他的目光轉了遍，結果發現自己這群人確實很惹眼，其他的人都是小巧的種族，而自己這群人先不說自己，單是那隻斑恐鳥已經算是鶴立雞群了。

「好吧，就算我很可疑，你們幾個也不能對我這樣說話！」楚天眉毛一挑對幾個人吼了句，也不見他怎麼動手，巨大的斑恐鳥已經伸長脖子用長喙對幾個人啄了下去。

「注意分寸，別搞出人命，畢竟都算老鄉！」一見反正是這樣了，特洛嵐倒也不怎麼擔心。他可是鴕鳥族的族長，若是被這幾隻侍衛落了面子，他還真不用混了。

「哇啊啊……」連續的慘叫聲中，那身很帥的職業裝被嘟嘟啄成了乞丐服，說起來崽崽這小傢伙控制力還很強，叼了這麼多下，這四個鳥人竟然連根毛都沒掉。

「竟然敢襲警！你們不要混了！」雖然被搞得狼狽無比，但幾隻朱鸝還是很倔地想找回面子，想來是以為在自己地盤上，這點底氣還是有的。

「回去告訴你們族長巴瑞特，就說特洛嵐替他教訓幾個不成器的手下。」特洛嵐不理這幾個根本不夠格鳥人的無禮，臉上掛著微笑，居高臨下地望著幾個人說道。

當楚天等人在繁華的街道上流連之時，四隻朱鸝已經回到了他們主子的府中，向綠絲屏城明面上的管理者巴瑞特銳爵稟報剛才的事情。

坐在玉石精金椅上的巴瑞特是個長相和藹的中年人，圓嘟嘟的胖臉上嘴角和眼角都是彎彎的，看起來很是可愛，給人的第一感覺就是無害。

一頭豎立整齊的褐色長髮被打成了髮髻，用金色的絲帶綁住，兩條眉毛也是彎彎的，帶著一股隨和的氣息。

墨綠色的錦袍下身體也是肥嘟嘟的，坐在加大的椅子上在兩側形成一個個肉團耷拉在上面。

跪在下面的四隻朱鸝偶爾小心翼翼地抬頭瞥眼看著這位表面和藹，實際上狠辣陰險無比的主上，邊絞盡腦汁地想著說辭邊將剛才的事情說完。

本來和善的臉上顯現出暴虐之色，一陣「咔嚓」的響聲，伴隨著巴瑞特身邊侍女的慘叫聲。

「不許叫！」並沒有鬆開那隻給自己揉捏，卻被自己一把捏碎的翅膀，巴瑞特邊繼續「把玩」著滿身冷汗直流的美麗鳥人少女，陰陰說道。

想到巴瑞特往常的行事手段，長相在鳥人中還算漂亮的侍女立刻將另隻翅膀送進口裏，妄圖用翅膀將自己的慘叫堵回去，但骨頭碎裂的痛苦豈是說散就散的，雖然將嘴堵住了，但聲聲嗚咽還是從她口裏斷斷續續傳出。

「我最討厭不聽話的鳥人了！」口裏好像隨意地說著，巴瑞特突然起身，手迅速伸出，摸到侍女的脖子，隨後就是清脆地「咔嚓」聲，侍女脖子無力地耷拉下來，在朱鸝銳爵鬆手後軟綿綿地倒在地上。

四個朱鸝被巴瑞特的突然暴起嚇得渾身打了個哆嗦，看著從一十八階玉石台階上緩步走下來的主上，一身細密的冷汗匯聚起來，順著脖子流進了羽毛裏。

「你們沒有聽錯，那隻鴕鳥自稱叫特洛嵐？」一直走到四隻朱鸝面前，巴瑞特才停下腳步，粗大的脖子有些艱難地將腦袋前傾，彷彿很平淡地問道。

「是是是，絕對沒有聽錯，就叫特洛嵐。」因爲緊張，回話的朱鸝喙衛有些結巴。

「特洛嵐，伯蘭絲，你們都消失那麼久了，怎麼突然回到綠絲屏城？」口中喃喃疑問著，巴瑞特伸手敲擊著自己的後腦勺，好一會兒才繼續說道，「看來人真是老了，竟然一時想不起他們當年離開天綠絲屏城的理由了。」

「嗯，好像是爲了尋找正統的孔雀後裔。」在停頓了一下後，巴瑞特突然露出了笑容，他貌似很開心地說道，「看來，他們是找到了，這麼看來，那群賤鳥也是時候出頭了，嘿嘿，綠絲屏城也該來場大洗牌了。」

在巴瑞特自言自語自問自答的時候，跪在地上的四隻朱鸝卻是冷汗橫流，他們可不傻，他們都知道某些話是需要保守秘密的，而最能保守秘密的則是死人。所以，他們四個在巴瑞特問他們是否聽到了什麼時都堅定地搖頭說沒聽到，不過即使這樣，他們也避免不了某些定然發生的事情。

「噗噗噗！」隨著四聲利器入肉的聲響，巴瑞特緩緩地將凝成爪狀的手自最後一隻朱鸝胸部抽出。看著上面滴滴答答的鮮血，他那張胖乎乎的臉上露出個和善的笑容說：「得和阿札菲商量下了，小孔雀想從我們口裏奪食，哪有那麼簡單？」

巴瑞特口中的阿札菲屬於王權派主戰種族中的長耳雕一族，但少年時的阿札菲卻愛上了神權派天鵝族長的小女兒，結果上演了一場異世版的羅密歐與茱麗葉式的悲劇。

小天鵝在逃亡中，被長耳雕一族的追兵誤殺，阿札菲從此與王權派誓不兩立。在大鵬王朝始終還是鳥人世界的正統，幾番流亡後，終於在混亂無主的綠絲屏占了一席之地。

除了朱鸝一族和長耳雕們對特洛嵐的出現進行了猜測外，另一座稍顯古樸的連片閣樓式建築中也出現了同樣的猜測。

「巴薩克銳爵，您對於這件事情的看法是怎麼樣的？」一個穿著淡藍色長袖錦袍的中年鳥人抬手對坐在上首位置的另一個歲過半百的老鳥人詢問道。

這老人身材極是消瘦，額角高高隆起，但臉頰兩側都沒有肉，看起來很是令人難受。除了這點，他的眼睛也極有特點，一黑一紅，裏面精光不斷閃爍。

就是這個老人，在座的所有人都不敢對他有任何不敬，因爲他就是支撐幾個小族在兩大勢力中生存的鯨頭鸛族長。

「亞蘭斯翅爵，我的看法和你們是一樣的，特洛嵐回來肯定是有了收穫，否則他不會違背當初離開時所發的誓言的。」雖然是幾個族選出來的總理事，但對於這位赤鴛族的族長，巴薩克知道還是要給予足夠的尊重。

「那我們要怎麼辦？兩大勢力這次肯定要兵戎相見了，難道我們還保持中立？這樣我們可能會兩相得罪，最後落個得不償失。」這次說話的是坐在巴薩克右側的一個半人鳥，他皮膚白皙，長相俊美，比一般女人還要讓人心動。

看著這位下一代中最優秀的人物，巴薩克微微一笑，他開口安慰這位白鳥族的少族長道：「奧日托雅翅爵，不論雙方哪一方最終獲得了綠絲屏城的控制權，他們都不會來得罪我們。畢竟他們需要一個安定的綠絲屏，而不是整天在戰火中。」

「戰火？銳爵大人的意思是說他們真要動手了嗎？」幾個小族的族長都有些擔憂，畢竟他們的產業都在城中，若是真要打仗的話，那麼他們肯定要承受損失。

「不是，當然不會在明面上幹起來。若是我沒猜錯的話，他們會在今年的鳥神祭祀大典上來場暗戰。」一副胸有成竹的樣子，巴薩克摸了摸尖削下巴下的鬍子說道。

「鳥神祭祀大典？」聽著這個很像中國古代祭天祭祖一類的活動名稱，楚天有些奇怪，但隨即他又釋然，以這些鳥人對鳥神的崇拜，要是沒有這些祭祀才是奇怪了呢。

「對，還有十幾天時間祭祀就要開始了，若是我沒有猜錯的話，那一天就是我們扶助崽崽重新掌控綠絲屏的最好時機。」本來走在前面的特洛嵐這個時候來到楚天身邊，壓低了聲音在他耳邊說道。

「這是怎麼講？」雖然自詡玩陰謀詭計是骨灰級的人物，但畢竟不瞭解情況，饒是這一路上講了很多，楚天也有些不明白。

「具體的事情得見到親孔雀派的那些族長之後再說。喏！前面就是孔雀族的府居了。」正說著特洛嵐抬手一指前面，臉上神色激動不已地說道。

順著特洛嵐的手指看去，楚天的視野裏出現了一座純木質的三層瓦房式建築，上面雕刻著各式山水花鳥圖。各種吉祥玉木雕有的被放在房簷上，有的被放在門庭前，看起來威勢驚人的同時又給人一種平易近人的感覺。

整個建築占地面積極大，最起碼有幾十平方公里，大體顏色爲純淨素雅的冷基調白色，但偶爾點綴的彩色房瓦和牆壁，卻給人一種和諧的美感。

看到這幕楚天已明白，住在這裏的人不簡單，看來這位白孔雀族長還是有兩把刷子的。心中對這位即將合作的夥伴評價了一番，楚天也不開口，讓吉娜等人跟上後已追到特洛嵐和伯蘭絲身邊，和他們並肩向建築的大門走去。

十幾階高大的純白玉色台階，兩側放著兩隻展翅翱翔的大鵬雕像，中間則是通體朱紅的厚重大門。

看著這與古代將相門口裝扮相似的景象，楚天心中也是滋生幾分激動之情，當他隨特洛嵐兩鳥一登上台階，一直守在門口的幾隻鳥侍衛已經衝了過來。

一身輕便卻防禦力很好的銀色鱗片鎧甲下是一身雪白的羽毛，手提標準的長槍羽器，這些一個比一個帥氣的小夥子很有教養地對楚天等人一行禮後說道，「這裏是私人府第，不知諸位要找誰？」

「因爲整個孔雀派都被打壓，連正統的爵位都沒有了，所以我們是無法稱爵的。」先給楚天解釋了下，伯蘭絲才開口對幾個侍衛說道：「快去稟報你家主上，就說特洛嵐夫婦回來了。」

「不用去稟報了，哈哈，我早就在此等候老兄的大駕了。」隨著一陣爽朗地笑聲，楚天等人眼裏出現了一個渾身散發著精幹氣息的中年漢子，他並不像以往所見的鳥人們一樣，穿著很華麗的服飾，而是精赤著健碩的上半身，下身一條寬鬆的練功褲，配合著他順著胸溝流淌下來的汗水，確實給人一種兇悍彪勇的感覺。

第一眼，楚天就被這個傢伙吸引了，他不由抬頭打量這人的面容，一張很普通的臉，若不是那道從眉角一直到嘴角的傷疤，很難相信他就是下面那副超級強悍軀體的主人。

「這麼多年不見你的性子還是沒改，居然穿成這個樣子就來接我們。」特洛嵐顯然跟來人很熟，他也哈哈笑著向前走了一步，也不顧那人渾身汗水就擁抱在一起。

「哈哈，我本來可是穿上最好的那套衣服了，不過剛才看到一群侍衛在比武，就忍不住……」狠狠地在特洛嵐背上拍了兩下，那人正解釋著卻被一旁含笑的伯蘭絲給打斷了：

「好了，誰不知道你那點毛病，一見有架打就受不了，也不知道安東尼長老他們怎麼就選中你這個大武癡坐上了白孔雀族的族長之位。」

聽到這裏，楚天心中可樂壞了：「這個伯蘭絲，一直以爲她就是看我不順眼，原來她看其他人也不順眼啊。」如此想著他還抬眼看了下那位白孔雀族的「難兄難弟」。

只見那人也是一臉笑容，卻極其尷尬，他放開特洛嵐，看著伯蘭絲說道：「雖然我知道自己很優秀，一開始抱特洛嵐是對你有些不公平，但你也不用這樣損我吧，要不我現在補償你。」說著話他就張開雙手要抱伯蘭絲，卻被特洛嵐一腳給踹開了。

「你個小子，敢打我老婆的主意，是不是不想混了。」臉上雖然儘量想裝得嚴肅，但特洛嵐口氣裏的笑意卻是如何也掩藏不住。

「竟然敢踹我，是不是要打架？」脖子一擰，那人板著臉對特洛嵐唬道。

「好了好了，不要鬧了，兩個人都是族長了，怎麼還能和小孩子一樣，快來，我給你們相互介紹下。」伯蘭絲眼看二人越來越不像話，忍不住開口打斷，指著楚天等人說道。

「嘿嘿，有點高興過頭了。」和特洛嵐同時說了這樣一句後兩人對視一眼，又是一陣哈哈大笑，隨後那人對幾個白孔雀侍衛揮揮手說道：「你們都該幹什麼就幹什麼去，這裏有我呢。」

見幾個侍衛退回去後，那人才幾個大步走到了楚天等人身邊，看到他身形的移動，楚小鳥忍不住一瞇眼睛，心中暗道：「好快的步伐，他這只是平時的行走，若是打架的話，只怕都不會弱於自己了。」

「這位就是我們剛才提到的，白孔雀一族的族長古力德。」先是介紹了這個漢子，隨後伯蘭絲正想介紹楚天他們，卻見古力德抬手指著坐在斑恐鳥身上的崽崽顫巍巍地說道：「這……這不會就是……」

特洛嵐壓低聲音對古力德說道：「你不會現在才發現主上在這裏吧！」

「嘿嘿，剛才看到你們夫妻，心情有點激動過頭，確實沒發現少主。」面色尷尬地說了句，古力德趕忙對門口的侍衛叫道，「快點準備，將諸位客人迎進去。」

「怎麼?現在還要隱藏少主的身分?」畢竟也是一族之長，又有其他前代族長的記憶，特洛嵐對於這些手段還是瞭解一些的。

「是約列夫翅爵說的，他說雖然那些大人物肯定是知道少主回歸了，但這件事明面上還要隱藏一下。」古力德搔了下頭上的黑色長髮說。

在特洛嵐二人談關於後面的計劃時，楚天則踱到了伯蘭絲身邊，皺著眉頭問道：「這個我感覺不對勁，古力德對崽崽的出現表現得太過怪異了。」

「按照正常來說，見到失蹤已久的少主，若是忠心之人必定是大喜過望，哪有他這樣後知後覺的。」關乎自己兒子的事情，楚天不得不小心行事，他腦子裏邊琢磨著邊等待伯蘭絲的回答。

「他就是這樣一個人，這個世界除了修煉，其他對他來說都是過眼雲煙，不過我可以保證他對崽崽是絕對沒有二心。」伯蘭絲回答得很堅決。

「傳說中的武癡？不太像吧。」想到剛才古力德很油滑的言論，楚天實在不知道這傢伙癡在哪裏。心中正想著，他耳朵裏突然響起一聲震雷：「楚天是吧，特洛嵐說你很厲害，咱們是不是過兩招啊？」

聽著這話，楚天就感覺肩上被人砸了幾下，他一回頭，看到古力德的那張笑臉。

「呃……抽時間吧，現在時機不太好吧。」楚天咧嘴說著，心中暗道：「這哥們也太配合了吧，而且老子現在實力降了好幾成，看你最起碼也是銳爵級別，我現在和你比，那不是找糗嗎！」

「抽什麼時間，就現在吧，那些煩人的事哪有打架來得痛快。」古力德瞪大眼說道。

「你是真白癡還是假白癡，剛才看你還挺有大將之風的，現在怎麼越來越過分？」

心中無奈地想著，楚天正想再推辭，卻聽在斑恐鳥背上好奇地看著四周環境的小崽崽道：

「那可不行，媽媽現在要陪崽崽的。」

「嘿嘿，我的好崽崽，真是善解人意啊，我看你怎麼反駁你們主上的話。」楚天現在確實懶得和人對打，畢竟是自己人，他現在實力正在恢復，若是打出什麼火氣來，最終吃虧的還是他。

「那好吧，我們晚上打！」古力德說的這話差點沒讓楚天摔倒。

一行人說著話，已經穿過了朱紅大門，來到了亭台樓榭古色古香的大殿前，這一路上楚天也算見識了孔雀們對美的追逐，別說愛美的吉娜了，就連坎落金、坎落黑兄弟都對這裏的建築格局覬盼不已。

四周山水相依，雖然有些人工痕跡，但卻勝在入境，不論是被花草鋪滿的庭院還是爬滿綠蔭紫影的走廊，或者是小魚遊蕩的清湖，都有一股淡淡的素然之感，讓人感覺美麗的同時卻平易近人。

除了這裏的美麗景色，楚天感受最深的就是孔雀族的強大實力，真是三步一崗十步一哨，隨處可見橫刀立槍的孔雀族衛士來回巡邏，他們身上所爆發出的氣勢讓楚天知道這些人絕對不是他所見過的神殿鴿子們可以相比的。

「這裏是正德廳，地方夠寬敞，本來想被我開出來做演武場的，不過族長長老死活不同意。」彷彿是想到多麼氣憤的事情，古力德邊說邊哼。

順著古力德所說，眾人向這座完全原木色的建築看去，就發覺一點怪處，這間巨大的房屋彷彿渾然天成，自成一體。

正當就連楚天在內的眾人都爲這建築而歎服之時，正中央有五六米寬的大門突然「吱呀」打開了，隨後一群年過半百的老人一蜂窩地擁了出來。

「少主，少主在哪裏？」幾個人還高聲地詢叫著，看到這種情形，特洛嵐和伯蘭絲趕緊拉了古力德一下，面上正色無比地指著還在斑恐鳥背上的崽崽說：「這位就是少主。」

「果然是主上的氣息，嗚嗚，沒想到我還能再次感受主上後人偉大的氣息。」一個連眉毛都花白的老人眼含熱淚，就想推開攙扶他的人跪下。

旁邊更有人說：「這是什麼，難道是傳說中的聖駝？啊，真的是聖駝啊，天憐我孔雀一族，王的預言實現了……」

被這位仁兄一宣揚，所有的老人都發現了斑恐鳥的身分，這下更是熱鬧了。本來很寧靜自然的正德殿，被一群老傢伙搞得好像菜市場一樣。

看著這個情況楚天那個苦笑啊：「這到底是要幹什麼，我都快餓死了。」

一番熱鬧到極點的身分認證就在楚天肚子的呻吟聲中結束了，最後他都再懶得和這群牙齒都快掉光的老人磨時間了，只好很不負責任地將事情都推給了兩隻駝鳥，讓他們商議具體的操作計劃，等商量好後跟自己說下就好了，反正他也不怕崽崽會出什麼問題。

做了甩手掌櫃後，楚天帶著吉娜和崽崽以及兩隻飧豹就在這座貴胄之城晃蕩開了。反正有古力德給的許可權，想去哪裏也不會有人攔著他們。

崽崽本來是要留下的，但楚天實在是心疼自己兒子被那群老人折磨耳朵，所以用崽崽要上廁所這樣的尿遁理由給帶了出來。

「那群爺爺的嗓門好大喲，把崽崽的耳朵都震聾了。」因爲斑恐鳥實在是太大了，有些地方根本進不去，所以楚天就讓人把他先安置起來。崽崽躺在吉娜的懷裏，邊說話還邊形象地用羽毛搔搔耳朵。

「那可是你將來的臣子，要是連這點苦都忍受不了，你將來可就有得受了。」楚天拍了下小傢伙的腦袋，很現實地說，隨後又感覺現在和他講這些實在是有點早，也就不再繼續這個話題，而是指著前面綠草茵茵的碧綠草地，問前面帶路的白孔雀侍女道，「那裏是什麼地方？」

若只是普通的草地楚天也就不管了，但主要的是這塊草地前竟然豎了一塊大牌子，上書：「禁地，閒人莫入，小心危險。」

在這裏他還是第一次碰到這樣惡搞的警示牌，所以他忍不住好奇地問道。

「那裏是族長大人特意定下的禁地，府中一應人員均不得踏入草地十米以內。」這侍女的頭已完全進化成人形，雖然並不如吉娜漂亮，但小巧玲瓏，也有股小家碧玉的味道。

聽了侍女的話，楚天就更奇怪了，他繼續問道：「你說這裏是禁地，可為什麼我感應不到任何靈禽力波動？」這樣說著話，他心裏卻腹誹開了：「別說你們素質好到了只要有個警示牌就能遵守規則的地步啊。」

「這裏並沒有什麼結界，因為這草地是會吃人的，只要走到附近，都會在幾秒鐘後消失不見。」雖然楚天說話有些紊亂，但小侍女還是很聰明的，立刻明白了楚天的意思，並很詳細地解釋。不過，在解釋時她好像想到了什麼可怕的事情，身體不由自主地顫抖著。

「會吃人？吞噬！有生命的植物！」楚天腦中閃爍著這幾個字，這時他身為大盜的本能行為，對一切未知事物永遠不缺乏好奇心和一探究竟的動力。

正想著，楚天就聽吉娜一聲尖叫：「崽崽呢？」

猛地回頭，楚天看到吉娜很焦急的樣子，他趕忙走過去拉住女孩的手問道：「怎麼了？」

「剛才崽崽想下來，我以為是他想走動就將他放了下來，可在我聽你和艾比絲說話的時候，崽崽就不見了。」吉娜雙眼裏都濛起了一層霧氣，她可憐巴巴地看著楚天說。

「不要著急，小傢伙肯定走不遠的。」到了這個時候楚天有什麼怒氣也不敢發了，他邊安慰吉娜邊運轉靈禽力去感應四周的情況，卻什麼都沒有發現。正當他想讓坎落金和坎落黑去正德廳將特洛嵐他們叫來時，突然那個侍女叫了起來：「在那裏，在禁地草坪。」

「小傢伙在裏面！」心中一驚，楚天猛地回頭，看到崽崽正一搖一擺在手指頭長的草坪上向中心走去。

「怎麼回事？」這情況讓楚天汗毛都炸起來了，崽崽可是早就會走路了，怎麼在草坪裏又變成和小孩子一樣，這草坪看來真是有門道。

吉娜和楚天對望了一眼，都看到了對方心內的驚駭，卻猛一咬牙，就要向草坪裏走去，幸虧楚天反應快，一把拉住她，並狠狠地呵斥了一句。

楚天才皺著眉頭說：「都別亂動，坎落金，你給我看著吉娜。坎落黑，你去找特洛嵐他們。我先去將崽崽抱回來。」

說著話，楚天四周的空氣一凝，一雙靈禽力幻化的光翅在眾人想像的「嘭」聲中展了開來，仰天長嘯一聲已經將全身的靈禽力全數運起，隱隱一層紫金色的光罩緊貼著他的身子閃動著。

辟元耀虛變心法在腦海流動的同時，他的身影已如迅猛出現的閃電般騰空折閃飛向已經進入禁地草坪中心範圍的崽崽。

「這是怎麼回事！」腦中驚懼地閃過這個念頭，楚天發現他的身體竟然如進入了黏稠的糊糊中一樣，身形再無法自主挪動。

身周的紫金光罩上光芒大放，將靈禽力全數提起，楚天雖然依靠猛然的爆發將身形向前滑動了一米多，但他卻感覺四周的空氣越發黏了，甚至連退後都有心無力。

楚天這樣的動作落在吉娜等人眼裏就更感覺怪異了，他們只看到楚天好像在游泳一樣，但卻只在一個地方打轉，就是不向崽崽那裏游。

「楚大哥這是在幹嗎？他怎麼不去救崽崽啊。」吉娜也算是關心則亂，平時的伶俐和博學都沒有了，她兩條眉毛蹙在一起，瞪大眼睛看著草坪裏。

此刻那裏的情況極端怪異，只見搖搖晃晃走到草坪中央的小崽崽好像寶相莊嚴的老僧般，一臉肅穆神聖地盤膝而坐在草坪上，那草坪則好像感應到什麼一樣，一股股無由來的旋風在草叢上飛舞起來。

旋風過處，所有的草都不再是養眼的碧色，而是變作斑斕的七彩，並全數傾斜，葉尖同時指向中間的崽崽。

因爲吉娜等人實力差些，她們並看不到其中的異處，但楚天卻不一樣，雖然他實力下降了不少，但意識中仍能清晰地感覺到那些草中所蘊涵的強大靈禽力，而隨著它們的傾倒，它們本身的靈禽力全數向崽崽身體裏注了進去。

在楚天的眼裏可以很清晰地看到每根草葉尖上都射出一絲絲好像電芒的七彩射線，目標正是崽崽。

第五章 孔雀碧螺草

與此同時，特洛嵐也率領眾位元老們來到了這片只是由籬笆阻隔，看起來根本無異樣的茂盛草地邊緣。

見到他們後，強自支撐的吉娜趕忙梨花帶雨地跑了過去，對伯蘭絲慌張地說道：「姐姐快看看楚大哥他們，都半天了，卻不見他們出來。」

「好，你先別哭，我和特洛嵐會想辦法的。」邊拍著吉娜的肩膀，伯蘭絲口中邊安慰著，但眼睛卻是看向特洛嵐的，裏面充滿喜悅驚訝和興奮。

「是孔雀碧螺草，它們竟然開始靈禽力反轉了。偉大的鳥神啊，您終於睜開了眼睛嗎，我們孔雀一族真是復興有望了。」先前那位眉毛鬍子全白，也是眾人中年齡最大的老鳥人突然發出一聲沙啞的叫聲，他臉上掛著老淚將雙手高抬過頂，對著天空念念有詞。

「十三叔公，您說什麼！」對於這位紅孔雀族最年長，也是整個孔雀派最年長的老

鳥，所有的人都給予了足夠的尊敬，他們中有幾個年紀稍輕的邊攙扶著老鳥邊詢問道。

抬頭仰望了好半天，也許是心中的祈禱結束了，十三叔公才深吸了口氣看著四周的後代們眼睛裏冒著火熱的神色，鏗鏘有力地說道：「你們這些後輩總是用展望的目光看這個世界的一切，其實有時候也需要聽聽先人的事情。」

一聽十三叔公拿出一副要長篇大論的神色，雖然眾鳥人都感覺有些不爽，但此刻禁地草坪中的事情太過詭異，所以他們不得不無限度地擴張耐心，等待著十三叔公開口。

在大家驚奇的眼神中，這些大大小小的各族中幹事發現平常愛講半天廢話的十三叔公竟然很快就說起了大家關心的問題：「這座府第你們知不知道是誰主持修建的？」

眼見大家茫然的神色，十三叔公歎了口氣說道：「這是第一任孔雀王專門遣工匠耗時三百年而成，據說這裏隱藏著無數的寶藏，但並沒有人發現過。在這些寶藏裏最出名的莫過於三大禁地，一是咱們祭祀鳥神用的神祈大祭台，二是萊仕德銳爵率人看守的明王陵園，第三個則就是這片看似很平常的禁地草坪。

「不同於大祭台和明王陵園，這草坪倒是經常有異象發生，像前些年總有些冒失或者不知輕重的年輕人好奇地踏入草地中，結果就在草地上消失無蹤，怎麼找都找不到。」

說到這裏，十三叔公看了一眼雙眼冒光的鴕鳥，才滿意地點點頭說道：「這曾經讓各族的族長惶恐過一段時間。為此我專門翻閱了古老典籍，最終發現，原來，這草坪叫做孔雀碧螺草，是當年孔雀王專門開闢的修煉地。而在他消亡後，這片地方卻成了禁地，所有進入的人都會無緣無故地消失，古典上將這種事稱之爲吸納，就說所有進入草坪的人都被孔雀碧螺草吸收了。」

「除了吸納現象，古典上還記載了另一種現象，那就是反轉。當孔雀大明王真正的傳人到來，並進入草地，它積蓄的靈禽力將回歸到本應擁有這力量的大明王後裔身上。」說到這裏，十三叔公大叫一聲說，「現在靈禽力反轉了，聖鴕也出現了，他就是我們族孔雀大明王真正的傳人。」

「啊！」雖然早就將崽崽認作是新任族長，但聽了十三叔公的話大家還是有點震驚。

本來明媚的天空，朵朵陰雲如驟然而現的奇兵般突兀地聚集在以素雅著稱的孔雀明王府上空。它們彷彿有了生命般，在以某種規律湧動，最終化作了一個巨大的漩渦，盤旋著，其中心，正對著草坪上如石雕般的那對乾父子。

楚天可不像崽崽那般，單純地將這片詭異草坪當做母親搖籃，眼睛一閉萬事不問，但無論他怎麼努力，卻發覺除了眼睛，身體的其他地方都暫時失去了活動能力。

「爺爺的，這到底是什麼玩意兒，居然連我這種得天獨厚，完全用好運和機遇給包裹起來的偉人都困得住，而且還是沒有一點脫困的辦法。」心中很氣憤地想著，楚天腦子裏卻重播著剛才的鏡頭，企圖從裏面找到一些與掙脫這限制有關的線索來。

在看到崽崽情形不對時，心頭大亂的自己一瞬間將禽皇在寶藏裏給自己儲備的靈禽力全部釋放，依靠這下爆發的力量，自己一下來到了崽崽的身邊，但就在自己想將小傢伙抱起的時候，天空突然出現異象，四周的空氣在那刹那凝結，自己也彷彿冰凍人一樣，被死死地封鎖在了裏面。

與此同時，一道琉璃彩光閃過，崽崽烏黑細密的茸毛漸漸亮了起來，一層迷濛的流彩在他身體周圍旋轉著，並在不斷地流動中形成一點點彷彿螢火蟲的光斑，盤旋向上，漸飛向天。

天空之中的漩渦雲中心，照射出一道晶瑩透明卻讓人可清晰感覺到的光柱，準確地穿過眾螢火蟲盤旋形成的圓圈，打在崽崽身上。

崽崽那身墨黑色的羽毛在楚天意識中「嘭」的一聲裏瘋長開來，眨眼間的爆發讓原來手指長的茸毛變成了半米左右翎羽，顏色也變得色彩斑爛，一股油亮亮的光澤讓崽崽看起來華美無比。

看著此時的崽崽，楚天心中暗道：「這哪裏是孔雀嘛，根本就是傳說中的彩鳳！」

這種想法剛在楚天腦海裏生成，他突然發覺那道光柱竟然開始變粗，逐漸地，連他也籠罩其中。

一股醍醐灌頂的感覺直沖腦門，楚天發覺自己的身體就跟沐浴在母親的懷抱裏一樣，身體的各個部分達到了全方位的放鬆。而在這放鬆之中，體內的靈禽力卻一點點匯聚，變作一條奔騰的光河，在經脈裏飛速行進著。每過一處，那條經脈就變得更加堅實韌拔，彷彿充滿了力量。

楚天的情形落在那些站在週邊的「觀眾」眼裏，卻成了另一種光景。他們只看到從天而降的光柱形成一團迷濛的霧氣，崽崽和楚天的身影全部被這團霧給籠罩了，不論眾人如何運足目力，卻無法穿透這層薄霧。

正當諸人苦惱時，就聽九天之上炸起一陣轟鳴，在耳膜「嗡嗡」的叫聲中，他們看到霧氣突然四射開來，一團灼人眼球的彩芒跟著放射出來。

朦朦朧朧裏他們看見了楚天和崽崽的身影，兩人竟身披光凝的甲胄，變成了和鳥神一模一樣的軀體。

「你們這些年輕人立刻進去沐浴大明王的恩賜。」正在這個時候，看起來老態龍鍾，彷彿一陣風就可以吹倒的十三叔公竟然爆發出驚人的威勢，他大叫一聲，震醒了所有被楚天和崽崽震懾的眾人。

「什麼！」雖然清醒過來了，但眾人還是有些不明白老人的話。

「立刻進入草坪。」這一刻老人真是氣勢驚人，他這聲斷喝讓所有人都是心底一顫，也不敢多言，包括特洛嵐和武癡在內的所有年輕一代，都迅速地越過只有半人高的籬笆牆，進入了草坪內。

凝固！所有的人一踏入草坪就感受到了楚天第一開始的感覺，空氣全數凝結，讓他們無法挪動身形，而在隨後則是靈禽力的波瀾起伏……這樣，一直持續到所有人失去知覺，包括楚天在內。

「呃……好舒服的一覺啊。」口中感歎著，楚天抬手在自己額頭上輕撫著，在額頭逐漸舒展的同時，眼睛也慢慢睜了開來。

「楚大哥你終於醒了……嗚嗚嗚……我都擔心死了。」睜開眼睛恢復知覺的耳朵裏就傳入了這樣一聲孱孱弱弱讓人心疼的哭聲。

雖然是剛從昏迷裏清醒過來，但畢竟實力非凡，腦中一動楚天已經猜到這是何人了。腰杆子一挺，從床上坐了起來，楚天一咧嘴露出個笑容拉住床前伊人的手說：「唉，我這睡個大覺都有美人相陪，真是多大的榮幸啊。」

「楚大哥你……這個時候都沒個正經。」本來梨花帶雨的臉上更是爬起朵朵嫣紅，吉娜也不敢再正視楚天那雙極具侵略性的眼睛，她緩緩低下的腦袋，直抵胸口，好似一隻美麗的鴕鳥。

這下子，楚天卻是少了調戲的念頭，因爲他實在太瞭解這隻小鴿子的性格了，以現在的情形，不論他怎麼挑逗，女孩也不會再理他一句。

如此楚天的注意力不得不換了個地方，他突然驚奇地睜大了眼睛，看著吉娜的胸脯說道：「吉娜，你……你已經達到翅爵境界了嗎？」

「嗯，我被伯蘭絲大姐硬拉進那塊怪異的草坪後，一醒來就突破了。」吉娜終於抬起了螓首，她看著楚天雙眸裏吐出激動的神色，就連被楚天拉住不放的小手都微微顫抖著。

「什麼，她怎麼能！」楚天面色一變，對於那草坪的不可控制他還是心有餘悸，所以對伯蘭絲拉著吉娜去草坪有些憤惱。

「沒事的，當時大家都進草坪了呢。」看到楚天的樣子，本就心性聰慧的吉娜一下明白了他的想法，不由心中一甜，眼中掛著喜色解釋道。

「都進去了，那裏很好玩嗎！」楚天微感詫異。

「是十三叔公讓我們進去的。」吉娜趕忙接口說道。

「十三叔公？」楚天心中想：「這傢伙不簡單啊，一句話居然能讓這麼多人去那麼危險的草坪，但你們過分狂熱也就罷了，別拉根本不相干的吉娜啊。」

一看楚天的樣子，吉娜已想到這個事情根本不是這樣「你問我答」說得清楚的，所以她很仔細地將當時的情形說了一遍，包括她被拉進草坪後的感受和隨後的昏迷。

「我大概昏迷了半天多，這是我醒來時照顧我的孔雀侍女說的，她還說所有人中我是第一個清醒的。」吉娜有些開心地微笑著說道。

皺起眉頭，聽完話的楚天心裏暗道：「這草坪到底是什麼玩意兒？居然有這麼大的能耐，能讓這麼多人昏迷不說，還能瞬息提高靈禽力，咦！我呢？」直到此刻，心猿意馬的他才想起來自己身體裏的情況。

把目光從吉娜身上收回來，楚天口中不由輕哼一聲，他忙運起靈禽力來感受，看著那股火熱的流光在身體裏遊走了一圈，幾秒鐘後他點點頭，腦子裏想道：「果然是完全恢復了，怪不得我現在除了爪子其他地方完全是人了呢。看來這次靈禽力不止完全恢復了，還有了一點增長。可惜，現在我境界的提升已經不是單純靈禽力的多少來決定了，只有心境的昇華才能突破。」

剛想完自己境界的事情，楚天腦海裏漸生疑問：「這片草坪到底是什麼人建造的？會不會又是那個大明王！」因爲聽多了特洛嵐二鳥對這位王者的評價，禿鷹潛意識裏也認同了他的偉大，畢竟看現在的情況，那塊草地所釋放的能量讓那個所有進入草坪的人都提升了境界，這得需要多大的能量啊！

如此一想，楚天立刻就要認證一下，他很鄭重地看著吉娜問道：「其他人呢，還沒醒嗎？」

臉色倏地紅了起來，吉娜抬起還不怎麼習慣的手，好像鄰家女孩一樣把玩著那頭筆直的頭髮囁嚅說道：「我……不知道，我一醒來就看楚大哥來了。」

話說到最後已經細不可聞，畢竟這話和表白已經並無太大區別，吉娜都感覺自己連耳朵都像被火燒一樣。

吉娜的異樣楚天卻沒有發覺，他現在所有的心神都放到了草坪的事情上。默默地思索了半天，感覺想不出個所以然，又聽吉娜說不知道，他雙手一用力，躍下床來，自顧自地一把拉住小鴿子嫩滑如玉的小手，快步向門外走去。

「特洛嵐他們在哪裏？」一出門正好碰到一個端著托盤身穿白色制服的孔雀侍女，一把拽住她的翅膀，楚天喝問道。

「啊……」被楚天粗魯而急迫的問話搞得呼吸一滯，小孔雀一時張了張嘴，竟緊張得說不出話來。

「楚大哥不喜歡我，要不然他怎麼會不明白剛才我的意思呢？」吉娜畢竟是個小女孩子，想得很多，看了楚天的表現她心中一陣悲痛，但畢竟有著女性的矜持，她心中絞痛地將這個想法壓下，掙開楚天的手，在孔雀侍女的後排順撫了兩下後輕聲問道：「特洛嵐和伯蘭絲他們在哪個房間？」

經過這下的緩衝和吉娜的安撫，小孔雀終於平靜下來，她卻怯生生地看了一臉焦色渾身威勢十足的楚天後，急忙小聲說道：「在前面，第三個房間。」

得到自己想知道的，楚天腳下連停都不停，逕自向前走去，這舉動讓他身後的吉娜臉色又是一黯。

走廊是那種盤旋走廊，並非筆直，而是有個很大的弧度。兩側的牆上貼著軟綿綿的紅色牆紙，上面繡著很多鳥族的圖畫，看起來既莊重又有美感。時而觸牆而建的條紋石柱更是將這種建築藝術表現到了一個頂點，讓人不得不讚歎孔雀族實在是個多才多藝的種族。

因爲幾扇在頂上雕開的窗戶，可見外面的天色已經漆黑，但走廊裏卻明如白晝，這全是柱子上端和從頂上吊下來的彩色篝火所致。

如此精緻的室內格局，若是平常以楚天的風騷程度絕對會顯擺一番，但此刻他可沒有停頓哪怕一下，大跨步來到特洛嵐兩鳥的門前，抬手「砰砰砰」給了那扇褐紅色大門幾下，口中還叫道：「特洛嵐，伯蘭絲，快給我開門。」

「你們怎麼這個時間起來了！」一把拉開門，眼帶曖昧笑容的特洛嵐看著門前的一男一女說道。

一見特洛嵐的表情，心有所思的楚天沒有察覺，他身後的吉娜卻敏感地感覺到了。眼神幽怨地看了眼旁邊的禿鷹，她垂首不語。

「特洛嵐，我有事情問你。」哪裏有時間想其他的，楚天將鴕鳥擠進房間，拉著他邊向正廳走邊說道。

見楚天神色太過凝重，特洛嵐臉色一正說道：「什麼事情？」

坐在完全用獸皮製作的大長椅子上，楚天看了眼剛從臥室裏走出來的伯蘭絲說道：「你和伯蘭絲是不是也增加了靈禽力？」

「呵呵……」本來以爲是什麼事情，但一聽楚天真正地問出來，特洛嵐和伯蘭絲都笑了，他們笑得很開心，但楚天看得卻是咬牙切齒。

「你們到底有沒有增加？」楚天現在內心可是很焦急的，這要是真的，那麼他的計劃就能實行了。

「增長了，我們兩個現在都有銳爵中期的實力了。」說著話，特洛嵐身上銀光閃耀，在這白光中他的身體一變，除了兩隻爪子外，其他地方完全變成了人的模樣。

「啊！」雖然心中已經有了點底，但真正聽到特洛嵐承認，楚天還是小小地震驚了下，這草坪也太強了點吧，竟然讓伯蘭絲他們突破了這麼多！

震驚過後，楚天更加堅定了心中的計劃：「看來這個草坪確實是寶啊，等我將天牛隊叫來，讓他們一個個都進去，那出來後我不是多了一批高手手下?哈哈哈……」

一見楚天聽完自己的話臉上掛著賤賤的笑容，卻不開口，伯蘭絲忍不住乾咳了一聲：「嗯哼！」在不見楚天反應後，她很不客氣地在某人的一隻大腳上狠狠地來了一下。

「啊！」慘痛的叫聲中，楚天抱著腳丫來回蹦著，他邊跳邊對臉色板正眼角含笑的伯蘭絲咬牙切齒地說道，「你……好痛的！」

「戲演得不錯嘛，可是以你這翎爵級別的高手，我想再踹你幾腳也應該不會有這種效果吧。」看著楚天的模樣，伯蘭絲幾乎快裝不下去了，她噘著嘴角說道。

「真是一點配合都不懂。」正所謂人逢喜事精神爽，楚天一想到自己手下都即將成為羽爵甚至是翅爵級別的高手，就忍不住想仰天狂笑兩聲，他怎麼可能在意伯蘭絲的嘲諷。

戲演了兩下見大家都不來安慰自己，他只好訕訕收場道：「其他人也都升級了吧？」

「都升了，最多的連跨越三級，少的也有一級，不過，崽崽……」特洛嵐一臉喜色，突然在最後一句話時陰了下去。

「怎麼了？崽崽怎麼了？」楚天大眼一瞪，凝視著特洛嵐大聲地問道。

「還沒有醒。」特洛嵐這話剛說完，楚天就竄起來想出去，卻被伯蘭絲給拉住了，她好氣又好笑地說道，「聽特洛嵐把話說完。」

「所有進入禁地草坪的鳥族都有一個現象，那就是升級越多的昏迷越長，像吉娜是第一個醒的，而我和伯蘭絲則是最後幾個之一，你更是除了崽崽倒數第二個。」特洛嵐拍了下楚天的肩膀，臉上掛著開心的笑容說道。

「好哇，你這是耍我！」楚天一下就反應了過來，他捏著拳頭瞪視特洛嵐。

「哈哈，老是你耍我，我還不能反抗一回啊。」特洛嵐確實是開心，他少有地說起了玩笑話。

一聽這話幾個人都笑了，好一會兒楚天才忍住笑聲看著特洛嵐將自己的計劃說了遍，但鴕鳥卻沒有點頭同意，而是露出了爲難之色。

看到這個情形，楚天臉色一陰低低說道：「怎麼?那裏不會也不讓蟲族進去吧。」

「楚天，這是什麼話，我和伯蘭絲是那種人嗎。」神色嚴肅地說了句，特洛嵐才皺著眉頭說道，「不是不讓進，而是他們根本用不了。」

「嗯？」楚天面露詢問之色。

「你也知道這草坪的來歷了，我們鴕鳥古典裏也有記載，據說這草坪是大明王耗盡半生心血所建，裏面更是佈置了可引天地靈氣的陣法，而這應該就是我們能夠瞬間變強的原因所在，但這樣的好事你以爲會永久存在嗎，如果真是那樣的話，我們孔雀早就成了這個世界的霸主了！」特洛嵐用手敲擊著椅子上的皮毛很理性地解釋。

「呃……這倒也是。」楚天一思索，發現確實是這樣一個道理。

「所以，這個陣法只能用一次，一次過後，再也沒有用了，而且現在那塊草坪也已經完全枯萎了。」特洛嵐顯然也是有些失望，畢竟要是真有這樣一個可無限給人增長靈禽力的寶地，那麼他們真是想怎麼著就怎麼著了。

「居然是這樣！」唉！可惜啊。

幾秒鐘將情緒調節好，楚天正想和特洛嵐他們去看崽崽，突然愣住了，他看著吉娜有些眼暈。

嫩白的香肩，蓮藕般的玉臂，一雙修長潔淨的小手，高聳的胸脯，平整的腹部，堪堪一握的小蠻腰。這丫頭，在雪白長裙下的上半身簡直美好到了讓人瘋狂流口水的境界。

「乖乖，剛才怎麼沒注意到。」楚天心裏那個後悔，要是早發現肯定能在自己的小房間裏親近親近了，他恨啊！

「崽崽那裏有事情！」楚天剛開始意淫出現花癡的樣子，吉娜也是被看得頭腦犯暈，對楚天再次產生臆想時，特洛嵐突然站起來大叫了一聲。

「怎麼了？」楚天身體倏然一震，他開口大聲問道。

沒有回答楚天，特洛嵐拉起伯蘭絲破門而出，飛速向走廊的盡頭奔去。

「到底怎麼了？」楚天也不耽擱，拉起吉娜，向特洛嵐二人追去。

本來靜謐的走廊裏傳來喧嘩的聲音，其方向正是前方，隱約裏楚天可以聽到金鐵交鳴聲和慘叫聲以及無數人的呵斥。

「媽的，崽崽要是出什麼事情，我定要你們全部陪葬。」看過無數陰謀宮廷劇及黑暗小說的楚天一下就明白發生了什麼事情。他心中咬牙想著，腳下速度不由更是快了幾分，一層黑金光芒好像火箭噴射出的噴氣一樣，成錐狀自他腳後生出，結果他便化作離弦箭超過特洛嵐。

這是個比較寬敞的地帶，四周都是圓狀的牆壁，中間鋪設著綠色爲底，華彩襯托的地毯，而在這豪華的地毯上，橫七豎八倒著不少鳥人或者半鳥人的屍體。

這些鳥人裏有孔雀的，還有孔雀附屬的金黃鸝，更有紅孔雀，還有其他亂七八糟的鳥族的。總之，這裏基本囊括了綠絲屏城現有的所有高等鳥族。

而在這些屍體周圍，還有兩夥人對峙著。他們一方身穿標準的禮服式戰衣，看起來很華美。楚天知道，他們是孔雀族。另一方，穿著黑紅相間的長袍戰衣，脖子裏戴著彩色的護頸，卻是各種鳥族都有，但看著他們眼神裏時不時露出的殺氣。楚天明白，這些人並非烏合之眾。

「到底怎麼回事？」這個時候特洛嵐和伯蘭絲終於趕了過來，楚天忙開口問道。

「是明王赴死軍！他們怎麼回來了？」特洛嵐眼眸猛地一縮，裏面光芒閃爍不定，顯是震驚無比。

「明王赴死軍？什麼東西？」

「這個我倒是知道。據傳，當年孔雀大明王神武無敵，除了他自身的超強實力外，還有一隻隨他南征北戰的無敵軍團，那就是明王赴死軍。」吉娜任由楚天拉著她的手，感受著那張大手的溫暖。她心中甜甜的，臉上掛著笑容，擠出兩個酒窩。

「這支軍隊是由大明王自各個種族抽選精銳而組建，人數只有千人，卻是勇猛無比，並創下無數功勳。其中最著名的當屬幾萬年前面對三十多倍的蟲族，他們硬是殺出血路，並刺死蟲族首領，讓蟲族軍隊大亂，因而獲勝。」

「這樣的軍隊還真挺強的，不過幾萬年了，怎麼這些傢伙還沒死？」楚天瞧著場中身穿黑紅長袍的鳥人們有些奇怪，他們怎麼也不像能活幾萬年的傢伙吧。

「他們早就不知道換了多少代了，這些都不是原來的赴死軍了，不過也不可小覷，這些人整天都是徘徊在生死邊緣的。雖然實力可能只達到羽爵級別，但他們的合擊之術就連雕鴞集團軍都不敢硬抗。」特洛嵐在一旁接口說了句後暗暗一歎道：「這些都不是最主要的，我最擔心的是現在赴死軍的統領，他不支持崑崑。」

「呃……爲什麼？」楚天搔了下光亮的腦袋瓜問道。

「因爲他很希望統一孔雀族，而且他認爲崑崑這些貴族孔雀是導致孔雀一族沒落的根本原因。」特洛嵐看著被多於自己三倍的孔雀侍衛圍住的赴死軍軍士，無奈地歎了口氣。

「他不是貴族？」吉娜在一旁插口問道。

「不，他是，還是大貴族，他是古力德的親弟弟萊仕德。」伯蘭絲語氣不是很好，顯然對這個人並沒有什麼好感。

「看來白孔雀是與崽崽所屬的黑孔雀皇族最接近的族種了！」楚天臉上掛起嘲諷的笑容，眼中閃爍著陰陰的目光說道。

「確實，而且萊仕德本事很不錯，不論是統軍還是自身實力，他可是當代唯一一個靠自己達到銳爵的孔雀。」特洛嵐不知道是惋惜還是怎麼的，臉色總有些灰暗。

「這些人裏萊仕德不在吧！」楚天再次掃了一眼赴死軍，並沒有發現實力超過翅爵的鳥人。

「沒有，他是個高傲的人。」特洛嵐大有感慨之意。

「你好像很瞭解他？」楚天對於特洛嵐的表現很不滿，對於他來說，誰對崽崽有不良企圖，那麼都是他的敵人，而對敵人，那就得心狠手辣！

「我們和他們兄弟都在同一家學校學習，也是從小長大的好朋友。」伯蘭絲拍了下特洛嵐的背部，解釋道。

楚天張口想說什麼，那邊圍著赴死軍的孔雀侍衛們突然讓開了一條道路，精神飽滿卻面含煞色的古力德看著剩餘的十幾個赴死軍軍士說道：「放肆，你們是想造反嗎？」

幾個軍士被這話搞得面面相覷，他們是可以殺鳥不眨眼，但畢竟他們還是忠心於孔雀家族的死士，此刻被蓋上這麼大的帽子，他們一時也沒反應過來。

愣了一下後，赴死軍中一個花色羽毛，看起來很健碩的半人鳥走了出來，給古力德鞠了個躬說道：「見過白孔雀族長，我是明王赴死軍第三隊十二小隊的隊長卡特蘭。」

「我希望你給我個說得過去的解釋，否則……」話沒說完，古力德只是低頭掃了眼地下的鳥族屍體，其中百分之八十都是自己的族人啊，這群渾蛋竟然說動手就動手！

「我們只是奉命前來看少主的情況，但這些侍衛卻不讓我們進去。」卡特蘭理直氣壯地正說著，卻聽一個聲音懶洋洋卻極具威勢地插言道：「看情況，我看是謀殺吧，要不然哪裏用得著這麼多人一起來，而且你們老大呢？他殘廢了？看少主，這種事情也可以讓手下來嗎？」

被這句話噎得一時說不出話來，卡特蘭其實是奉命來調查情況，但因爲是赴死軍的軍士，他根本沒把這些普通侍衛放在眼裏，所以就想強硬地衝進房間看一下崽崽。沒想到這些侍衛竟然提前動手了，無奈下自己才命令手下宰了幾隻孔雀，不想問題竟然弄大了。

心裏本就鬱悶的卡特蘭聽了楚天這根本是諷刺的話哪裏還受得了，一轉身看著楚天，正要開罵，卻被楚天身上的氣勢所壓制，到嘴邊的話也被嚇得咽了下去。

「回去告訴你們老大，不管他有多麼厲害，都不要試圖來挑戰我。而找崽崽的碴，就是跟我過不去。」臉上帶著笑意，眼中卻噴吐著懾人的光芒，楚天好像風一樣飄到卡特蘭的身前，直視著他的眼睛說道。

「啊……你！」雖然是久經沙場，但卡特蘭乾澀澀地說出這兩個字就感覺快喘不過氣來，正當他感覺支持不下去的時候，楚天的氣機卻是一鬆。

「我叫楚天。」隨口說著，楚天也不理喘著粗氣的卡特蘭，正想跟古力德去打個招呼，卻聽見被孔雀侍衛們擋在身後的門開啓了。

一回頭，就看到崽崽那身黑得發亮的羽毛，但不同的是，這次他是真的長大了，原來只有不到一米高，現在卻猛躥到楚天肩膀附近。

眼眸裏還透露著些許稚嫩，但楚天卻能感覺到裏面和奧斯汀一樣的威嚴，「這是怎麼回事？難道又是一個靈魂附體？」心中猜測著不由向特洛嵐投去了詢問的眼神。

鴕鳥帥哥點點頭，壓低聲音解釋道：「我們鴕鳥的祖宗十八代心法是當年大明王所傳授的，身爲直系獲得與之相似的記憶傳承也沒什麼好稀奇的。」

「這倒也是。」無聊地應付了一句，楚天再回頭的時候，崽崽已經化作浮影自人群中穿過，等大家醒覺的時候，他已經站到眾人的中心。

「嗯……崽崽精進不少啊，看這樣子最起碼得有翅爵的實力了。爺爺的，到底是怎麼回事？老子基本止步了，而身邊這群人倒是一個個突飛猛進。嗯，不過也對，肯定都是沾了我的光，哈哈，只有像我這種超級鳥人才能讓這些人擁有如此機遇。」

心裏很無恥地想著，楚天表面上卻很嚴肅地注視著中心的崽崽。

「眾位族民，我實在不希望大家因為我而產生內鬥，我的回歸只是給大家一個指引，讓大家能夠恢復當年的榮耀，請時刻記住你們的身分，你們是高貴的孔雀一族臣民……」

崽崽此刻哪裏有半點在楚天等人懷裏撒嬌時的幼子形象，他就好像一位蠱惑人心的邪派領袖，用連楚天都得絞盡腦汁才能想到的華麗詞語刺激著周圍的鳥人們，不單單是孔雀，就連明王赴死軍都是一副頂禮膜拜的樣子。

不止是言語上，小崽崽身上也散發著萬千彩光，照耀在眾人的身上，他們竟感覺渾身的血液都在燃燒。

「大明王惑心術！」看著小崽崽身上大盛的彩耀，伯蘭絲眼中放光地喃喃自語。

並沒有聽清楚這話，站在旁邊的吉娜也被這氣氛渲染了，若不是已經在神殿待過一段時間，怕她早已如那些孔雀般跪了下去。而楚天則是摸著自己的下巴，大感訝異地看著猶若天使的崽崽，心中大是感歎：「果然不愧是我的兒子，這麼快就有你老子我一半忽悠人的本事了。孺子可教也，真是孺子可教也。」

「哎，特洛嵐，這些話你沒有教過崽崽吧？」心裏無恥地想著，楚天一扭頭，望著渾身激紅的鴕鳥問道。

「呃……沒有。」稍微一愣下才反應過來，特洛嵐搖搖頭說道。

「果然，我沒有印象專門教過崽崽，看來他是從我的言行舉止中學到這種領導藝術的，聰明啊，雖然比他老爸我還差點。」楚天來回撫摸著自己的大光頭，嘴裏不斷給自己臉上貼著彩。

「楚小鳥，你也太自戀了吧，崽崽這番言論根本是大明王傳承下來的，你能說出這麼有水準的話？」雖然崽崽的言語動作都很煽情，但伯蘭絲畢竟超越了他好幾個等級，這個時候她已經完全擺脫了那種蠱惑，扭過頭，她冷笑著對楚天說。

「嘿！你是看我不順眼是不是！就算崽崽繼承了孔雀族前幾代族長的意志，但他能有這樣的成就總有我的汗水在裏面吧……」楚天變身化作長舌母鳥，決定從言論上將伯蘭絲這個經常不給他面子的八婆徹底打趴下，反正他心情好，有的是耐心磨嘴皮子。

楚天是這樣想的，但天不從人願，他剛說了兩句，就聽人群中爆出一聲斷喝：「殺無赦！」

隨著這話在空氣裏被逐漸抵消，本來跪伏在地的眾鳥中突然劃出幾道殘影，一股凌厲的殺氣撲天而降，其勢所指，正是在中心如那些總統候選人般發表演講的崽崽。

第六章 血腥衝突

「不要！」楚天和特洛嵐等人第一時間反應過來，他們身形一動，已經衝向崽崽，但剛走兩步，四周突然出現幾隻孔雀攔住了他們的去路。

「擋我者死！」口中喝著，楚天靈禽力湧動，一紫一金兩隻翅膀在他背後凝成，隨著他的話語，翅膀已變作光劍斬向攔在他身前的三隻綠孔雀。

「大家結陣，一定要攔住這個外來的蠢鳥。」這幾隻鳥擋路也就算了，竟然還人身攻擊了。自從獲得天禽意識以來，楚天有太久沒這樣被人正面侮辱過了，還有年輕人衝動的他一聽這話，都快被氣倒了。

也不想爲什麼幾隻孔雀會攔他，也不想這到底是誰的手下了，隨著「刷刷」的聲響，三隻正要將翅膀連在一起的小鳥就被他斬成了六片。

這一下不過只眨眼的工夫，但楚天卻感覺時間晚了，因爲攻向崽崽的人中竟然有銳爵級別的高手。

漫天鳥毛飛舞，血花遍飛，地面上已經被打出無數大大小小的窟窿，整個小廣場徹底亂套了。誰也想不到，在孔雀中竟然有這麼大膽的人，竟然敢來刺殺少主大人，所以眾鳥根本沒有準備。

特洛嵐和伯蘭絲心急無比，但卻無可奈何，他們兩個身邊竟然有三個頂階的翅爵高手，若只是這樣也就罷了，他們竟然還會一種合擊之術，這東西竟隱隱克制了他們靈禽力的施展，讓他們有束手束腳的感覺。

「這到底是什麼鳥人？」楚天心裏驚叫一聲，就看到崽崽身邊的幾個人也結起了陣法，而他這個時候距離崽崽還有三十多米的距離。

平時這三十多米對於他來說不過連眨個眼皮的時間都算不上，而此刻卻感覺比繞赤道走十圈還要漫長。

三個索套式的羽器在那些孔雀刺客的喝叫下，共同攻向體力明顯不支的崽崽。

「噌噌噌！」幾乎是同時響起，楚天和兩隻鴕鳥的羽器都破身飛出，攻向那三隻鳥，想用圍魏救趙來迫使他們回身自救，但他們顯然小覷了幾個人必殺崽崽的決心，眼看羽器臨身，他們還是控制自己的羽器擊殺崽崽。

「小心！」正當楚天等人以為已顯現脫力狀態的崽崽必死無疑時，一聲甜美卻堅決的叫聲自崽崽身邊響起，眾人只覺眼前白光一閃，委靡的崽崽已脫離了三件羽器的包圍圈。

來不及細心觀察，已經心神皆惱的楚天和特洛嵐大發凶威，羽器隨心而動，那些阻攔他們的孔雀都化作肉雨飛散天空。

當大明王府正沐浴在血雨腥風之中的時候，另一處華美的府邸，兩個男人正在前廳裏開懷暢飲。

「巴瑞特，這次你策劃的動亂可不錯啊，只是不知道那傢伙靠不靠得住？」一個渾身乾瘦，好像電線杆，卻給人很陰險毒辣，彷彿毒蛇的男人，用他猩紅的舌頭舔了下薄嘴唇上沾染的酒，陰笑著說道。

「阿札菲，放心吧，他絕不會心甘努力種植了這麼久的果實被人家取走的，而那些我們操控了這麼多年的隱藏死士們也是他們出力的時候了，若不然難道等我們失勢後讓他們陪葬不成！」圓嘟嘟的臉上滿是和善，但那雙瞇起的小眼睛裏卻是毒辣無比。

「這就好，嘿嘿，一想起這次孔雀族大亂我心裏就感覺痛快，忍了這麼久，他們肯定想不到我們會在這個時候突然搞一下。」阿札菲一臉興奮，他瘦長的臉頰顯得紅潮，卻沒有一點美感，反而讓人有嘔吐的感覺。

「這是孔雀族的內亂，與我們有什麼關係，頂多我們也就算是支援點物資，其他的我們可不知道。」臉上掛著陰謀的表情，巴瑞特端起了酒杯，和阿札菲一起將高腳杯裏紫紅色的酒液灌下喉嚨，隨著喉結的「咕嘟」一聲，兩個人都可以想像正式掌握綠絲屏城的情形了。

因爲在正常情況下，王權與神權相互制約，誰也不會允許對方一支獨大，但如果是孔雀內亂，自己人殺自己人，那麼到時候，代表神權勢力的二人趁機接收綠絲屏的大權，王權派也無話可說。

而當朱鸝和長耳雕在城主府爲了這次行動而慶祝的同時，原來的大明王府，現在的孔雀居卻顯得忙亂而焦躁，一股壓得人透不出氣來的氣氛在這座古樸的建築上空蔓延。

「到底是怎麼回事？」看著昏迷不醒的崑崑和吉娜，楚天用拳頭狠狠地砸了下面前的鐵木小桌，在小桌「咔嚓」一聲碎成兩段後，他惡狠狠地盯著古力德。

此刻楚天簡直要爆炸，要不是有天禽思想壓制，他早已大開殺戒了。看著眼前這個給自己第一感覺很好的鳥人，他恨不得立刻將他撕成碎片。

明明是他離崑崑最近，卻愣是沒有保護好崑崑，若不是最後關頭吉娜運起鴿子一族以耗費生命才可使用的「白影掠空」術法，崑崑早就離開人世了。

「我也不知道，不過約列夫翅爵已經著手派人去查了。」感受到楚天身上的殺氣，古力德不止沒有害怕，還露出躍躍欲試的神態，若不是特洛嵐按著他，他可能真會不顧場合地打上一番。

這令楚天感覺很怪異，為什麼偌大的白孔雀一族居然會選這樣一個人做族長！

看到楚天眼中紫金色光芒不斷閃爍，伯蘭絲不得不將他拉到一邊悄聲說：「我知道你在想什麼，其實在白孔雀一族內，族長並非擁有絕對的權威，他們是由九大圓桌長老說了算的。」

「根本沒有將崽崽放在心上的武癡族長古力德，更像是族長卻只是翅爵實力的約列夫，統帥綠絲屏城最強軍隊明王赴死軍的野心銳爵萊仕德；還有意見不統一的九大圓桌長老。」綠絲屏城的事情看來並沒有自己想像中那麼簡單。

腦海裏不斷浮現這些人的事情，楚天眼眸裏時而閃爍著。現在他有些心寒，身邊的人好像能相信的並沒有幾個。

當初盛大的歡迎會，什麼一定支持崽崽，這些東西讓楚天如坐針氈，心生寒氣，「太無稽了，太無稽了，我怎麼能相信事情這麼簡單呢，明明都是皇帝了，誰還願意被人壓下一頭，更何況那個人還是個小孩子。」心中冷笑著，楚天漸漸理清了這件事的脈絡。

怪不得，那些赴死軍軍士能夠順利進入到崽崽修養的地方，這群老鬼裏肯定有反骨仔存在！還有那些反叛的孔雀，只是暫時還不知道是誰的陰謀……至於古力德，他到底有沒有野心，是裝傻還是真傻……

一個個巨大的問號在楚天腦子裏盤旋不斷，他面上卻逐漸恢復正常之色，眼光在在座的人面上掃來掃去。

特洛嵐夫婦應該是沒有問題的，古力德，哼哼，先不管他，至於白孔雀翅爵古格米基長老……

看著這個一臉關切之色，卻並沒有過激表現的半百老鳥，楚天不得不說，他也分析不透此鳥。

金黃鸝翅爵查爾斯長老是個僅次於十三叔公的老人，他一副病怏怏老糊塗的樣子，不斷打著哈欠，彷彿要睡著了。

紅孔雀族的長老有兩個，一個是只到羽爵境界，卻是最年長的十三叔公漢尼爾，還有一個則是年齡不大卻被譽爲孔雀新生代最強高手的翅爵卡馬斯，這兩個倒是真的面色焦急，不斷焦急地望向在床上安睡如斯的崽崽，不過卡馬斯眼裏時而閃爍的眼眸讓楚天仍是感覺心中不舒服。

九大圓桌長老裏特洛嵐夫婦占了兩份，古力德兄弟占了兩份，剩下的那個則是整個白孔雀族最倚重的約列夫了，至今楚天還沒見過他，據說他只有喙衛的實力，卻因爲超強的智慧而被冊封爲翅爵。

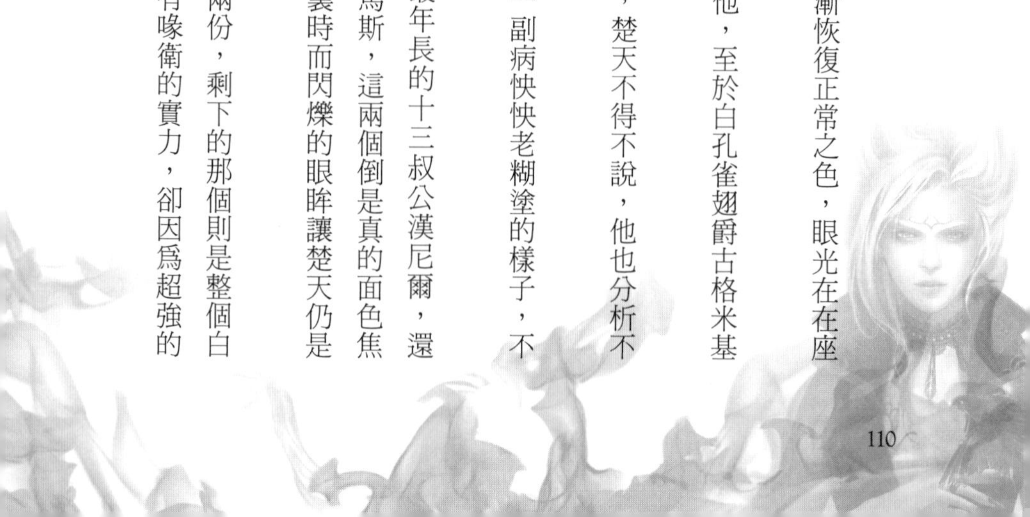

雖然如此，但看這些人什麼事情都讓約列夫去安排，楚天也能想像這個人的手段了。

在楚天猶若實質的注視下，幾個長老雖然久經陣仗，當仍是有些抵受不住，古格米基乾咳了一聲，只得發言道：「這約列夫翅爵去了這麼久了，怎麼還沒有消息嗎？」

「回來了。」楚天兩道劍眉一蹙，看著古格米基悍然說道。

這句雖不針對，卻猶如刀槍的話差點沒把古格米基翅爵嚇得坐到地下，他正要讓特洛嵐看好他們的朋友，就聽外面傳來一陣整齊的腳步聲。

「各位都在啊！」隨著「吱呀」的開門聲，一個長著山羊鬍子，只有頭變成人樣的灰孔雀從外面走了進來，他抬起翅膀對屋子裏的人點頭微笑了一遍才找個位置坐定。

「看來確實只有喙衛的實力。」看著這個臉形方正，一臉正氣，看起來很具威儀的老人，楚天心裏不斷評價著，若想完全掌握綠絲屏城，這位相當於大總管的人物是必須得拿下的。

在楚天打量人家的同時，約列夫也掃了兩眼這個神秘人物。少主的乾爹，特洛嵐夫婦最推崇的朋友，還是個不弱於銳爵實力的高手，他的跟隨到底會給孔雀族帶來怎樣的變化？

本來各個族裏對於利益的分配已經談好，只要將崽崽當做個傀儡推上大明王寶座，就可以用他號召還未曾忘記大明王恩典的綠絲屏居民們，從而再次掌控綠絲屏。

可現在，先不說禿鷹這個不穩定因素，小傢伙也不是我們能掌控得了，擁有聖駝坐騎，開啓孔雀碧螺草，這些異象早就表明小東西不簡單，這可讓我爲難了。思索地捋著自己的山羊鬍，約列夫一時間竟忘卻了此地的情況，直到十三叔公「嗯哼」乾咳了一嗓子，他才反應過來。

方正的臉上掛起讓人放心的微笑，約列夫對在坐的人大聲地講道：「這次是我們對手做的，我查詢了一下那些孔雀，發現他們竟然都與朱鸝族有過接觸。」

「嘩！」幾個人一聽這話都有些不敢相信，全體倒吸了口涼氣後，十三叔公顫巍巍地抬手說道：「你是說他們被收買了？」

「哼哼，當然不，我們孔雀族的忠心是毋庸置疑的。我說的是，這些人並不是我們孔雀，他們是被施用了變形術的朱鸝。」說到最後一句話，約列夫「噌」地從椅子上站了起來。

「什麼？」幾個人都從由豪華獸皮做成的椅子站了起來，一臉震驚地望著約列夫那張正氣的臉龐。

楚天並沒有站起來，他只是很仔細地觀察著這些人的表現，他還真不相信了，這個世界的鳥人演戲比他還真。

除了口中喃喃叫著「變形術」的古力德外，其他人都顯得很震驚。觀察了半天楚天都沒發現一點破綻。

「莫非他們真不知道這件事？」心中想著，恢復過來的特洛嵐在他耳邊解釋說：「朱鸝族附屬族中有一種岩雷鳥，他們的種族異能就是變色變形，修煉到一定境界甚至能替其他鳥族變形變色。」

「你們難道一直沒有防備嗎？」楚天瞧著他的眉心問道。

「這個……一開始是有的，不過後來見朱鸝族並沒有什麼野心，族裏也就不怎麼在意了。」特洛嵐話說著越來越低，看來他也很不好意思。

「算了，事情都發生了，再怎麼自責也沒用了，現在是要商量剩下的日子該怎麼辦。」楚天眼見這個情況只能拍板而起，他其實心裏還是打著如意算盤的，這種岩雷鳥可是好東西啊，等將綠絲屏城拿下了一定要劃到自己手下。

「你是哪裏來的野鳥，這裏有你說話的份嗎！」年輕氣盛的卡馬斯並沒有親眼見過楚天出手，雖然剛才被他的氣勢壓得心「怦怦怦」直跳，但對這個看起來比自己還年輕的禿鷹仍是有些不服氣。

因爲一直不想暴露實力，楚天自打出來後就變化成半人鳥的模樣，他沒想到這樣一隻小東西也敢在自己面前叫囂了。

心念一動，楚天身形再次閃現時已經來到卡馬斯的身前，他的手捏著卡馬斯的脖子，經過天禽和九重禽天變淬煉的靈禽力彷彿碰到裂縫的洪水，順著他的手指尖灌進卡馬斯的身體裏。

卡馬斯倒也不簡單，在看到楚天不見時他已心生警兆。不過沒等他將身體變成戰鬥形態，根本不是一個級別的楚天已輕巧地用靈禽力壓制了他。

直到這個時候，外人才反應過來，他們只見楚天單手將卡馬斯舉了起來，而卡馬斯則跟個要斷氣的蛤蟆一樣不斷蹬著腿，一股古怪的青色霧氣自他身體毛孔中溢出，在他身體周圍形成一層讓人發寒的立場。

他的眼睛都突了出來，面色變成了死人般的蒼白，一滴滴口涎順著他不自主張開的嘴角流了下來。

「你要幹什麼？」渾身打著哆嗦，十三叔公這聲喝叫讓所有人都擺出了防衛姿勢，古力德甚至都變成了戰鬥形態。

「呵呵，沒什麼，只是看這小子有些不順眼而已。」臉上掛著邪惡的笑容，楚天好像放垃圾一樣鬆開捏著卡馬斯脖子的手，隨後一轉身也不理委靡在地不斷乾嘔的他，而是面對這位最老的公公說道。

「你……」完全被楚天的囂張給氣壞了，作爲掌控綠絲屏一半勢力的孔雀族九大長老哪裏受過這樣的藐視，他們幾個正決定叫人進來收拾楚天，卻見人家猛地一抬手。

看到自己猛然的動作將幾個人震住後，楚天滿意地露出一個微笑說道：「我並沒有惡意，只是想幫孔雀取回本來屬於你們的東西，但我這並非幫你們，而是幫我的兒子。」抬頭看了眼床上大睡的崽崽，楚天才繼續說道，「不要不相信我的實力！」

將最後一句話吼了出來，楚天身體裏的大日金烏猛地竄出，並倏然擴大，一下就籠罩了整個房間。

而楚天自己也在此刻發揮出八成的實力，瞬間，翎爵的力量展露無遺，一股紫金色的光罩在他身體周圍噴吐張縮，他附近所有的物品都被這股力量絞得粉碎。在漫天飛舞的塵屑中，楚天全身化作了鳥神的模樣。

「翎爵！」幾個人一直以為楚天只有銳爵境界，沒想到他竟然是僅次於王級的翎爵，而且看他控制的那羽器，根本就是頂級羽器才有的威勢。

隨著楚天氣勢的流轉以及天上大日金烏的旋轉，屋內除了吉娜和崽崽外，其他人的羽器全部波動起來，不一會兒就紛紛掙脫飛出，自主在空中顫抖不已。

「如果你們誰認為有實力對抗本爵的話，那麼自請上來，本爵的羽器也有好久沒品嘗鮮血的味道了。」楚天在將眾人壓得瑟瑟發抖時，聲音如洪鐘般傳來，震動著眾人的耳膜。

「我……」被譽為武癡或者說是武傻的古力德喘著粗氣，身體一凝就想說話，卻被楚天狠狠地一瞪，然後他感覺壓制他的力量竟然增加了兩倍不止。這讓他的身體都顫抖起來，如何還能開口。

冒著紫金色流光的眼睛掃視了其他的長老一眼，眼見所有人都低下了頭，楚天才滿意地收回了靈禽力。

「哼哼，這個世界，拳頭大才是王道。你們這群傢伙，我還真不怕你們。」

有了這個作基礎，再加上楚天言明只要不傷害崽崽，絕不會參與綠絲屏城勢力的劃分，他竟然被選爲崽崽暫時的代理人，主持七天之後的鳥神祭祀。

臉上掛起虛僞的笑容，楚天一直送外族的長老離開才沉下臉色，他看著表情有些尷尬的特洛嵐二鳥沉聲問道：「你們爲什麼一開始不說孔雀族內部有這麼多問題？」

「楚天，不是我們不說，而是我們也不知道有這麼嚴重。當年我們出去時還很好的。」緘默了半天，最終伯蘭絲抬起脖子，直視著楚天開口說道。

「呼！那好，現在清楚了，我想知道你們的態度。」楚天雖然自詡是個陰謀家，但對特洛嵐二人卻是真心當做朋友，所以他很直接地將話題挑明了。

「我們當然是擁護，至死無悔。」特洛嵐和伯蘭絲都抬起頭，看著楚天，雙眼裏透露著堅定的神色。

微笑著點點頭，楚天一拍大腿說道：「那好，咱們現在先商量這七天內的行動。」

「這七天？」特洛嵐挑起眉毛問道。

「嗯，我要在這七天內整合孔雀族，至少要整合一大部分，這樣才能保證在鳥神祭祀上不出差錯。」楚天雙眼露出強大的自信，他看著床上的崽崽說道。

見到楚天這個樣子，特洛嵐夫婦有些感動，多好的人啊，爲了一隻收養了幾個月的養子竟然這樣拚命。

「爺爺的，沒有一座像樣的城池可不好幹倒神王兩權啊。」楚天心裏除了幫助崽崽外，這個想法也是極端強烈的。

因爲今天經歷了不少的事情，楚天只是和特洛嵐二人商議了下初步的計劃，其他的也待明天再說。

將照顧崽崽和吉娜的事情留給伯蘭絲，特洛嵐和楚天走回禿鷹一開始在的房間，但剛走到門口就發現在門前不斷徘徊的榮譽翅爵約列夫。

「他怎麼在這裏？難道是對我這種帥哥有什麼不良企圖？」這樣一想楚天心裏暗笑一聲，實際上卻已經隱隱把握住約列夫的心思，不愧是靠智謀爬到圓桌上的鳥人。

心裏冷笑著，楚天卻明白，此刻還真不是得罪這傢伙的時候，而且如果他真心投靠，自己確實缺少一個這樣出謀劃策的能鳥。

這樣想著，他拍了特洛嵐一下，臉上擠出和善的微笑熱情地喊道：「約列夫翅爵，你怎麼在這裏？」

本來正在腦中盤算該怎麼說的約列夫沒料到楚天會突然出現，他一愣後才笑著說道，「呃……我是來找楚小哥商量點事情的。」

「嗯……」沒料到約列夫會直接把話說出來，楚天也是一愣，隨後才一抬手說道：「那請進吧，我也有事正要討教翅爵。」

約列夫確實是個聰明人，想來他早就料到特洛嵐會和楚天組成攻守同盟，所以並沒有對特洛嵐也跟進來表示哪怕一點訝異，他只是露出會心的微笑說道：「看來咱們是想到一起了。」

進得屋內，三人分別落座，由特洛嵐倒上水後三個人彷彿談生意一樣先閒扯了半天天南地北的趣聞，最終還是由約列夫先開了口。

喝了口水，看著好像是在品味這水中果肉的美感，但楚天卻知道，他是在醞釀情緒。臉色漸漸變得黯淡，約列夫猛地睜開眼睛，有些感傷地看著楚天說道：「楚小哥，你可要救救孔雀一族啊。」

一聽這話，楚天差點沒樂出來，約列夫智謀或許是真的不錯，但演技……也太差了點，其實這鳥人的心思他都明白，不就是想對自己示弱，博取自己的信任嘛，哪裏用這樣麻煩。

「先生怎麼這麼說呢。」對於這樣一個稱呼楚天是不想叫的，但約列夫很堅持，他一直說自己是位博學的學者，而不願做這個勞什子翅爵。

「孔雀一族如果再不整合，絕對會出蕭牆之亂啊。」約列夫臉上一副神傷之色，他的回答詞簡意賅，讓楚天眼眸不由一縮。

「這小老頭，還真是有魄力，他難道已經算準我必定要對孔雀族大洗牌了嗎？就算是猜中了，但他怎麼能相信我有這個實力，就憑我是翎爵，擁有頂階羽器，有特洛嵐率領的鴕鳥族幫助？就算這樣也不可能和整個孔雀家族對抗吧！」

楚天腦中轉著，也不再遮掩什麼，他看著約列夫正色說道：「翅爵大人認爲我有這個實力敢這樣大肆插手孔雀家族內部的事情？」

一見楚天的模樣，約列夫也不要他拙劣的演技了，他佝僂的背部一挺，直視著楚天說道：「能將整個雕鴞集團軍覆滅的人物，我相信能做下這件事情。」

眼睛一縮，和特洛嵐對視一眼，發現彼此眼裏的震驚，楚天捏緊了下拳頭，在腦子裏轉了一圈，發覺好像沒有殺鳥滅口的必要後才鬆開了手。

眼神凌厲嘴角含笑，楚天看著這位他仍是小覷了的高智商鳥人說道：「這件事情你怎麼知道的？」

「既然已經決定上楚小哥的船，那麼小老兒也不再藏著掖著了。」好像是表明心事地說了一句，約列夫身上爆發出一股強大的信心，他抬起翅膀在四周一劃說道，「我手下有支專業的密探隊伍，很不巧，他們在聖鸞城有幾個打入了神殿內部。」

「你！」特洛嵐臉色大變，竟從椅子上站了起來伸手指著約列夫。

「特洛嵐，先別急著叫，我想約列夫先生身上讓人不敢相信的事情還多著呢。」將特洛嵐壓回座位，楚天臉上掛著有些邪氣的笑容說道，「我很奇怪一點，那就是一般鳥族各種族內部都是信仰非常堅定的，他們很難背叛自己的族閥而向你這個外族提供消息吧。」

被楚天這種讓人捉摸不透卻極具威壓的神態搞得心底有些微寒，雖然對這次的事情已經想了個通徹，但楚天的表現卻讓約列夫有些拿捏不準。他攥了攥微濕的拳頭，暗吸了口氣後好似大有感慨地說道：「之所以不背叛，那是沒有可以超越他信仰的利益。」

「咦！」對於約列夫突然說的這句很具哲學韻味的話，楚天還真是驚異不已。

「呵呵，花了不少力氣才收服了一小部分其他種族的鳥人，除了他們大部分還是我們自己的族人。他們之所以能不被人發現，完全是因爲岩雷鳥。」約列夫乾笑了兩聲，也沒解釋怎麼冒出那樣的話，而是再次拋出讓人震驚的話題。

「那就是你了！」楚天雙眼迸發出猛烈的殺氣，他死死地盯著約列夫彷彿一頭嗜血的野獸。

「呃……那確實不是我……」在這樣的威壓下，約列夫連站直身子都感覺極度困難，他聲音顫抖而沙啞，彷彿被人捏住了脖子一樣。

「呼……雖然我有心思想合作，但這並不是說你可以做違背我原則的事情。既然你已經知道我的底細，那麼你應該知道我對待敵人的手段，哼哼。」楚天氣機猛地一收，看著好像跑了十萬米大汗淋漓的約列夫，楚天神色有些許陰沉地說。

「咳咳咳……呵……那確實沒有我的事情，在這綠絲屏城並非只有我手下有岩雷鳥。」也許是被楚天壓抑得有些受不了，約列夫最後一句話是吼出來的。

「呃哦？」楚天抬手敲擊著額頭掩飾著心中的想法，對綠絲屏城的複雜再次感到頭疼起來。

「萊仕德手下有，巴瑞特手下有，巴薩克手下也有。」約列夫鬍子都快豎起來了，他喘著粗氣說道。

「這樣的話，還真不好弄了。原來以爲將這天生的間諜加以運用只有自己這個接受過現代教育的鳥人才能想到，卻實在沒發現，這個世界的原住鳥們已經這麼聰明了。」心中不由有些憤恨，楚天臉上卻是吟吟笑著問道：「那你認爲這次的刺殺是誰主使的？我要聽你真正的想法。」

「既然合作，我一定會給你滿意的條件的。」不想被楚天這樣老壓著一頭，先是強調了一遍兩方的身分，約列夫才繼續說道，「萊仕德雖然有心，但絕對沒有膽量在這樣大庭廣眾下來做這件事，而據我所瞭解，他和巴瑞特他們有私底下的交易，所以我可以肯定，這件事是巴瑞特做的，只有他能鼓動萊仕德來幫助他。」

「你的意思我不是太明白。」楚天眼中放射著睿智的光彩，他心底裏暗暗讚賞眼前的老鳥：「果然是聰明啊，居然能比我這個超級天才想得還深遠。」

對於楚天的表現約列夫心裏也是有些捉摸不透，不清楚禿鷹是否從其他管道知道了什麼，畢竟這個傢伙用「匪夷所思」來形容都有些小瞧他，如此也不敢再隱瞞。

灰孔雀翅爵繼續分析道：「我想在一開始巴瑞特只是要求萊仕德窺視一下少主大人。當然，這應該是巴瑞特的說辭，他私下是打算將少主刺殺。這樣一來，兩個目的達到了，萊仕德肯定會被家族裏保少主的一派懷疑，這無疑就將兩人完完全全拴在了一條船上。」

「這是顯而易見的構陷，萊仕德怎麼會願意同巴瑞特這種人在一起？」特洛嵐在一邊將水倒上，邊皺眉問道。

「當然會，因爲這件事情太明顯了。試問，如此明目張膽的刺殺，有哪個權臣敢做？巴瑞特會告訴萊仕德這個莽夫，說是有人陷害他，來博取一部分人的同情，以達到將孔雀家族徹底分裂的目的。」

「有些亂了。」特洛嵐畢竟已經多年未曾參加家族的事物，而他本身又不如伯蘭絲擅長謀計，所以這個時候就有些糊塗。

一旁的楚天卻是瞭解了約列夫想表達的東西，他心底暗贊著這隻比狐狸還狡詐的孔雀，明面上卻只是微微頷首道：「既然約列夫先生這樣分析了，那麼我想問下您對時下綠絲屏城以及孔雀族內部有什麼看法。」

耳聽楚天這樣說，約列夫知道第一關的投名狀已經算是過了，現在是到了考驗自己實力的時候了，這樣他略微沉吟一下，開口說道：「如果想讓少主重新奪回綠絲屏城的控制權，前提必須得擁有一個穩固的後方，這就要求我們第一步先從整頓孔雀族內部開始。」

「哦，聽先生這樣說，看來您對怎麼整頓已經有了腹案嘍。」楚天瞇著眼睛笑嘻嘻地說道。

「是的，這次我們可以……」約列夫壓低聲音，將心中已經籌謀好的計劃娓娓道來。

「誰拳頭大了誰說了算，還真是這麼個理兒。」抬起雙手，支成八字狀摸著自己的下巴，楚天露出邪邪的笑容自言自語了一句。

吉娜白了楚天一眼，正要說話，床上的崽崽卻睡了過來，問道：「這是哪裏？吉娜姐姐，我餓了。」

吉娜被嚇了一跳，本能地「哎」了一聲，剛想去拿食物，發覺門被推開了，外面站著有些氣喘的特洛嵐。

楚天並沒有起身，而是全神貫注地將手覆蓋到了崽崽的頭頂。此刻崽崽的相貌雖然還是黑乎乎的，但不論是精神還是氣勢都已經具備了翅爵的實力，不過不知道是不是因爲進化太快，而生理卻增長緩慢的緣故，小崽崽的身體也跟楚天一個德行，不顯示羽爵特徵。

楚天此刻就是想探視一下，看崽崽體內的能量是否穩定，所以他並沒有理特洛嵐。

鴕鳥和吉娜打了聲招呼，隨後進來了也沒有出聲打攪楚天，而是站在一旁神色有些焦急地等待著。

「這小傢伙，體內靈禽力很渾厚，但卻好像不怎麼聽指揮，看來他也是增進太快。」苦笑著收回手，楚天心中那個氣憤啊，自己是這個德行也就罷了，怎麼自己寶貝兒子也落下這個毛病。人家都是苦惱靈禽力無法增長，而他們父子倆則是苦惱靈禽力太多。

「這樣也沒事，反正崽崽還小。」特洛嵐雖然眉宇間還帶著幾分憂色，但對於少主的事情卻更是掛心，他口氣裏帶著一絲不確定，訥訥地說。

「好了特洛嵐，崽崽確實沒事，他體內經脈很穩固，這些可以調動的力量已經可以促使他直接晉級翅爵了，而且他體內還潛藏著龐大的靈禽力，哼哼，不過不用擔心，這些力量都很穩定。這孔雀一族和天禽一樣，都愛搞這些東西。」口中不三不四地說著，楚天將崽崽抱在懷裏邊摸著他的羽毛邊問特洛嵐，「事情怎麼樣了？」

「呃……很好，約列夫手下人很多，加上我聯合的鴕鳥族人以及一些由約列夫肯定會支持崽崽的孔雀族人，我們已經有絕對的力量，將內部問題處理乾淨。」特洛嵐這個時候才一擦頭上的汗水，急忙將來的目的說了出來。

「這樣，那還等著幹什麼，我們走吧，先去會會明王赴死軍。」說著話，楚天抱著崽崽就想向外走，卻聽走廊裏傳來慌張的腳步聲。

一愣之後，「砰砰砰」的焦急敲門聲已經傳進楚天、特洛嵐以及崽崽的耳朵裏。

「誰啊，這麼沒有禮貌，他想一下把門敲破嗎！」正享受楚天厚實胸膛溫暖的崽崽一愣後有些不滿地嘟囔說。

「呵呵。」摸了摸崽崽的小腦殼，楚天與特洛嵐對視一眼，由鴕鳥去開門。

「約列夫先生，你怎麼？」特洛嵐看到外面的人有些吃驚，他不是正在統領部隊嗎？

「特洛嵐族長，楚……」問了一下後約列夫已經看到了楚天，他急忙走了進來說道，「楚代理，我們商量的事情已經被萊仕德他們知道了。」

「嗯……別急，慢慢說。」楚天雖然被約列夫突然說出的情況給搞得心中大震，但不愧是經歷過陰謀陽謀無數的人，再經過無數書籍電視劇電影的薰陶，他迅速定下心神，給約列夫倒了杯水說。

「嗯……呵……是這樣的，我在明王赴死軍裏安排的人在剛才傳來消息，說明王赴死軍突然進入警戒狀態，族裏的一些管事也攜家帶口進入了明王赴死軍的軍營裏。」約列夫喝了兩口水，也顧不上擦掉山羊鬍上留下來的水就急急忙忙地說道。

「他們怎麼知道情況的？」楚天瞪大眼睛，裏面閃爍著紫金兩色光芒。

「具體是誰還沒有探查清楚。」回答了第一個問題後約列夫臉上掛著自責的表情說，「他們之所以知道情況，是我們這裏出了內奸，卡馬斯，想不到紅孔雀裏竟然出了這麼一個叛徒。」說著話約列夫捏緊拳頭，一拳砸在了桌子上，將水杯震起來老高。

「那就是說我們要舉行的族內長老大會失去意義了？」楚天瞇著眼睛，裏面閃爍著陰冷的光芒。

原來那天楚天等人就商量好，要請孔雀族內所有有身分能說上話的人開個鴻門宴，按照約列夫給出的身分，想搗鬼的人通通拿下。

本來這套按照楚天尋思，對付一群鳥人來說已經是比較高難度的陰謀設計了，可不承想，居然出了岔子，還有「內奸」這種東西。

「嘿嘿，不過也好，這下黑臉白臉一下都看出來了，倒真應了我那話，咱們看拳頭大小吧。」心中琢磨著，楚天睜開眼睛將崽崽的腦袋摸了摸說道：「事情既然這樣了，咱們也好說，拳腳上見真章。好了，先把我們這邊的人召集起來，去後山看看萊仕德去。」

第七章 別有洞天

一行四鳥，踏出走廊，結果剛出來就聽到一聲蒼老的咒罵聲：「這個不爭氣的東西，怎麼能……怎麼能……」

聽著老人斷斷續續哆哆嗦嗦的叫聲，楚天自是知道這是哪位了，他還沒開口，其他人已經勸上了：「十三叔公，您老別生氣，千萬別把身體氣出個好歹來。卡馬斯這孩子是一葉障目，肯定會浪子回頭的。」

「喲呵，這古格米基倒是會用成語。」不知為何，雖已完全融入了這個世界，但楚天仍是有一種看電視劇的愜意。聽著這位白孔雀翅爵的叫聲，他微笑著擠到了眾人中間。

很有技巧地掃視了一眼，楚天已經看清了這些人的身分，他們之中有武癡族長古力德、翅爵古格米基、紅孔雀族的十三叔公、鴕鳥族長伯蘭絲，再加上自己身邊的特洛嵐和約列夫，九大圓桌長老只少了那位青年高手卡馬斯、金黃鸝翅爵查爾斯和那位還未曾露面的萊仕德銳爵。

「哼哼，還是有搞頭的。」心中冷笑著，楚天清了清嗓子說道：「大家都來了。」

楚天的出現讓幾個老人都停止了喧嘩，就連十三叔公雖然還是起伏著乾瘦的胸膛也不再說話。

眼見如此，約列夫走了上來說道：「十三叔公，您消消氣。卡馬斯的事情我也聽說了，放心吧，事情可能沒有我們想像的那麼嚴重。」

「沒有個屁，那個畜生已被我除出族譜了，我們家沒有這樣的畜生。」十三叔公還是個火暴脾氣，一聽約列夫的話他可急了，他拿手中的拐杖不斷地戳著地面咬牙切齒地說。

十三叔公這樣一表示，古格米基和古力德的表情就有些不自然了，畢竟，他們白孔雀族中的萊仕德才是這次反叛的罪魁禍首。

一見二人的神情，楚天頓時將二人心中所想了然於胸，他走過去拍了拍武癡的肩膀說：「就算是鳥爪子，它都有長有短有粗有細，何況是鳥人呢。我相信諸位族民絕對不會因爲這件事情而對白孔雀族有任何懷疑的，而且我感覺萊仕德同志和卡馬斯小朋友應該是一時頭腦發熱，如果大家勸勸，應該會放下屠刀立地成佛。」

「呃……」對於楚天突然發表的這番很怪異的言論，眾人雖然感覺奇怪，但也大概能理解其中的意思。

十三叔公雖然說得很絕情，但畢竟是他的親曾孫，所以一聽楚天留有轉圜餘地的話，立刻露出一絲喜色。而古格米基和古力德則表現得很淡然，看來這位明王赴死軍的大頭目在自己族裏不怎麼得人心。

把自己偽裝成聖人的樣子，約列夫只好當起了黑臉，他皺著眉頭說道：「話是這樣說，但我們絕不能抱有僥倖的心理，若是萊仕德等人還是執迷不悟的話，我灰孔雀一族絕對會徹底消滅這些不忠之鳥。」

一聽約列夫表態，雖然有些人心有不甘，但在這種形式下仍是立下軍令狀，隨後由約列夫安排，各個族長長老領隊，一群人帶著族中將士向坐落在孔雀明王府最南段的明王陵園浩浩蕩蕩地行去。

好熱鬧、愛找碴的楚天當然當仁不讓的在第一波裏，這隊人馬由古力德帶領，是白孔雀族的直屬衛隊。人數也不是太多，也就七千來人，但按照古力德的說法，這些鳥都是以一當十的好鳥。

說起來這次的人數不是太多，白孔雀、灰孔雀、紅孔雀、鴕鳥四大貴族，加上一些附庸，也就四萬多人，但按約列夫的說法，這已經是各個族裏的精銳部隊了。

飛在半空裏，楚天再次感歎孔雀明王府的廣博，奶奶的，這根本就是一座巨型城池啊，幾萬部隊撒在裏面，卻並沒有任何不和諧的感覺。怪不得只要是孔雀族的不論是家臣還是什麼的，都在這裏生活。

想著亂七八糟的事，楚天對於這次出兵還是有些怪誕之感的，從來沒想過打仗這樣就能開始。若不是約列夫一再表示這是唯一的方法，他還是希望可以派人去談談，畢竟習慣了「先禮後兵」的做法。

因爲是在自己府裏，所以部隊行進速度非常快，但楚天感覺還是慢了，而且作爲大盜的他習慣單獨作案，所以在和特洛嵐商量之後，他就先一步和特洛嵐向明王陵園飛去。

晴朗的天空或許是嗅到了戰爭和鮮血的味道，漸漸陰沉起來。朵朵烏雲緩慢地挪動，赤白色的太陽只能像小媳婦兒一樣若隱若現地半遮著臉面。

時不時在空中翔過的陰影，表明了這場大戰先期的偵察戰已經展開。偶爾響起的厲嘯，不時傳出的慘叫，讓兩方勢力戰士的心頭也如這天空般越來越陰森沉甸。

不過不論是古力德這邊還是萊仕德那裏，他們的手下都沒有發現，兩個鬼祟的身影好像一陣風一樣穿梭而過，依靠地形和植被的掩護，他們不曾驚動一人，就已經來到了這片廣博的山脈週邊。

「這地方很怪啊。」將自己的身影用碧綠的草叢掩住，楚天看著眼前的廣博大山有些奇感，這孔雀明王府還真是怪得可以，居然在後面有這樣一座奇怪的山脈，還有剛才經過的闊葉樹林和小湖泊，這簡直就是個小世界嘛！

前面這山不只是大，還很怪。首先看到的兩座好像看門的門神，它們通體金黃色，楚天想那應該是什麼植物的葉子吧，但特洛嵐卻看出了他的想法解釋說，那是黃金神山，山本身就是金黃的顏色。

「看來是什麼特殊的礦物質，咦，說不定還就是黃金呢。」心中作出了最具大盜主觀意識的結論，楚天兩眼冒光地看著這兩座有些像鳥的大山。

它們很高，目測來說最起碼海拔得在兩千米以上。它們頂部向中間彎曲，正好在中間形成了一條天澗般的縫隙，就好像通往神之國度的道路，由兩座大山忠心地守衛著。

「這座神山據說是由鳥神直接幫助第一代孔雀大明王帝雷鳴建造的，並指名要將所有對族內有功的族人的屍身葬在那裏。」特洛嵐一臉幽幽嚮往神聖之色，看得出他對這片陵園的神往。

「唉，特洛嵐，你不會已經想去那裏居住了吧。」楚天一臉賤笑地看著鴕鳥說道。

「你去死！」臉色都變青了，特洛嵐看著楚天很認真地說道，「這裏所埋葬的都是我主上以及各個附屬種族中最值得人尊敬的英雄。楚天，雖然我們是好友，但再不希望你對我先人如此不敬。」

本來的笑容慢慢凝聚，楚天卻沒有惱火，反而是很鄭重地給特洛嵐道了歉。對於這種先人崇拜他很清楚，就好像地球上非常出名的宗教狂熱一樣。

發生了這樣一個小插曲，楚天再不敢用這裏的東西開玩笑，他決定儘快進入坐落在黃金神山中心谷地的明王陵園。

「或許能探聽到萊仕德那些傢伙的計劃，要是能直接將那些領頭的幹掉就更好了。」腦中再次閃過這次行動的目的，楚天對特洛嵐揚了下下巴說道：「你用上虬鼉翼，我們直接飛過去吧。」

現在的情況可不像剛才，有大片的空間供自己兩隻鳥人躲藏。這通道這麼窄，明王赴死軍戰士們不斷來回進出，想悄悄過去可太難了，所以還是飛過去的好。

楚小鳥盤算得很好，特洛嵐卻是很堅決地搖起了頭。

「什麼？在孔雀族內，敢從黃金神山上飛過的鳥族就是藐視孔雀族的先人，要被整個種族群起而攻！」重複著特洛嵐的理由，楚天感覺自己快要被氣瘋了，明明有捷徑不走，卻要去闖龍潭，天下間哪有這樣的道理？到底是哪個渾蛋要這麼規定？

咬著牙齒看了眼打定主意的特洛嵐，楚天心道：「好好好，以後有什麼事情絕對不能叫你了，居然這麼頑固，要不是老子不熟悉地形，早就讓你回去陪伯蘭絲那婆娘去了。」但表面上卻擠出個皮笑肉不笑地笑容問道：「那你說，咱們該怎麼過去？」

「直接走過去。」早就有了計劃，特洛嵐微微一笑，並沒有對楚天的行爲表現出任何不滿的樣子。

「大搖大擺地？」

「對。」特洛嵐的回答讓楚天肯定了心中的想法。

「爺爺的，這麼簡單又刺激的想法，我怎麼就沒想到。」看著一臉得意之色的特洛嵐，楚天忍不住撇嘴，但很快他就明白了鴕鳥的計劃——冒充敵方人員。

「誰讓你長得比老子帥，沒聽說過一句話嗎，帥不是你的錯，但出來招搖就是你的不對。」將山道處走出來的一隻禿鷹一拳打暈，然後拳頭就如雨點般落在了這隻禿鷹臉上。難怪，同是禿鷹，人家就毛髮齊全，濃眉大眼，龍鼻虎唇，一副威嚴的樣子，楚天能不憤恨嗎。

「好了楚天，你找到禿鷹已經不錯了，我怎麼就看不到鴕鳥呢？」特洛嵐四下張望著，卻看不到一隻同類。

「你不是說明王赴死軍裏什麼鳥族都有嗎？這不就連北大陸的禿鷹都有，難道還沒有你們鴕鳥？順手扒下那隻已經被扁得可能連他媽媽都認不出的禿鷹的衣服，楚天渾身舒爽地擦著拳頭問道。

「是有，不過可能還沒出來。」看著從山澗之中出來的明王赴死軍將士，特洛嵐皺著眉頭說道。

「那裏，那一隻。」楚天突然伸手指著左側正在草叢裏小解的某位倒楣鴕鳥說道。

「等著。」特洛嵐也是等得有些焦急，他看清楚後就化作了幾道殘影，向那片有些枯黃的草叢裏劃去。

「嗯！」一聲低沉的呻吟，隨後就是倒地的聲音，看著特洛嵐和剛才自己處理那隻禿鷹一模一樣的動作，楚天一咧嘴角，隨後又看向那兩座門神山。雖然景色不怎麼樣，但總比看特洛嵐換衣服有意思一點。

除了兩座山的怪模樣，山前是一些架起來的簡易堡壘，有樹枝和山石，後面時而閃現過明王赴死軍將士的人形鳥頭。

再向前則是那片半人多高的枯黃稻草叢，緊接著就是自己現在藏匿的小樹林了，而自己後面則是一些荊棘密佈的小山道。

這樣看來，兩方爭鬥的地方就是前面的草地了。很奇怪，難道萊仕德他們沒有戰鬥常識嗎？作爲守方竟然任由陣地前面有這樣一片可供敵人隱匿行跡的樹林？

雖然發現了怪異的地方，但畢竟不是真正的戰爭指揮家，楚天並沒有深想，再加上此時特洛嵐已經換好了行裝。他們要出發了。

看了看天色，本來陰沉的天空因爲太陽的離去而更顯昏暗，特洛嵐左右探查了一遍，

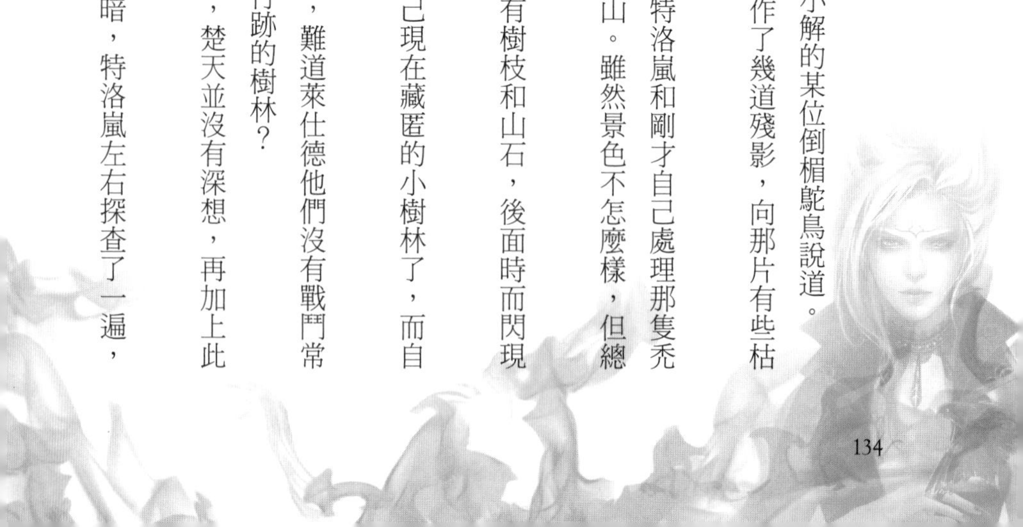

感到沒有人注意這邊才抬起變爲羽爵境界顯現出來的爪子指了指東面說道：「往那走。」

同樣變成羽爵境界的楚天順著特洛嵐的爪子望去，見那裏是整個防線交叉的地方。

心中暗贊了下特洛嵐的洞察能力，楚天貓著腰卻用連翅爵都無法察覺的速度滑到了樹林的角落，然後大搖大擺地和特洛嵐一起走出了樹林，向由幾塊巨大的石頭組成的防禦陣門走去。

「什麼人？」此時天色已經大黑，雖然這些鳥族戰士都不是一般人，但還是不能看清距離有五六米遠的楚天二人，所以在問話的同時他將火把遞了過來。

「明王赴死軍甲隊六組組長比爾，這是我的組副培特。」早已經在那隻禿鷹的記憶裏搜索出了自己所想要的一切，現在楚天報得很有底氣。

「你們不是負責防守通陵天道嗎？怎麼……」這位問話的鳥人還挺盡責，不過楚天可沒給他問完的機會，一抬手，一隻從樹林裏逮到的黑色毛毛蟲已被他從身後拽了出來。

這條黑毛蟲，有胳膊粗細，半米長，楚天是忍著噁心抓的。按照特洛嵐的話，這是鳥族最愛吃的蟲子之一，不過由於個子小，太過靈活，非常難抓。

「嘿嘿，弟兄也知道，通陵天道裏面根本沒有什麼生氣，我們這些守衛無趣得緊，所以特意弄點黑毛蟲下酒。」說著話他已經將手中還不斷蠕動掙扎的蟲子遞了過去。

「嗯……你們難道不知道我們已經徹底戒嚴了嗎，誰放你們出去的？他這是違反軍規，我要上報，你是甲隊六組的……」這哥們記性是超級的好，可惜就是太多嘴了，已經漸漸被惹毛的楚天眼中紫金色冷光一閃，他已經竄到這鳥人跟前，爪子飛速探出，「噗」的聲音裏，這鳥人的身體一陣顫抖，隨後僵硬了下然後就軟了下去。

若非楚天插在他心臟的爪子支撐，他早應該倒下去了。楚天嘴角微微抿起，湊到這隻鳥人耳朵邊悄悄地說：「下輩子，做個啞巴吧。」

說完這句話，楚天笑哈哈地一拍這隻鳥人的肩膀說道：「兄弟，這次是老哥我不對，等下帶領你手下的弟兄去我們的轄區，我還弄了些穀子酒，咱們好好喝一壺。」嘴中說著，楚天將靈禽力輸入到這隻鳥人身體裏，操控這點靈禽力讓其動作。

一直哈哈笑著，還跟擦肩而過的鳥人親切地打著招呼，結果再沒有人查楚天兩人。看到這一幕特洛嵐可真是有些佩服楚天的演技了，這簡直就是出神入化。若不是自己和他一夥，都快相信他就是敵人的兄弟了。

直接穿過了第一條防線，楚天兩個人雖然又被幾個可能是小組長的傢伙查問了兩遍，但都被楚天忽悠過去了。此刻，他們已經來到那道只有三人寬的山澗前。

「後面就不好搞了。」楚天一瞇眼睛，看著這道可以與「一線天」相媲美的山澗有些興奮，雖然已經有了可以與一個千人隊對抗的實力，但這種與當年在地球時偷竊防衛嚴密的寶物相似的經歷還是讓他微微興奮。

捏捏爪子，感覺到上面微濕發熱的汗漬，他嘴角一仰，拍拍特洛嵐的肩膀說道：「走。」

說話間，楚天身先士卒先一步踏進了山澗中，結果沒走幾步就聽「哐噹」一聲，兩把閃爍著冷冽寒光的蛇矛交叉擋在了他的胸前。

「口令。」隨後響起一聲喝問。

「呃……這地方怎麼還有這一套？」楚天有些發愣，他實在想不到這個世界竟然還有電視劇裏戰爭片中最愛玩的這一套，而且剛才搜索那隻禿鷹記憶的時候根本沒有這些東西啊，不是只是要搜身的嗎？

剛想到這裏，他猛然發覺那隻叫做比爾的禿鷹是前天晚上出去嫖妓的，而在今天才發出警戒命令的。

「馬上說出你的口令。」楚天是被這聲滿含殺氣的喝問給喊醒的，他看著已經架在脖子上的兩把蛇矛，感受著上面的寒氣脖子很自然地生起一層小細疙瘩。

知道這個時候再想那些都晚了，楚天一張嘴，借著牆壁上的燈火露出一口白淨的牙齒說：「口令是你們去死！」

壓低聲音喊出這句話，跟在他身後的特洛嵐和他同時動手，靈禽力從兩隻爪子裏勃發而出，直接透過兩隻長矛攻進了兩個連面都來不及露的倒梠鳥的心臟。

隱藏在山岩暗所裏又怎麼樣？照樣被楚天和特洛嵐幹掉，連哼都來不及哼一聲。將兩隻長矛拽出來，楚天靈禽力聚集到爪子上，結果那隻黑色的爪子就彷彿切割機一樣將暗金色的山岩劃出個四四方方的口子。

隨著將這塊山岩拽出來，裏面的鳥人頓時倒向了楚天。

「爺爺的，所有的暗哨居然都設計成內開，看來萊仕德還真是不太簡單呢。」一手拿著那塊半米厚兩米見方的岩石，另一隻手將那隻麻雀鳥人抓了起來，枯瘦卻有力的爪子抵住他的頭，一股若有若無細不可見的藍綠光煙從麻雀的頭頂傳進了楚天的爪子裏。

「吸憶大法啊，禿鷲一族的種族異能之一，楚天只用了兩次就已經這樣純熟了。」看著楚小鳥的樣子，一旁的特洛嵐很是感慨。

「搞定。」不到一支煙的工夫，楚天再次將麻雀扔進了那間暗哨裏，同時將山岩蓋了回去，不過卻沒有立刻離開，而是彷彿摸女人的皮膚一樣細細地摸著那塊山岩。

「真是金礦啊，還是黑金，這要是在地球上得多少錢啊。」直到此刻楚天也沒有忘記他一開始的猜想，摸著岩石上細細的紋路，他憑藉多年的經驗終於肯定了自己所在的這座黃金神山是他媽徹頭徹尾的金山啊！

「整整兩座山，要是搞到地球得是一筆怎麼樣的財富啊。」雖然經歷過太多震撼的事情了，但畢竟有貪財的本性，楚天忍不住幻想起來。

「你想在這裏住下去啊。」看著楚天的樣子，特洛嵐雖然不知道他心中具體想什麼，但卻敢肯定沒有想正事，所以很沒好氣地在他耳邊低吼了一句。

「啊……我正在探查地形好不好。」反應過來後逕自頂上一句正義凜然的話，楚天才戀戀不捨地將目光從黑金礦上收了回來，隨後他才看向了山澗兩側。

兩側人工開鑿的痕跡並不嚴重，除了每隔十幾米出現的篝火架，其他的並無異狀，但通過剛才搜索的記憶楚天知道，就在這看似平常的山石中，不知道會在什麼時候竄出一些要命的森冷兵器。

吸了口氣，然後又抬眼看了下頭頂，只見一道人手臂粗細的筆直縫隙將天上的景色引下了一隅。

「果然是一線天啊。」腦袋裏不合時宜地跳出這句話，楚天才和特洛嵐繼續前行。

「口令！」走了十幾米，另一對暗哨就出現了，楚天嚴肅地回答：「今天的月亮好圓啊。」

「是啊，真的好圓啊。」兩個暗哨說出了無稽暗號的下半句，楚天和特洛嵐被放行。

可能是鳥族裏像楚天這樣陰險、愛玩暗殺的人比較少，結果後面直到走到這陣宇居的防區都再沒發生問題，特洛嵐剛放鬆下來，問題卻出現了。

「口令錯誤，敵人入侵，立刻格殺！」本來該出現的「是啊，真的好圓啊。」並沒有出現，卻響起了讓楚天驚出一身冷汗的報警聲。

「爺爺的，這是怎麼回事？」聽著四周兵器甲冑與地面碰撞的聲音楚天知道再隱藏行跡是不可能了，他大叫一聲，身上光芒大放，紫金色流光如遊龍般圍繞著他盤旋的同時，他比太陽還明亮的拳頭已經帶著「呲呲」的破空聲，「嘭」地將喊出警報的那鳥人所在的暗所牆壁擊碎。

激蕩的氣流發出刺耳的厲嘯，那面牆壁好像嬌軟的豆腐般被打得飛濺起無數的殘渣，這些碎沙石打在四周的岩壁上，發出好像雨打沙灘的聲音，牆壁就變成了一張「麻子臉」。

楚天出手的同時，特洛嵐的羽器虯竜翼也開始發威，本來略顯昏暗的山澗裏被照得如同白晝。在這樣聖潔的銀光中，虯竜翼在鴕鳥的控制下化作了死神鐮刀，不斷帶起蓬蓬鮮豔的花朵。

慘叫聲接連響起，楚天腳下靈禽力湧出，將對面的那個暗哨幹掉的同時卻沒有如特洛嵐那般屠殺圍上來的明王赴死軍們，他只是有些呆愣地看著自己拳頭在山岩上打出的臉盆大小的洞口。

「沒有慘叫聲，沒有打中人身體的感覺?怎麼會這個樣子？」楚天腦中接連產生好幾個問號，但隨後他就不再想了，大叫一聲，雙爪呈掌狀再次擊向那面暗金色山岩。

這次並沒有上次那樣的巨響，只是隨著楚天將爪子抽回，那面山岩變成了粉末「沙沙沙」落在地上。

「這是……」看著暗所後面不同於上一次的黝黑通道，楚天只是愣了一下，隨後就對特洛嵐喊道，「特洛嵐，這裏。」

無奈，雖然自詡有能力可以將明王赴死軍打得潰不成軍，但卻不能那樣做，畢竟馬上就要開始幫助小崽崽統一綠絲屏城了，現在要是動用幽靈碧羽梭若是再落個靈禽力潰散，那可就得不償失了。

如此楚天只好選擇逃遁，現在突然出現的神秘通道無非給了他這樣的機會，只是不知，這個看起來好像猛獸惡口，散發著一股陰森氣息的洞裏面到底有什麼東西。

在整個山澗所有守衛的明王赴死軍慌張搜索的同時，一隻白孔雀卻滴溜溜亂轉著眼睛，躲在一個角落裏進入了失神狀態，兩隻茫然的眼睛下嘴唇不斷嚅動著，彷彿是在自言自語著什麼。若是擁有祖宗十八代心法的特洛嵐在這裏的話他絕對會發現，這隻白孔雀用的是屬於朱鸝族的千里傳音。

「又是這隻賊禿鷹。」剛從神遊的狀態下恢復過來，本來安坐在錦繡蒲團上的巴瑞特猛地將端在手中的高腳杯扔了出去。

頓時，鮮紅的酒漿蕩了出來，隨著晶瑩的玻璃片飛散在毛絨絨的獸毛地毯上，變成一副很抽象的畫面。

「怎麼了銳爵？」阿札菲眉頭一挑問道。

「那隻護送少主一起來的禿鷹居然和特洛嵐隻身進入了通陵天道，現在進入了一條神秘的通道。」

「那……那個翎爵？」阿札菲臉色變得有些難看，他口吃地說完趕忙將杯中的酒液一飲而盡。

「怕什麼，不就是翎爵嗎，雖然單挑沒有鳥是他的對手，但這個時代哪裏還有單挑一說，用幾千隻羽爵級別的鳥，我就不信打不垮他。」巴瑞特一對小眼睛裏寒光直冒。

「你是說密鰈部隊？」臉上有些吃驚，阿札菲瞪大眼睛看著巴瑞特。

「哼哼，這個以後再說，說不定他被萊仕德幹掉了呢，那傢伙，也不是軟柿子。」巴瑞特重新坐下，將桌子上的一根紅色絲線稍微扯動，一個體態款款的侍女就從門外走了進來，小心而迅速地換了個杯子，並將酒斟上，正要去收拾地上的殘跡卻見巴瑞特一揮手說道，「下去。」

「是，主人。」趕忙彎腰施禮，侍女倒退著走出了房間。

一直見人離開了，阿札菲才皺著眉頭說道：「萊仕德那個傢伙，竟沒有聽我們的。」

「是啊。」阿札菲的失望卻讓巴瑞特露出了笑容，他摸著自己肉乎乎軟答答沒有一點鬍渣的下巴說道：「我們眼中的莽夫其實腦子很精明，他應該早就已經看透我們的計劃，只是在利用我們而已。」

「嗯？」眼見巴瑞特這個時候還笑得出來，阿札菲有些奇怪。

「你在想我被氣糊塗了是不是？哈哈，其實有什麼好氣的，萊仕德這麼做不是正合我們心中所想嗎。本來我們就打算讓他自立，挑起孔雀的內鬥來消耗他們的實力，現在雖然萊仕德不再與我們搭乘同一輛車，但卻自主地做起我們最終所想要的——自立爲王，與那些支持黑孔雀的正統對立。眼看戰爭在即，我們想要徹底將孔雀打垮的目標已近在眼前，我如何不高興。」巴瑞特邊說邊笑，笑到最後已經有些瘋狂的樣子。

看著朱鸝的樣子，長耳雕眉頭越皺越深，但看到巴瑞特掃來的目光他只好也跟著笑了起來，從一開始笑得很尷尬直到捧腹。

阿札菲剛笑出感覺來，巴瑞特卻戛然止口，有些陰冷地說道：「不過這個楚天，老讓我感覺很討厭，看來我得幫萊仕德一把。」

本來笑得開心的阿札菲差點噎住，他咳嗽了半天，才摸著嗓子認同地點點頭。

這個時候，孔雀內部一直在後方掌控全局的約列夫正慢慢啜著茶聽著手下的回報。

揮手示意那隻五彩斑斕、身上沒有羽毛卻被一層好像鯨魚般的皮膚覆蓋的鳥人出去，約列夫慢慢地將茶杯放下皺起了眉頭。

「巴瑞特縮在自己的府中沒有任何動靜，亞蘭斯卻很活躍地繼續讓他的商隊下城，到底是什麼意思。」摸著那撇山羊鬍，約列夫眼睛裏露出思索的光芒。

「巴瑞特不用說，這個虛僞的傢伙肯定又在計劃什麼事情。雖然無法具體探知，但根據他所在的立場肯定是和萊仕德有關聯。亞蘭斯這個老東西呢？這麼長時間了他都隱忍著，此時明知道氣氛不對還不停下手中的商業活動，這到底是什麼意思？」腦中不斷地自問，約列夫卻一是猜不透這隻老狐狸的想法。

「哼哼，看來等這次的事情告一段落，我必須讓人去亞蘭斯那裏一趟了。」皺起的眉頭猛地舒展開來，約列夫很盡職地替楚天等人作出了考慮，「不過得等楚天出來再說，我的小爺啊，您可別出問題啊，要不然我老頭子也算一步錯全局輸了。」

約列夫是王權派在綠絲屏的代表，也正是因爲這樣，他才會全力支持楚天掌權，但如果楚天出了意外，而孔雀一族又自相殘殺，結果肯定是便宜了神權派，那麼，他身後的主子一定不會放過他。

在幾方勢力爲楚天的去向或擔心或幸災樂禍時，他還沒明白自己來到了什麼地方。

可以肯定的是自己在一個悠長的隧道裏，可以肯定這是黃金神山的內部，可以肯定萊仕德這個小鳥也不知道這裏的情況，因爲跟在他們後面的那些追兵居然也一點都不熟悉這裏的地形，在楚天和特洛嵐左轉右拐了幾下後，那群人竟然被甩丟了。

這個時候也不用擔心被人發現真正的實力和身分了，楚天二鳥已經變回了人形，在剛才楚小鳥用手觸摸了下四周，感覺這個洞的岩石還是外面看到的黑金。可不知爲何，這岩石竟然一點都不反光。

四周完全是黑漆漆的，就連特洛嵐召喚出的蚪鼉翼也只能照耀出與它一般大的一塊光亮空間，其他地方都是漆黑得伸手不見五指。

「爺爺的，這到底是地方？」楚天運足目力，居然都無法穿透眼前彷彿牆一般的黑暗，他忍不住咒罵了一聲，結果聲音在這條通道裏來回反彈，讓楚天自己都嚇了一跳。

「噓，這裏明顯有些什麼不對勁的東西。」將左手的食指壓在嘴唇上，特洛嵐表情很凝重地說道。

「廢話！」楚天翻了下白眼說道。

「呃……我是說這裏靈禽力很充沛。」特洛嵐被楚天一說才發現自己話說得有問題，他苦笑了下隨後又解釋說道。

「嗯？」楚天一眨眼睛，隨後才明白特洛嵐的話，他急忙運轉靈禽力開始去體會空間裏的能量波動，結果發現眼前的黑暗裏到處充斥著靈禽力。不過由於這些靈禽力很遊離，並不容易被發現。

楚天眉毛蹙在了一起說道：「這到底是什麼地方？這些根本不可能被人體吸收的靈禽力又是怎麼回事？」

想了半天，卻琢磨不出個所以然來，楚天一拍大腿說道：「管他呢，我們去看看不就知道了。」

「去哪裏看？」特洛嵐有些好笑地問。

「呃……隨處看看再說吧。」楚天被問得一愣，這裏確實不好找，整個通道就跟蜘蛛網一樣，佈滿密密麻麻的岔路。就是現在，憑藉自己這種高手中的高手也不一定找得到來時的路了。

「呵呵，就按你說的隨處轉轉吧，反正以我們的實力也不怕什麼，外面有約列夫也不用擔心。」特洛嵐這個時候倒是有些大將之風了，畢竟是自己的家，有什麼好擔心的。

「就是，大不了以暴力爆破嘛。」對於這點楚天還是有自信的。

超級狂妄的楚天就這樣和特洛嵐在虯竜翼的帶領下一點點地向前走動著。

這個通道是個不規則的圓形，可以並行三人左右，而且奇怪的是這看起來很久遠的山洞裏竟然沒有石鐘乳之類的東西。

「這裏挺乾燥的，看來真的有人居住。」楚天說的這是在地球上學到的常識。

「嗯。」點點頭特洛嵐慎重地看著前面說，「這裏靈禽力的密佈程度要大上很多。」

「咦？」楚天心神一動，也感覺到了這裏確實要濃上很多，就連蚪su翼的光芒都委靡了不少，在它周圍已經形成一圈黑色的陰影。

「那是什麼？」突然特洛嵐指了下前面，猛轉頭順著看去，隱約裏楚天就看到了一點白色的影子。

「不許動！」楚天口中叫著，身形已經飛速地向前面劃去，結果那影子處發出一聲「嚓沙」的奇怪聲音，隨後就消失了。

「不可能，怎麼會這麼快！」楚天眼睛一下瞪得老大，他看著眼前剛才擋住白影的石頭大叫出來。

「難道是王級高手?那也不可能轉眼見就消失吧。」楚天自言自語地說著手向前面的岩壁敲去，他想這裏應該有什麼密道之類的東西吧。

「咚咚咚」幾拳已經將前面的岩壁打成了馬蜂窩，但卻沒有任何密道之類的東西。

「別打了，你看這個。」特洛嵐也是感覺心神俱震，不過馬上就平靜下來，開始觀察楚小鳥沒看到的地方，此刻他正指著岩石後側的地面說。

「什麼東西？」楚天深吸了口氣，蹲下了身子，看到地面上有一層白色的粉末，有的部分被剛才自己打爛的石屑給掩蓋住了。

「這是……」楚天伸手捏起一撮白色粉末，突然瞪大了眼看向了特洛嵐。

後者微微一笑，點點頭。

「不會吧，真的是自然風化的骨灰？」楚天有些不敢相信。

「肯定是。」特洛嵐的回答讓楚天露出了有些不好意思的微笑，他總算想明白剛才發生什麼了，剛才看到的白影應該是具已經被徹底風化的骷髏，本來已經搖搖欲墜再被自己剛才快速衝來帶起的風一吹，徹底化作了齏粉。

特洛嵐捏著那些骨灰，好一會兒才說道，「這裏讓我心中有很不安的感覺。」

「嗯？特洛嵐，你不會是被這具枯骨嚇到了吧。」開玩笑地說著，楚天一拍鴕鳥的肩膀說道：「別擔心，就連在聖鸞城咱們都能出來，還怕什麼。」

雖是這樣說，但聽了特洛嵐的話，楚小鳥心中也有些揣揣，他甚至可以感覺四周的空氣變得極度黏稠，呼吸都有些困難。

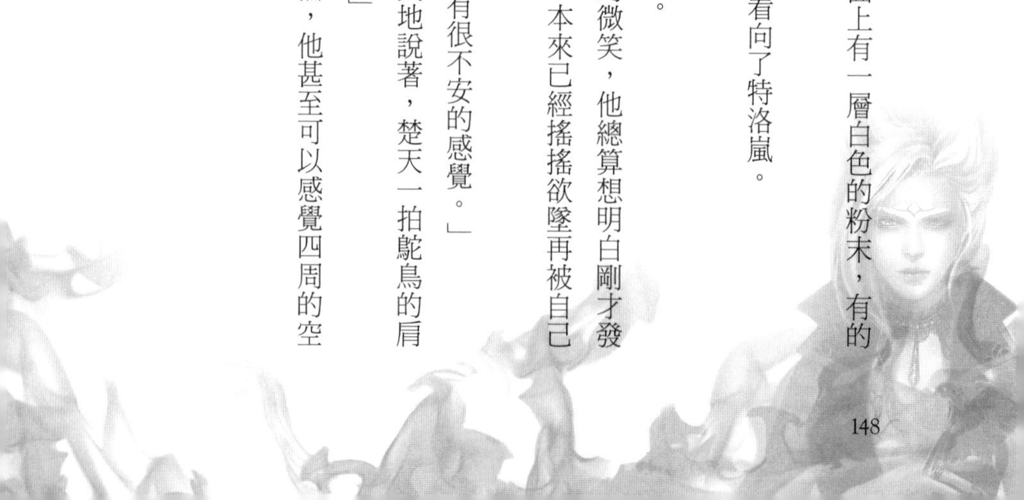

第八章 地下金字塔

「這到底是什麼地方，經歷了這麼多地方，還從沒有這樣的感覺。」腦海裏這個念頭剛徘徊出來就被楚天趕了出去，將特洛嵐拉起，兩鳥繼續向前走去，結果走了一會兒兩個人又漸漸緩下了腳步。

「你有沒有感覺到，好像有什麼東西在跟著我們。」楚天並沒有回頭，也沒有開口，而是直接將靈禽力印入了特洛嵐的腦海裏。

「怎麼？你也感覺到了！」特洛嵐同樣直接傳入楚天腦海裏的話充滿震驚，「我以爲是我太過緊張了呢。」

臉上露出慎重的神色，楚天沉默了下說道：「繼續走，當做什麼也沒發現。」

繼續前行，楚天靈禽力化成條條無形的絲線隨著感應向四周釋放，卻沒有任何發現，也沒有腳步聲，沒有空氣的波動，但卻總感覺有東西在窺視著自己。

「到底是誰？出來！」楚天猛地回頭，看著黑幽幽的通道大聲地叫道，結果又傳出一聲聲回音。

「我已經發現你了，不用藏了，哼哼。」楚天眉頭越皺越深，聲音卻很得意地回響著，不過仍是沒有任何鳥影出現。

「難道真是感覺出錯神經過敏，可特洛嵐也有這個現象啊。」楚天腦子裏想著轉頭看向特洛嵐，結果猛然一驚。

「特洛嵐，你怎麼了！」看著鴕鳥變得黑紫的臉，楚天忍不住叫出了聲，只見這個時候的特洛嵐已經再沒有原來的威碩，本來大大的光頭上生出了一層藍汪汪的細密毛髮，好像某些食物發霉時的菌毛。粗粗的眉毛一樣變成了幽幽的藍色，古銅色的臉上則出現一片片的烏黑，尤其是兩個眼睛周圍，怎麼看怎麼像當初在地球時看的鬼片中蹦來蹦去的殭屍的眼窩。

「我？沒事啊。」好像很奇怪楚天的驚訝，特洛嵐咧嘴一笑，結果讓楚小鳥心跳都停了一下。

「爺爺的，這可真是血盆大口了。」看著特洛嵐那口變成紅白相間的牙齒，楚天心中居然產生了這樣的想法。

「你感覺身體沒什麼異樣吧？」先讓自己的表情恢復平常的樣子，楚天小聲地問道。

「我能有什麼事。」對楚天突然地神經過敏嗤之以鼻，特洛嵐很沒好氣地說道。

「看來特洛嵐並沒有發覺他現在的『慘狀』，而我應該是沒有事。」心中分析著楚天決定將事情告訴特洛嵐，畢竟這種怪事他一個人實在分析不出來到底怎麼回事。

這樣一想他剛想說，特洛嵐卻突然叫了起來：「我的手怎麼回事？」

原來，不止是臉上，特洛嵐所有裸露在外的皮膚都變成了好像中毒的黑色，對，中毒！腦海裏猛地閃過這個詞語，楚天終於發現自己身體雖然沒事，但身上的一副卻蒙上了一層黑色，有些地方甚至被腐蝕了。

「好犀利的毒啊。」楚天口中發出一聲驚歎，卻聽特洛嵐有些驚懼地說道：「是覆地蝕天毒，這空氣裏有覆地蝕天毒。」

特洛嵐看著楚小鳥咽了口口水說道：「快出去，這是可讓翎爵都俯首稱臣的覆地蝕天毒，再不走我們都得變成剛才的那具白骨。」

「你……」楚天還想說什麼，但特洛嵐卻沒給他機會，拖拽著他向來路走去。

「這覆地蝕天毒到底有什麼可怕的？」楚天甩開特洛嵐，卻跟著他向來路走，不過嘴上卻是奇怪地問道。

「覆地蝕天毒本是獸族最強大的一位老巫師專門爲對付鳥族而發明，據說只要鳥族一接觸，定會渾身肌肉腐爛慘號三天三夜而死。」特洛嵐知道不給楚天這傢伙解釋清楚，他非得把自己纏死不可。

「那我們不是完了嗎？」楚天瞪大了眼睛說道。

「說是這樣說，但要是真有這麼厲害，鳥族早就被滅絕了。這毒也就對羽爵以下的鳥族能立竿見影，其他境界越高的鳥族越不容易被毒殺，不過不容易可不代表就不會，只要你還在王級以下，讓毒素沾身並深入骨髓，那絕對逃不過死亡一途。」特洛嵐話裏不無擔憂之意。

「那也很厲害了。」楚天說的是實話，竟然連翎爵這樣的高手都能幹掉。

「這毒也有缺點的，雖然無味，但顏色卻極重，就是黑夜也能辨別出這種濃重無比的黑色，而且需要長時間才能通過皮膚接觸滲入人體。」特洛嵐邊焦急地找著道路邊說著。

「怪不得，可誰在這裏佈置這種毒？難道有獸族在這裏？」楚天看著四周漆黑的空間問道。

「在雷鵬亟世的時候這種毒就流傳到了鳥族中，不過由於鳳凰大祭司認爲這種毒對鳥族太過危險，所以他已經明令銷毀所有覆地蝕天毒以及處方了，我也不清楚爲什麼這裏還會有這種毒。」特洛嵐這個時候已經很急了，但穿過了幾個洞口，現在卻找不到方向了。

「這樣……不過，我怎麼沒中毒？」楚天雖然幫忙回憶著道路，但心中的疑問還是隨口問出。

「我怎麼知道！可能是天禽的原因，要不就是你皮厚。」很氣惱地說著，特洛嵐感覺毒已經滲進肌肉血脈中了，他感覺渾身都泛起一股無法忍受的麻癢，知道這是毒開始發作了。他強忍著要去抓癢的感覺對楚天說道：「你等下不要離我太近，現在毒已經發作了，接觸我也會傳染的。」

「什麼！」看到特洛嵐生龍活虎的樣子，楚天以爲他沒事的，此刻一聽他話裏的意思禿鷹立刻緊張起來，他剛想靠近特洛嵐卻被鮀鳥阻止了。

「快，找出路，只要出去了就有辦法解毒。」特洛嵐不堪忍受身體上好像被無數螞蟻撕咬的感覺，輕輕地在手臂上抓了下，結果帶下了一大片帶著血肉的皮來，不過那血肉都是黑色的。

「嘿嘿，果然是腐肌蝕骨，剛才那具骷髏白得那樣異常，根本是中毒之後腐蝕肌肉特有的現象。」特洛嵐知道可能是沒辦法出去了，他慘笑著說道。

「媽的，有沒有這麼厲害。」嘴中大聲的罵了句，楚天瞪著眼對特洛嵐叫道，「別給老子擺出那個樣子，有我在，誰也出不了問題。」

說著話他渾身靈禽力運轉，將整個身體化作一把重錘，撞向了前面的岩壁，「轟隆」的崩塌聲中，一個大窟窿出現了。

「走！」不斷地用身體撞著牆，楚天徹底成了一輛推土機，特洛嵐感激地看著那道在沙石塵屑中的身影，隨後趕忙跟了上去。

「一路撞下去，不信找不到出路。」心中鬼叫著，楚天卻感到靈禽力在飛快地流逝。

一面、兩面、三面……一連撞了近百面石壁後楚天一抹腦門的汗，有些氣惱地罵道：「這到底是什麼鬼地方，居然這麼半天都沒到頭。」

說完話等了會兒楚小鳥「咦」了一聲，特洛嵐怎麼沒動靜了，回頭看去，就見鴕鳥委靡在地，身上都已經潰爛了很大一部分。

「特洛嵐。」口中叫著楚天就想衝上去，卻被鴕鳥顫抖地抬手阻止道：「別過來，身體接觸毒素傳播得更快。」

聽了那哆嗦的話語，楚天稍稍停下了腳步，隨後他一甩手叫道：「滾他媽的毒素。」說完已經衝到了特洛嵐身邊。

抬手將他抱起背在背上，楚天都沒有發現，這下動作將地面上一個很不起眼的突起小石頭壓了下去。

「你快走，我身體已經被毒素麻痹了，要不然我們兩個都得死在這裏，一定幫崽崽掌握綠絲屏城。」因爲中毒的原因，特洛嵐的聲音顯得有些大舌頭。

「不要給我搞那些煽情的東西，把你丟這裏，我怕被伯蘭絲砍死。」嘴中發狠地說著楚天正想走卻感覺地面一陣震顫，隨後他還沒反應過來，地面已經飛快地陷了下去。

「啊！」大叫著楚天就想抓向兩邊，手飛快地變成爪子，靈禽力運轉，好像切豆腐般插進了兩側岩壁上。他是穩住了身形，但在他背上的特洛嵐卻因爲渾身無力而掉了下去。

「特洛嵐！」口中叫著，楚天看著已經掉下去五六十米的鴕鳥，又看看插進這明顯有人工開鑿的牆壁的爪子，最終拽了出來，幻化成鳥身，飛快地向下滑翔。

不知爲何，這個陷阱式的通道中有一股很強大的拉力，楚天已經運起了靈禽力但仍是無法追上特洛嵐。

「這到底是什麼地方，怎麼好像什麼設計都對我沒有用。」楚天腦中焦急地想著，翎爵境界的靈禽力運至極致，終於將特洛嵐抓住了，他剛想振翅向下飛，卻感覺特洛嵐身體變成了大山一般，重達萬斤。

「到底是怎麼回事？」牙齒咬得嘎嘎作響，楚天卻無法在這種情況下飛起來。

「算了，我就下去看看，到底是什麼玩意兒。」僵持了一會兒，楚天眼睛一瞪，也不再費力氣，抱著特洛嵐下向滑翔著飛去。

這條四四方方的通道裏與外面一般黑，但越往下楚天感覺那種不屬於自然環境的顏色卻漸漸稀少了，隱約裏，甚至能看到下面有光。

「果然另有奧秘。」楚天心中叫了一聲，翅膀搧動，下降的速度更加快了。

大概又過了十幾分鐘，這條好像是通往地心的通道終於飛完了，而楚天也訝異地張大了嘴巴。

「這……這是……」將可以直接吞下一顆鴨蛋的嘴巴合上並大大地吞了一口口水，楚天眼睛有些機械地挪動著，打量著眼前這座巨大的建築。

一座高上千米的三角建築，通體是紅褐色，並建造成了梯子的形狀直通頂尖，上面有一顆直徑幾十米晶瑩剔透的圓珠子緩緩轉動，因爲光的照耀偶爾會劃過一道七彩迷離的光芒。

在這座大三角建築旁邊，還建著十幾座要小一些樣式完全一樣的建築，在這些三角旁邊還有一些奇怪的動物雕像，印象裏楚天好像是認識這些雕像的。這雕像和三角建築組合在一起，構成了一個連聖鸞城神殿都無法比擬的龐大建築群，占地最起碼在幾百平方公里以上，還有三條成「之」子交叉的地下河以及不少地面上根本見不到的植物。

「娘啊，這……這根本就是金字塔嘛，還是超大型的金字塔群。」楚天最終叫了出來，若不是自己懷裏還有隻變成人形的鴕鳥，他真的以爲是回到地球了。

等了許久楚天才按捺下心中那股立刻衝過去一探究竟的衝動，畢竟進入黑暗通道後所經歷的一切都太過詭異，現在所有的事情還是小心爲妙。

將特洛嵐放在地上，看著已經爛得不成樣子的鴕鳥，楚天眼中閃過一絲痛色，這麼長時間的相處，早就將他當做了最親的朋友兄弟。

知道自己並不懂解毒，楚天只好先恢復靈禽力，他隱約想到外面那些佈置應該與這些金字塔有關係，裏面肯定有解藥。

剛運起九重禽天變，楚天突然發現吸收天地間靈力的速度竟然比平時還快，不長的時間他已經恢復了八成的境界。等感覺達到最完美的境地時，他從地上站了起來，才發現自己居然坐在一個奇怪的陣法上。

這陣法最週邊是個米許見方的三角形。裏面更是畫著無數小三角形，這些東西組合在一起，構成一個神秘的氣場，楚天看了幾眼就感覺心神好像被吸了進去。

「啪」趕忙抬手給了自己一巴掌，楚天晃了晃腦袋把注意力從那些三角上收了回來，卻看到這三角陣法正好對著上方自己和特洛嵐掉下來的通道。

「哦，想來就是這東西將我們吸下來了，而自己剛才肯定是坐在了陣眼一類的東西上，才加快了吸收四周的靈力的速度。」楚天暫時將情況理出個大概，雖然對這個陣法還有些好奇，但急於救特洛嵐，所以他也不敢再等。

抬手將特洛嵐放在背上，繼承天禽記憶的楚天運起黃雀族的種族異能，暫時隱匿了行跡，快速地向那些金字塔靠近。

這個空間好像是個巨大的房間，中間建設著那些金字塔，而楚天掉下來的位置是這個房間的一個牆角，所以他也不用擔心有什麼人發現他。

楚天的速度極快，不長的時間，他已經繞過了所有建築，來到了最高最大的那座金字塔前。

「按照絕大多數智慧生命的常規思維，最重要的人物才會住在這種特別顯眼的建築裏。」嘴角冷笑著，楚天有些奇怪，如果這裏有什麼秘密的話，怎麼沒有人守衛呢？

心裏雖然奇怪，但楚天哪有心思和時間仔細思考？他看著眼前這座緊緊封閉著的大門正在想該怎麼打開的時候，一個聲音突然在他腦海裏斷斷續續地響了起來：「鳥神……鳥神宮殿……鳥神宮殿……」

這個聲音楚天很熟悉，正是寄生在他身上，並可能是致使他來到這個世界的罪魁禍首，偉大的天禽同志。

「什麼意思？你說什麼？」楚天腦中閃過這個意識，但卻沒有任何答案，禽皇的聲音好像不斷迴盪的回音一樣，慢慢消失了。

「鳥神宮殿，這不就是金字塔嗎！」楚天有些奇怪，但沒等他把這個念頭消化了，那扇紅褐色有二十幾米高，十幾米寬好像城門一樣的巨大石門卻在「轟隆隆」的聲音中緩緩地向上提了起來。

「好傢伙，這門居然有四五米厚，看裏面機關發出的咯吱咯吱聲以及這緩慢的速度，重量也得以十噸位計算吧，真不知道這東西是怎麼建造出來的。」在閃向一邊躲起來的同時，楚天腦中劃過了這樣一個念頭，雖然已經見過無數的大場面，但對於這種就是在地球都不一定能夠建造的超級大門，他仍是感覺太震撼了。

剛隱藏好，門已經被起到了三四米的高度，在這個時候楚天借助不知從哪裏發出的光芒終於看清了裏面的人影。

都是一些非常奇怪的鳥人，不，應該說是人鳥，因爲他們大部分都是只有一點鳥的特徵。比如最左面那個傢伙，只有右胳膊變成了鳥的翅膀，其他位置則是完好的人形；他旁邊的那人則只長著一張鳥喙；還有長著一身鳥毛卻完全是人的……總之，這群傢伙就跟地球電影裏那些被瘋狂科學家做基因試驗後失敗的「小白鼠」一樣。

這些人都穿著用好多灰布條捆綁在一起而做成的衣服，不過也不知是經歷了什麼悲慘的經歷，他們衣服都變得破爛不堪。

畢竟已經看到了太多震撼的事情，楚天此時已經有些麻木了，愣了一下他腦袋裏已經轉悠開了：「這是什麼東西？若說是特殊進化的鳥族吧，怎麼沒有靈禽力的運轉？而且自己還在他們身發現了一種親切感呢？」

這些被楚天感覺親切的生命雖然沒有靈禽力支時，但速度和力量都很強大，他們在門一開啓就快若疾風般從金字塔裏衝了出來。

一、二、三、四……一共十七個，他們一出來就分成了三波次分別向外面奔跑而去，他們是要進入正好圍繞在大金字塔第一圈的那三座金字塔。

楚天很好奇到底這些人是怎麼回事，但那扇超級大門已經自動地在「咯吱」聲中落了下來，他只好迅疾地鑽了進去。

聽著大門在「轟隆」聲中關死，外面那很像太陽光卻不知從何發出的光芒最終被完全隔離在外面，空間完全被一種灰紅色光芒所籠罩。

這光芒是由鑲嵌在牆壁上的奇怪三角石頭發出的。石頭不大，每個都有人拳頭大小，每五米左右就正對著鑲嵌了兩塊。

楚天走近看了一下，發現石頭竟然不是鑲嵌在牆壁上的，而是「生長」在上面的，因爲他可以感覺到「石頭」的脈動，這根本就是生命啊。

除了這「石頭生命」外，整條走廊都是用一種四四方方十來米大小的紅褐色石頭搭建，楚天發現石頭與石頭之間並沒有水泥之類的銜接物，而是直接搭在一起的。

「靠，不怕鬧地震將住在裏面的人砸死啊。」心裏罵了一句，好像所有的震驚和驚懼都隨著這聲罵而消散了，楚天一仰嘴角小聲說道：「嘿嘿，好像真的回到在地球盜竊的時光了。」

楚天小心地邁步向走廊身處走去，但剛走兩步，他就感覺有點不對勁，那種在黑暗通道察覺，半路又消失的被人窺視之感又回來了。

「不會吧！」再次猛地回頭，還是沒有發現任何東西，楚天忍不住嘟囔了一句，他實在不敢相信，居然有人可以這樣近距離地跟著自己而不被自己看到。

沒等楚天再次玩什麼手段，在走廊的盡頭，也就是拐彎的地方傳來一陣陣大地震顫的聲音。

「這應該是某個龐然大物走動的聲音。」腦中剛閃過這樣的念頭，楚天再次回頭，就看到前面的走廊被一面巨大的肚皮擋住了。

青灰的樣色，上面生長了一些稀疏的體毛，往下是兩根比柱子還粗的大腿；左右是兩根比他大腿還粗的手臂，左面那隻還提著一根三四米長的大棒槌。

抬頭向上看，楚天終於看清這「金剛」的相貌，只見他比自己腦袋還大的嘴巴上面有兩個朝天的鼻孔，兩隻圓鼓鼓好像燈籠一樣的黑色眼珠，腦門上長了三橫一豎四道皺紋構成了個「王」字，而其頭頂也是光禿禿的，只有三根好像沙漠胡楊樹一樣的粗毛。

這怪物的腦袋好像一個地瓜一樣長得很可笑，脖子極短，怎麼看都有引人發噱的感覺，可楚天卻笑不出來，任誰被這怪物鼻子裏噴著粗氣死死盯著都笑不出來吧。

「我暈了，怎麼會有這種怪物啊！而且好像還看上了我。」一見這身高近十米的「金剛」楚天雖然還沒腿軟，但也心跳加速。

「嚄——」怪物叫了一聲，剛才那種可使大地震顫的腳步再次邁動起來，不過卻快了很多，那根巨大的棒子也被他給舉了起來。若是楚天沒有猜錯的話，這根本是想給他來個「當頭一棒」啊。

「這下要是被打實了，老子非變成『三寸丁』不可。」口中怪叫了一聲，楚天連忙向回跑去。

寬廣的走廊裏只傳來凝重的腳步聲和喘息，楚天背著特洛嵐很快就衝到了那扇關閉的大門前，看著上面雕刻的一些奇怪圖案，他心裏慘吟一聲：「我不知道怎麼開門啊……」

雖然門還是關著的，但楚天腳下卻沒有停頓，他快若閃電般衝了上去，而此時後面的「金剛」也緊跟著來到了楚小鳥的身後。

「呀——！」口裏大叫一聲，楚天就聽耳邊升起「嗡」的震顫之音，不用回頭他已知道，這是那根超級大棒槌砸下來的徵兆。

「去死！」楚天口中叫著，身體裏的靈禽力聚集在拳頭上，直接打在了「金剛」的鼻樑上。

「嚄——」淒慘的叫聲隨後響起，楚天看著「金剛」已經徹底塌掉的鼻樑和滿臉的紅色鮮血心裏升起一陣得意。

但就在下一刻，一枚比他身體還大的拳頭已經降臨在他的身上。「呃……」身體一下被打出去幾十米遠，楚天身體蜷縮成蝦米的樣子，嘴裏斷斷續續地呻吟道：「好大的力氣，上當了，拚不過……」

呻吟剛完，一聲驚天動地的叫聲就傳進了楚天的耳朵裏。脖子一扭，腦袋向上一抬，紫金色的眼眸裏頓時出現了那具暴走的龐大身體。

「金剛」真的惱怒了，他將大棒槌砸在地上，大地在顫抖，被砸的地方還在石屑飛濺後出現了一個大坑，但他手裏的棒槌也斷了兩截，只剩下一小截了。

「金剛」瞪著兩隻被血污蒙遮的大眼睛，惡狠狠地盯著楚天，在楚小鳥嘿嘿一笑說了句「我這可是給你免費整容」後，他終於咆哮著衝了上來。

沒有棒槌，它的兩隻磨盤拳頭就是棒槌，雖然只有三根手指，但比楚天的身體還大。

「還來？」楚天這次總算回過神來了，「爺爺的，太刺激了，還以爲回到地球上了呢，我都忘記自己是擁有翎爵境界的鳥人了。」

在剛才，「金剛」的拳頭將楚天打得六腑震顫血氣翻湧，但也驚動了他體內的幾件羽器，這讓他想明白了自己此時的身分，所以一直等巨怪跑到距離他五米來遠的地方，他才「噌」地蹦了起來。

一對鳥人的翅膀生出，楚天嘴角咧出個陰險的笑容，「噗哧噗哧」慢悠悠地飛到了半空中，背部貼著走廊頂，看著跑過來的「金剛」。

「嚄——嚄——」金剛好像跳舞一樣抬著雙手在揮舞著，口中惡狠狠地吼叫著，但卻拿楚天一點辦法都沒有，他不止不會飛，好像連跳也不會。

「知不知道現在戰爭中什麼最重要，制空權，你個傻大個連這點常識都沒有也敢挑戰大爺我？」嘴裏賤兮兮地說著，頂級羽器大日金烏已經被楚天召喚了出來。

「走！」大嘴一張，手上一甩，大日金烏隨後化作一道流光射向「金剛」，「咚」的一聲準確地打在他囂張的腦門上。

發出一聲慘叫，「金剛」嘴裏就沒消停過，直到額頭被打得血肉模糊，整個塌陷下去後才變成了嗚咽的呻吟。

哈哈一笑，楚天召回了大日金烏，看著這個委靡在地的怪物說道：「你能不能聽懂我說話？」

「嗷——嗷——」巨怪滿是鮮血的大口中發出小狗一樣的叫聲，一顆地瓜腦袋晃動了兩下。

「嗯，看來是聽得懂了。」滿意地點點頭，楚天微微前傾身子俯視著巨怪的腦殼問道，「你幹嗎襲擊我？」

話剛問出口，巨怪就再次「嗷嗷」地叫了起來，楚天趕忙揮手說：「算了，你不用說了，我聽不懂，等下我自己找我想要的答案吧。我現在就問你，你服不服氣？」

「嗷——」好像很不滿楚天說話的語氣，「金剛」叫了一聲，在楚小鳥吹鬍子瞪眼後才趕緊點了點頭。

「你丫就是犯賤。」楚天鄙視地評價了一句，隨後才說道，「既然服氣，那你以後就跟著我吧。告訴你，外面一大幫人都想做我小弟呢，若不是看你塊頭夠大，將來做點體力活，擺擺威風嚇嚇人都非常合格，我才懶得要你呢。」

一聽楚天的話，「金剛」口中不斷叫啊，他感覺自己的生命中再沒有陽光啦。

「好了，你以後就叫金剛了，來，給你印個章。」說著話楚天再次指揮大日金烏，靈禽力輸入讓大日金烏變成了火熱的赤紅色，隨著楚小鳥一指，就落在了金剛的腳底板上。

大日金烏連續碰觸了三下，金剛綠油油的腳底板上頓時出現了三個冒著青煙兒的圓環烙印。

「嚄——嚄——嚄！」看來是燙得不輕，金剛呻吟了兩嗓子，不過在楚天的暴力下硬生生給止住了。

「鬼叫什麼，快給我坐起來，我給你治傷。」楚天一腳踢在金剛腳後跟，後者不滿地翻動了下眼球，卻聽話的趕緊坐了起來。

楚天深吸口氣，兩隻眼睛裏爆發出好像小行星爆炸般的精輝。他縱身一躍，就落在了金剛的頭頂，雙手搭在一起組成十字狀直接按在了地瓜腦殼的中心，那裏按照地球的說法是生物最重要的穴位——百會穴。

雖然腦中想得很多，但楚天靈禽力卻忠實的轉變爲種族異能向金剛傳去，只見金剛頭頂被一層七彩的霧氣漸漸籠罩，他身上受傷極重的額頭居然開始自動向外面生長。

好像時光倒流一樣，血液也重新回逆向他的腦袋裏，等全部流完之後，那塊凹陷的額骨也生到了一開始的位置。跟著破損的皮膚和肌肉也蠕動了起來，不一會兒，竟然完全長好，根本和一開始沒有任何區別。

雖然眼睛是緊閉著，但楚天腦子裏卻好像立體分析儀一樣清楚地感受到金剛身上所發生的一切，所以在金剛傷全部好了之後他立刻改變靈禽力的遊走經絡。

一些記憶片段好像電影一樣在楚天腦海裏一閃而過，他也終於對這個神秘的地域有了一點點瞭解。

「居然真是鳥神宮殿！」幾個眨眼的工夫楚天已經將金剛看似龐大，但實際上沒有多少東西的腦袋裏全部掏空了。他從地瓜腦殼上跳下來，摸著眉心，眼中不時爆發出一股讓人心驚的光芒。

金剛生命力和恢復力都遠遠超過普通鳥族，他已經醒了，但看到楚天這個新主人此刻的樣子卻不敢稍有異動。

「嘿嘿，好玩了。」嘴角揚起，露出個邪媚的笑容，楚天一拍金剛的腳後跟說道，「把特洛嵐背著，帶我去一層中心。」

「嘍——」看著只有自己一個手掌大的特洛嵐，金剛用人腿粗細的手掌撓了撓後腦。

本來笑嘻嘻的表情立刻塌陷下來，楚天看著這個大傢伙心道：「居然這麼『憨厚』，看來我以後有得玩了。」

「把他放你懷裏，揣好。」楚天看了眼金剛身上那套不知用什麼野獸皮毛縫製，很像原始人類服飾的露半肩短袍說道。

金剛聽話地將特洛嵐揣進了懷裏，隨後走在楚天前面，搖晃著那個巨大的屁股向前一步步跟去。

楚天看著金剛的背影愣了一下，隨後飛到了大傢伙的肩膀坐下，很愜意地說道：「便利的交通工具啊。」

金剛雖然很通鳥性，但顯然是聽不懂這句頗具現代思維的話，而且對於楚天坐在自己肩上他也沒有任何不滿，先不說楚小鳥太過暴力，更主要的是他感覺不出重量來，相比自己那根棒子，楚小鳥輕太多了。

因爲金剛熟門熟路，楚天根本不用擔心什麼，他好像當年在西雙版納坐旅遊車遊覽觀景一樣，左右搖晃著腦袋，看著這座在金剛腦袋裏說是鳥神親自建造的神跡建築。

左拐右拐，連續轉了三個彎兒那單調的紅褐色走廊終於消失了，展現在楚天眼前的是一條條圓形的通道，這些通道好像一個個接連起來的鳥蛋，不斷起伏，一眼看不到頭。

這裏也沒有了紅褐色走廊裏生長的發光石頭，卻比走廊要亮堂許多，這些光跟外面那種好像太陽的光芒很相似，楚天感覺它們是直接從圓形通道的牆壁上散發出來的。

「看來外面的光也是從建築上直接散發出來的，這種會自動發光的材料還真有些奇幻的味道啊。」腦中想著這些，楚天已經被金剛載到了鳥蛋通道前。

四周都是平整的牆壁，上面雕畫著據金剛記憶是鳥神傳承下來的神奇圖案——三角形，只有中間的位置是雞蛋通道的入口，不過在入口前有兩個將門神。

這是兩座雕像，它們背生雙翼，頭戴鋼盔，渾身被一件連體鱗甲包裹，繞是如此楚天仍能感覺到兩座雕像的強大力量感，巨大的鳥頭任憑楚天絞盡腦汁也想不出是什麼鳥類，就連禽皇都不知道。

這兩隻怪鳥完全沒有露出所謂的境界特徵，但楚天卻感覺到它們很強悍。

翅膀上沿著骨頭雕刻著一派圓環，應該是什麼羽器，而生出的雙手上則握著一杆長戟，雖然是雕像，但還是有股霍霍寒光在閃爍引人心頭戰慄。

「這東西要是挪到我們那個世界，怎麼也得是偶像骨灰級雕刻家才能搞出來的吧。」雖然是大盜，但楚天對於藝術還是有些研究的，畢竟這是專業需要，要不然去偷什麼東西，結果偷回來個假貨，那還不得被同行們笑掉大牙啊。

第九章 傀儡戰士

雕像雖然給楚天異樣的感覺，但他並沒有深想，命令金剛繼續向通道裏走去。

但金剛的大腳剛邁進那通道裏，青白色的地面上突然閃過一道流彩，這流彩好像水流一樣沿著地下的脈絡流進了雕像身上。

這個時候楚天才發現那些雕像身上從兩根爪子側面都有一排細如血管的凹槽，直通至雕像的腦袋。

楚天瞪大眼睛看著那些晶瑩剔透的流光溢進兩側雕像的眼眸裏，隨後那眼窩裏就閃爍過四道好像漩渦的七彩光點，同時一陣石片碎裂的聲音從雕像身上傳了出來。

「不會吧！」心頭身影一聲，楚天腦子裏已經猜到發生什麼事情了，他忙命令金剛向前跑，但走了兩步卻發現整個通道都流蕩起那樣華美的流光，而通道兩側則不斷傳來石片碎裂的聲音。

「不會吧，這裏面還有？」楚天看到通道兩側的青白色牆壁不斷抖動，顯然又是什麼機關門被打開了，裏面應該還有這種雕像吧。

果然，在楚天和金剛向前跑動了幾十米後，通道裏每個圓形凹弧銜接點都走出來一個活生生的雕像，它們與外面兩個門神一模一樣。

「我難道命中註定要如此多災多難！」口中叫喚著楚天從金剛肩膀一躍而下，對金剛說道，「你跟我身後，對付衝過來的雕像，順便看主人我大發神威，將這些鬼東西大殺一通。」

似懂非懂地點點頭，金剛轉身面向了來時的通道口，那裏奔進來十幾個很機械的雕像鳥人。

相比來路前面可就慘多了，不知道這通道到底有多麼深，按照每五米隱藏兩個雕像計算，楚天眼眸裏已經有不下百個鳥人石雕。

剛才說得豪氣，但楚天可清楚自己的情況，連續運用九重禽天變模仿了兩次其他種族的種族異能，他身體裏的靈禽力已經用去一小半了。

楚天心中有些凝重，看著高舉長戟衝上來的鳥人雕像，他動了，化作一道流影，兩隻翅膀張開，因爲靈禽力的灌輸，翅膀周圍竟形成了了一圈如鋸齒般的光影。

大日金烏盤旋在楚天頭頂，他兩隻手上抓著用靈禽力實質化變成的長刀，口中大叫一聲，他已經衝進了雕像群中。

這些雕像不止動作機械呆板，身體也因爲石化的原因而顯得太過剛硬，楚天揮刀一掃，一個雕像的腰部就被斬出了一個大豁口。石屑亂飛的同時，楚天如殺神般將翅膀化成了勾魂的螺旋槳，只要是衝到他跟前的雕像，無不被攪得粉身碎骨。

「這也沒有多厲害嘛！」心中得意自大地生出這樣的想法，可下一刻他就蔫了，無往不利的碎石機竟然好像碰到了什麼超硬金屬般，發出「噹噹噹」的聲響。

一些火花掉了下來，楚天在此時抬頭看去，結果眼簾裏出現了兩個與剛才那些完全不同的雕像。

只有兩個，卻不是青灰色的，它們渾身是金屬銅一樣的色彩，雖然被大日金烏擊中，但它們身上卻只有一點體表劃花的傷痕，根本無傷大雅，那精光閃耀的金屬色讓楚天心中直發憷。

「這難道是雕像中的老大，居然這麼硬，連我經過九重禽天變衍化的靈禽力都可以阻擋？」腦海裏盤算著，楚天立刻抽身後退，飛到了半空中，居高臨下望著這兩隻抱胸而立的雕像。

它們沒有前面那些雕像的死板，更像是一種高級智慧生命，它們眼神裏充滿了蔑視和趣味，不屑地看著飛在半空的楚天。

「看來這兩個東西是有腦子的。」楚天心裏閃過這樣的念頭，剛想說什麼卻聽身後發出一聲高昂的怒叫。

是金剛，回頭一看楚天就見金剛已經被幾個雕像纏住了，那些本來等同於待割白菜的雕像們竟然會運用戰術了，而且好像強大了不少。

在剛才自己看的時候金剛還很輕鬆地將幾個雕像抓起來當鉛球丟呢，怎麼現在……難道是這兩個傢伙？

楚天記得在地球上有次看電視曾經聽說過，某些生命本來是極其弱小的，但當他們的領袖，也就是相當於領頭羊，或蜂后之類的東西出現後，他們整體的戰鬥力將提升到一個讓人驚訝的地步。

而此刻的金剛，就好像捉螞蟻的大象，雖然力大無窮，但卻對那群與它速度差不多，在楚天看來極其笨拙的雕像們無可奈何。

「唉，人家說人不可貌相，按我說，就連收小弟也不能只看塊頭。」對自己收的這個小弟，楚天算是無奈了，他看著兩個給自己很大壓力的雕像搖了搖頭說道，「還是那句話說得對，萬事還得靠自己啊。」

話一出口，已被金剛的叫聲給掩蓋下去，楚天卻在此時出手了，既然不知道敵人的深淺，那就提前出手試試水深。

知道靈禽力無法傷到兩個雕像，楚天完全放棄了靈禽力實質化這種攻擊小手段，一上來就用大日金烏，大開大合地展開攻擊。

大日金烏在禽皇寶藏時就已經和楚天完全融合，所以他此刻用起來簡直可以用「得心應手」來形容。

爲了儘快打倒這兩隻雕像，楚小烏一開始就分心而用，在將大日金烏當做飛鏢砸向一座雕像的同時，上面血氣翻湧，紫金色雙芒不斷旋轉，一道道光劍從上面射出，擊向另一座雕像。

「砰砰砰」幾聲爆響，本來很自負的兩座雕像猛然發現它們身上竟然有了一些細小的裂紋。它們很人性化地對視一眼，嘴巴一張，兩個巨大的聲音就在楚天腦海裏形成了。

不錯，正是腦海裏，楚天可以肯定耳朵裏並沒有聽到什麼聲音，這兩個傢伙是直接將吼聲印入了自己的腦海中。

這種想法在腦際剛升起就被那奇怪的聲音給震散了，楚天感覺自己的靈魂都開始顫抖，是被那聲音給震的。

它們應該是發出類似超聲波一類的東西，直接攻擊人的精神和靈魂。

「這個世界竟然也有獅子吼這種功法！」楚天心頭苦笑，卻無法動作，他只感覺頭疼無比，精神根本不能集中，兩隻手下意識地按住耳朵，臉上擠出猙獰無比的表情。

「啊……好痛啊，受不了了。」嘴角都溢出了血絲，眼睛完全充血變得猩紅一片，楚天大叫一聲，奮力向前撲去，聚集了一身靈禽力的拳頭砸向了距離他最近的那座雕像。

楚天的實力雖然已經到達了翎爵級別，但正如特洛嵐一直擔憂的，他的精神修爲實在是太低了。雖然融合了禽皇的記憶，但那畢竟是別人的東西！

此刻他終於體會到了精神被攻擊的痛苦，這兩座雕像好像是專門爲了打擊他而存在的，利用那種聲波攻擊死死咬住楚天的精神漏洞不放。

眼睛都開始花了，雖然他拚命想砸碎那座雕像，但半路就因爲精神模糊而摔倒在地。

「不會吧，我竟然就這樣掛了？」楚天感覺自己的精神漸漸模糊，他心底生出這個念頭，卻突然發覺那聲波消失了。

「咦？不會吧，我死得這麼快？」疑問著楚天睜開了眼睛，結果就看到一攤破碎的石屑，不同的是，這堆石屑是金屬銅色的。

「怎麼回事？」楚天一時沒反應過來，突然，一聲大叫傳進了他的耳朵：「楚天，你還磨蹭什麼，如果還活著快來幫我。」

「這個聲音好熟悉啊，是……特洛嵐！」楚天的腦子被這個念頭搞得瞬間振奮起來，他猛一轉頭，就看到變成剛果熏烤鳥的特洛嵐正在和剩餘的那座雕像戰鬥。

雕像不知爲什麼沒有再用聲波攻擊，而是不斷從手指裏噴出一些金色的灰塵，那些灰墜一落在地上就化出一個個大坑，而它的翅膀上則閃爍著光彩，好像兩柄飛刀般不斷地偷襲特洛嵐。

特洛嵐雖然已經進階銳爵中期，但還是用他的虯鼉翼，而且可能是因爲中毒的原因，他竟然被那雕像逼得落入了下風。

「你沒事了？」

「你如果再不幫手的話，我可能立刻就有事了。」特洛嵐臉色還是那種青黑色，他一咧嘴角道。

「大日金烏！」看到特洛嵐的樣子楚天心中一鬆，口裏大叫一聲，剛才失去控制的大日金烏就飛向了來回騰挪的雕像。

這次楚天可是小心至極，他很精準地控制著大日金烏，而事情正如他所預料的，雕像十分狡猾，在大日金烏快砸中它的時候它猛地跳了起來。

「就等你跳呢。」一見它跳了起來，楚天立刻控制變招，十幾道兒臂粗細的光劍射向了半空中來不及轉向的雕像。

而特洛嵐也是落井下石的主兒，他找準機會，虯鼉翼如綻放的銀花削向了雕像。

除非達到王級，要不再怎麼強，在兩大高手的夾攻下也難逃敗亡一途。

正如楚天所猜想的，在最後那座銅色雕像從高空中墜下來的時候，纏著金剛的其他小東西也恢復了一開始的笨拙模樣，已經被愚弄了半天的金剛一手抓一個，扔在牆壁上，粉身碎骨。

「你什麼時候醒的？」一屁股坐在地上，楚天邊調息著被用得七七八八的靈禽力，邊問特洛嵐。

特洛嵐看來情況也不是太好，坐在地上喘了兩口粗氣，說道：「被你們吵醒的，這麼大動靜，誰還睡得下去。」

「你中毒中開竅了？幽默了，這可是泡小美鳥的絕活啊，小心我告訴伯蘭絲啊。」楚天是苦中作樂，雖然他現在很虛弱，也不知道還會不會遇到危險，但仍是哈哈笑著說道。

「不說那些了。」論起油嘴滑舌，特洛嵐怎麼可能是楚天的對手，他舉手投降後說道，「這是什麼地方，你怎麼會把這些鳥神傀儡都給引了出來？」

「什麼鳥神傀儡？」楚天愣了一下隨後才明白是指那些雕像，他苦著臉說道，「不錯，的確是我引出來的，可我只是想過去，可是沒走兩步這些玩意兒就自己蹦出來了。」

訴完苦，楚天看著特洛嵐問道：「你認識這個東西？還有剛才你怎麼將那東西打碎的，要知道它們差點要了我的命。」

「這些鳥神傀儡在神祈大祭台上面就有，不過沒有這麼多，而且沒有這種黃金傀儡，要知道這可是當年鳥神親自建造的戰爭兵器，黃金傀儡更是相當於領導者的存在。」說到這裏特洛嵐停頓了一下，好像是在思考什麼，隨後才繼續說道。

「不要忘記我擁有祖宗十八代心法，這些傀儡當年曾被大肆運用到鳥族的生活和戰爭中，不過後來好像發生過一場傀儡反叛，才被人封存了製造它們的方法。但既然有製造的，這東西的弱點肯定也有人知道，不巧，我正好就知道它們的弱點。」

說到這裏有些自得地揚揚頭，特洛嵐才又說道：「大部分傀儡的弱點都在他們腰部的位置，那裏是銜接最薄弱的地方，只要用力夠巧，就能瞬間讓其癱瘓，第一個我就是那麼做的，後面這個傢伙一直把腰眼那裏護得死死的，我根本找不到下手的機會。」

輕敲著自己的太陽穴，特洛嵐說到這裏停了下來，隨後才自言自語道：「不過，看這兩隻黃金傀儡根本是擁有自我智慧了，這不應該啊。」

「特洛嵐，你說什麼？」楚天推了鴕鳥一下問道。

「沒什麼。」特洛嵐反應過來，笑了下道。

有些奇怪地看了鴕鳥一眼，不過楚天並沒有在意，他看著特洛嵐裸露在外的皮膚問道：「你身體感覺怎麼樣？」

「好多了，我忘記告訴你，中了這覆地蝕天毒的羽爵以上鳥族，只要脫離毒素滋生的地帶，就能自動將毒排出。這也是覆地蝕天毒最失敗的一大原因。」特洛嵐看著自己爛兮兮的皮膚，隨後笑了笑說道。

「那你怎麼不早說？」楚天簡直氣死了，這隻死鴕鳥差點讓他擔心死。

「當時不是被毒折磨得有點神志不清嗎。」特洛嵐說了一個很強大的理由，楚天張了張嘴，卻不知道該說什麼，隨後他歎了口氣也不再說這件事情，而是簡短地將特洛嵐暈倒後的事情講述了一遍。

「你擁有祖宗十八代的記憶，那你知不知道金剛是什麼種族？」楚天看了眼還在和剩餘的雕像們玩藏貓貓的大個子問特洛嵐。

「嗯，不知道。」特洛嵐沉默了下後搖搖頭。

「那你說我在金字塔門口遇到的那些人是什麼東西？」楚天又問。

比上次快多了，特洛嵐很乾脆地再次搖了搖頭。

「那你總知道鳥神宮殿吧。」楚天有些氣惱地說道。

「知道。」特洛嵐淡淡地吐出了兩個字。

「什麼！」本來以爲特洛嵐還會搖頭的，所以收到意料之外答案的楚天有些興奮，他坐起來盯著特洛嵐問。

「我聽說過，在孔雀族最古老的典籍裏，有說當年鳥神曾經在我們這座星球上到處遊歷居住過，而爲了彰顯鳥神的尊貴，我們的先人爲偉大的鳥神建造了屬於他的神聖宮殿。」特洛嵐皺著眉頭邊思索邊說著。

「這樣看來金剛腦子裏的印象應該不假了，可這裏要是鳥神居住的宮殿，怎麼會有那些人類氣息大於鳥族氣息的生命呢。」楚天不斷地問著自己，卻一時找不到答案，知道這樣想下去，一輩子都可能找不到答案，他從地上站起來對特洛嵐說道：「咱們也別想太多了，反正都已經來到這裏了，就進去看看到底有什麼東西，說不定真能碰到鳥神呢。」口裏說著話，楚天心中卻有點懸空的感覺，因爲通過天心神遊術，他已經徹底瞭解了金剛腦子裏的記憶。按照其記憶片段，金剛是直屬於鳥神的寵物，他的祖先就跟著鳥神，所以他們子子孫孫的血液裏都充斥著對鳥神的忠心。

不過在金剛爺爺的爺爺的爺爺那一輩兒，鳥神突然離開了這個宮殿，徹底消失了。他們一直在找尋鳥神的蹤跡，卻沒有任何發現，直到兩百年前那個傢伙的到來。

在金剛的印象裏，那個傢伙渾身都包裹在漆黑的袍子裏，連手腳都沒露出來。他對居住在這裏的鳥神僕人說他可以幫大家找到鳥神。

這裏的居民除了憨厚無腦的金剛族人，其他的種族都十分善良純真。所以有兩個種族答應了這個黑袍人。而黑袍人也確實厲害，他竟然真的找到了鳥神，這次出來攻擊楚天，據金剛腦海裏的印象就是鳥神直接找到他給他下達的命令。

因爲是直接吸取記憶，楚天「看清」了這鳥神的形象，他跟聖鸞城和黑雕城神殿壁畫裏一樣，渾身散發著一股威能，讓人不敢直視。

這是金剛腦子裏比較有邏輯的印象，其他的還有一些他自己產生的疑問，比如在黑衣人找到鳥神後就消失不見了，鳥神也變得很奇怪，讓自己這些僕人全部住到了金字塔的下層，而上面的幾十層則不許普通僕人進入。這可是從沒有過的現象，因爲鳥神總是用平等的眼光看待世間的一切。

還有那些人鳥，他們中有一些被鳥神選中，可以上到上面幾十層。不過他們每次出去總會帶一些鳥人回來，看守大門的金剛還從沒有見過哪些被送上去的鳥人出來過。

這一大堆的東西在楚天腦海裏重播著，楚天也產生了疑問，還有一個比較特別的地方，這裏的人鳥雖然是與鳥神同生的生物，卻沒有鳥神的神通，這到底是怎麼回事？可惜，金剛不會考慮這種很本源的問題的，所以他腦子裏對這些東西一點印象都沒有。

因爲有特洛嵐在一路上時不時可以探討一下，所以一行三人走得很快，而且也不知道是不是被楚天的勇猛給嚇到了，後面再沒有什麼麻煩。

一直到快要出那條好像下水道般的圓形通道時，楚天突然開口問道：「特洛嵐，你有沒有感覺到？」

苦笑了一下，特洛嵐一攤手說道：「早就發現了，可後面根本沒有任何東西啊。」

「那你知不知道鳥族或者其他種族裏有種什麼異能能徹底地讓人隱形呢？」楚天皺著眉頭，他發現只要一靜下心來，就能感覺到後面有什麼東西在窺視自己，這種感覺簡直讓人難受壞了。

「有，但那都是王者級別的高手才能用的。若是一般鳥族用的話，效果要差上許多不說，也不能逃過你和我的探查。」特洛嵐皺著眉頭說道，「而如果是王級高手的話，實在是沒有必要用這樣的手段跟蹤我們。」

「那你這意思是……」楚天臉上掛著似笑非笑的表情看著特洛嵐。

「就是我懷疑是我們太緊張了。」特洛嵐表情很鄭重地說道。

「切，你有毛病難道我也有啊，兩個人這麼半天了還緊張。」楚天鄙視地翻著白眼說道，「算了不管他了，跟了我們這麼久他不能有跟蹤癖吧，我就不怕他不出來。」

口裏說著話，楚天和特洛嵐兩鳥終於走完了這段雖然美麗卻十分壓抑的環形通道，他們只感覺眼前一亮，一個直徑三四十米的光柱出現在他們眼前。

光柱裏面飄浮著很多好像碟子的白色小盤，而光柱本身則是通天貫地，往下看深不見底，往上看，則是把頭仰到後腦勺觸碰到了脊椎都無法看到盡頭。

楚天把頭都仰得發僵了，隨後晃動了下腦袋，看向了其他地方，結果一件件超出人想像的東西讓他有些發傻。

首先是腳下的地面，看得出這是一塊寬五六米的平台，但材質卻是聞所未聞，透明、晶瑩、舒適，最爲主要的還能隨著腳步的移動而產生一波波的水紋。

整個平台成圓形將光柱圍了起來，而在這平台後面則分佈著十幾個和剛才楚天二人經過的通道一模一樣的圓環門洞。不止如此，往下看去，在五六十米的位置又有一個圓環平台，那裏同樣均勻分佈著十幾個門洞，再往下，亦是如此。

「這就是金剛印象裏能夠帶人上下金字塔的道路了，他個傻傢伙，難道就沒有感覺到這東西的偉大嗎？印象竟然極其模糊，只有吃的那些東西和睡覺時做的美夢記憶得極其清楚。」楚天簡直氣壞了，不過後來他也想通了，一個現代人怎麼可能與山頂洞人談空調房的舒適以及手機的方便呢？

無奈地想通了之後，楚天又不無感歎地看了看這在地球上都看不到的超級升降電梯，拍了下同樣發傻的特洛嵐說道：「上去吧，我們要找的人就在頂層。」

「好的。」雖然擁有自己這一輩兒到爺爺的爺爺那一輩兒的記憶，但畢竟眼前的一切太過匪夷所思，已經顛覆了很多腦中已經形成的慣性思維，所以特洛嵐的表現有些茫然。

眼見如此楚天想起當初來到這個世界時自己的表現，他搖頭笑了笑，一躍已經竄到了一個懸空小碟上。

這碟子本來只有一個小圓桌大小，但在楚天站上去後卻擴大了兩圈，變成了普通的四人餐桌那麼大。

不止如此，楚天所在的圓盤，還在下一秒生出了一張半圓式的沙發樣凳子，楚小鳥摸了一下，感覺到其材質極其柔軟，應該是某種野獸的皮毛所致。

與此同時，那邊的特洛嵐也如楚天一樣，躍到了這明顯很具有超現代抽象感覺的碟子上，當然，他那裏的情況與楚小鳥所看到的一模一樣。

碟子雖然是完全懸空的，但在兩個鳥人跳躍上去後卻沒有一點一絲的晃動，這首先說明楚天二鳥實力非凡，對於身體各個方面包括平衡性都已經有了常人所無法比擬的控制力，更爲主要的是說明了這碟子的特質。

楚天看到，在他一踏足小碟子上時除了碟子自身的變化外，在碟子四周也升起了十來根銀色的手指粗細的光線。它們彷彿自天而降，直通碟子周邊，就好像降落傘的吊繩一樣，將碟子穩穩固定住。

「這……這難道是我進了超科技博物館，這個世界怎麼會有鐳射之類的東西？」楚天摸了下自己的腦門，輕敲了兩下後卻不得不放棄了這個暫時是不可能找到答案的「無字天書」級別的問題。

他看了眼留在平台上，可笑的大臉上掛滿擔憂之色的金剛，正想問它爲什麼不上來，突然想起這個大傢伙又不會說話，再用其他種族異能又感覺沒有必要，所以也就算了。

畢竟，以這大傢伙此刻的實力也就是當當坐騎唬唬人而已，若是真讓它當保鏢，那指不定是誰保護誰呢。這樣想著他也就讓明顯不願上飛碟的金剛留下了，招呼了特洛嵐一聲，按照金剛腦子裏的操作方式，腦中想著要去的地方，飛碟動了起來。

若不是身邊景色的變化，楚天還真感覺不到這飛碟在動，太穩了，穩得好像踏足在一片廣瀚的大地上一樣。

瞬間而已，兩隻鳥人已經上升了幾十米甚至上百米，因爲實在是太快了，以至於楚天腦海裏都沒有形成一個完整的概念。

就當楚天腦海裏的震撼還沒有消去的時候，如無軌火車般攀升的飛碟突然停了下來，這不是那種緩緩平滑的停頓，而是戛然而止，巨大的衝力差點沒讓楚小鳥二人飛起來。

「怎麼回事？不是說想著到幾層就能到幾層的嗎？」楚天抬頭看了下，結果眼睛裏就出現了那還有二三十米高樓層，用金明耀眼的豪華色包裹的三角形屋頂。

「這還有一段路呢，怎麼自己就停了？」楚天不明所以，問了特洛嵐一聲，結果看到他那副迷茫的樣子，楚天知道自己是白問了。

「難道還有什麼禁制？」畢竟是一個未知的領域，楚天腦海裏自然而然升起了這樣的想法，他想了下，知道暫時無法解開，也就不再想了，決定進入這一層看看。

在楚天和特洛嵐面前，正好有一座和他們來時完全一樣的平台，平台四周也環繞著幾個七彩斑斕的洞口。楚小鳥招呼了一聲率先跳下飛碟走上了材質怪異的平台，在上面等了下特洛嵐，隨後才一同踏入了一個洞口裏。

這洞口雖然與楚天出來的那個極其相似，但裏面的環境卻迥然不同。這洞並不長，只有短短幾步路而已，在通道之後也沒有了走廊之類讓人厭煩的東西。兩鳥所看到的是一幅震撼的畫面。

這是一片極其廣闊的空間，廣闊到可以比擬整個孔雀明王府……

這裏有一大片古樹林，樹林到底有多古楚天無法估量，不過他知道就是他在地球上見到的那棵據傳有兩千年歷史的銀杏樹都沒有這裏任何一棵樹的直徑粗。

除了這些，這裏還有很多草，一條小河。

「這是什麼？」楚天眼睛幾乎要瞪得掉了下去，他張大嘴巴喃喃自問。

「幻術，肯定是幻術空間，我想想。」出人意料地，發了半路傻的特洛嵐居然開口了，他用手指敲打著自己的額頭好一會兒才說道，「是海族某個種族所特有的種族異能，不過我實在是記不起到底是哪個種族了。」

「幻術，那些人和他們中間那大傢伙也是被幻術製造出來的嗎？」楚天愣了下後指著距離他們最近的那片草地上活動的生物說。

「呃……這個我就不知道了。」特洛嵐汗顏道。

侏羅紀公園？楚天是幾部都看了的，而且因爲對恐龍這種具有「威嚴」、「華美」以及「聰穎」等各種優點的動物楚天一直是非常喜歡的，但從來沒有見過。

不過今天，楚天親眼見到了這種傳說中的生物。這樣的大傢伙，楚天在《科普知識》上有幸見過，但卻多少有些不同。長長的身體，背上還帶著像魚鰭一般的劍骨和肉膜，像一把灰綠色的大扇子。

這傢伙的整個身體匍匐在被幾個人包圍著的籠子裏，前爪舉在胸前，巨大的頭顱居然有兩米多長，上面還長著一隻恐怖的長角，鋒利而又粗壯！整個身體覆蓋著厚厚的綠灰色鱗甲，看起來超過了二十五米！

看著這個大傢伙，楚天腦中出現了一個畫面，只見牠長長的尾巴掃了過來，自己就彷彿一片枯樹葉般飄蕩在秋風中……還好，這傢伙是在睡覺，最好是冬眠。

出於人類本能對巨型動物的恐懼，楚天一時暗斂心神，隨後才打量起巨龍旁邊的人來。「一定是我花了眼，這個世上怎麼可能會有如此美麗的人物，這可是個鳥人的世界啊……」楚天揉了揉自己的眼睛，結果卻更加清晰地看到了那個嬌美的身影。

眼前的不遠處，那片碧綠的草地上，巨大猛獸的前面，一個穿著綠色套裙的少女，「婀娜」地站立著……看起來很樸素的服飾在她身上卻顯得無比華美，似瀑布般閃亮的烏黑長髮彷佛反射出全部太陽的光輝，被不知道從哪裏來的風恰到好處地吹得飄飛在空中。

雪白俏麗的臉上，帶著讓人憐愛的倔強和決絕，從側面看去，竟然具有那樣驚心動魄的美麗……小巧挺直的鼻子，紅潤欲滴的唇，如神仙勾勒出來的柔美臉蛋，頎長而秀美的頸項，看上去就像個不食人間煙火的仙女……

窈窕的身材修長而挺立，過膝的綠色蕾絲裙擺下露出了她晶瑩剔透的肌膚，兩條嫩藕一般的小腿能讓人引起一切遐想，但是她那英武和嬌弱相混合的氣質卻立刻又讓產生遐想的人們自慚形穢……

她站立的姿勢彷彿是在雲端輕輕起舞的飛天被定身後的一個動作，那樣的嬌美纖弱，卻又夾雜著一種如破釜沉舟般的無畏，這樣的混合矛盾讓楚天有些癡迷呆愣。

「這些人難道也是達到銳爵級別的高手，要不然怎麼……」正當楚天感覺心神被吸的時候特洛嵐在一旁開口了，他神情猶豫地皺起了眉頭。

「你說什麼？」楚天嘴裏下意識地問道。

瞪大眼睛看了眼「走私」的楚天，特洛嵐無奈地說道：「我說這幾個人，怎麼都已經人形化了，是不是都已經是銳爵級別的高手了？但爲什麼我在他們身上感覺不到太多的靈禽力波動？」

一聽特洛嵐的話，楚天才把目光挪向了女孩之外的其他人，還有四個人，他們呈扇狀散佈在女孩兩側，緊緊將恐龍圍了起來。

這四個人有男有女，看起來應該和這個女孩是一夥的，先不說他們此刻一看就知道是同一戰線上的人物，更爲主要的是四個人都是那樣的特別，尤其是那個褐色長頭髮的高個子，真是巨高的身材啊！

楚天自己已經是個「高人」了，但這位仁兄擁有最起碼也有兩百五十公分的身高，像個巨人般站在那裏，黑色的練功服下渾身的肌肉都一塊塊鼓起，相比那個世界的健美冠軍仍要略勝一籌，真的是個典型的肌肉超人。

除了這些明顯的特徵外，那頭髮長及腰部，看起來很狂野的褐色長髮也是無比惹人注目，長髮之下一張棱角分明的臉上帶著一股好戰嗜殺的表情，不過看起來還是蠻帥的。

超級美女左手邊是一個嬌小明媚的女子，第一個特點就是那雙好像月牙的眼睛。雖然因爲巨龍而緊張無比，但仍是帶著一股天生的笑意。精緻的圓臉蛋此刻若非有些蒼白，一定可愛無比，光想像楚天都有股想衝上去咬她一口的欲望了。

女孩除了臉蛋精緻外，身材也是凸凹有致，不過可能是年齡小的原因，多少還差些風韻。哼哼，楚天哥們可是個花叢老手，想讓他評出個A+，可是不容易的。

在可愛女子旁邊則站著一個讓人連心都感到冷冰冰的酷哥，一副全世界人類每人都欠他五千萬的表情，不過卻很有味道。

此人也是高高的個子，和楚天相差不多，一頭拉風的白色齊肩長髮加上那身白色的長袍竟有股冰雪晶人的味道。

最後一個傢伙在超級美女的右手邊，那是一個和她個子差不多高的墩實男子，一臉慎重地正在和她交談著什麼。這傢伙是幾個人裏長得最差的，雖然也是濃眉大眼，唇紅齒白，但楚天就是看不慣他。

一副呆頭呆腦的樣子，臉色還是黑黝黝的，一看就不是那種善於言辭的主兒，和超級美女說話當心閃了舌頭。

楚天雖然腹誹，但幾個人都還是長得也很不錯的，堪稱靚女帥哥的超級組合。不過最出色的還是中間那美女，如仙子出塵一般地站在那裏，讓風都變得那麼的溫柔，不敢將她那飄逸的裙擺高高地吹起來，只是稍稍露出膝蓋上那雪白粉嫩的肌膚。

想著楚天又在心裏流出了口水，看到他這個樣子，特洛嵐很不客氣地在他腳上來了一下，提醒說道：「你能不能聽到他們在說什麼？」

「什麼東西！嘿，咱們下去不就成了嗎，怕什麼。」楚天說著話就要從通道裏跳到那片「幻境」中，卻被特洛嵐給拉住了。

「特洛嵐，你這是……」楚天有點惱了，他一擰脖子正想發飆，卻見鴕鳥抬手在通道的出口前指了指。

「這裏有東西。」指著通道週邊那圓圓的出口，特洛嵐的手指向前一動，穿了過去，可就在同時，一個像水紋一樣波動的透明薄膜出現了，它正好封在通道出口上。

第十章 天禽屠龍

「這是？」楚天有些奇道。

「是結界，海族的一種種族異能，具體種族我還是不知道，但我知道這結界的作用。」特洛嵐皺著眉頭說道，「這結界只管出不管入，進去容易卻出來難。更爲奇怪的是，在它裏面的人根本看不到這個結界外的一切，因爲結界內壁可以變化爲與四周景物一樣的色彩。」

「什麼怪東西，這有什麼用啊？」楚天瞪大了眼睛。

「據說是海族囚禁重要犯人時用的。」特洛嵐解釋了一句後很慎重地說道，「楚天，這裏絕對有海族的高手，離實幻境和奇特結界是海族中比較高級的種族異能，此刻居然雙雙出現在這裏，我們沒有必要觸這個楣頭啊。」

「這有什麼，我們……」楚天正想豪氣地發一通「王八」之氣，卻被特洛嵐毫不留情

地給打斷了，他看著楚小鳥的眼睛說道：「楚天，要以正事爲重啊。」

一看特洛嵐這個樣子，楚小鳥如何不知道他心中所想，暗歎了一句，楚天只能點點頭說：「我先看看情況，什麼事情等下再說。」

雖然身爲強者的時間並不及特洛嵐那麼長，但對於外界事物的敏感楚天卻絕對有過之而無不及，再加上此刻他的實力已經達到絕對的翎爵級別，所以他也已經發覺五個鳥人是空有銳爵級別的身體，卻沒有與之對應的實力，如此他在心中不由暗暗地爲前面的他們祈禱。

「這條巨龍我是感覺不出牠到底有多強，但像金剛那樣的情況應該不可能再發生了，所以你們幾個要小心了……」

「伊美爾，這條大爬蟲還在睡覺，我們要不趁現在結果了牠？」此時楚天終於聽話地豎起了耳朵，運用起靈禽力傾聽起幾個人的對話。這句話正是那個看起來呆愣愣的小夥子對超級美女仙子說的。

「不行，藍迪，這個大傢伙你認爲我們五個有實力能在不驚醒牠的情況下將牠一擊殺死嗎？」緊張地掃了好似睡得很香甜的大龍一眼，伊美爾嘜起小嘴說道。

「呃……」不止是藍迪，就連湊過來的其他人也有些發愣，而在這個時候，那條龍的尾巴輕微地晃動了一下，那一身白的酷哥看到這一幕忍不住低聲對幾個人吼道：「你們商量出主意沒有，這傢伙要醒了。」

幾個人被這話嚇了一跳，而此時龍已經明顯要睡醒了，牠身體已經有了活動的徵兆。

「快，我們布陣。」眼看此時伊美爾輕喝了一嗓子，姣好的身軀向後一躍，而其他幾個人也在隨後跳了出來，與伊美爾一起在龍的四周組成了一個五角星的形狀。

伊美爾和其他的男男女女手上做出了同樣的動作，口中也念出了一些意義難明、晦澀不清卻蘊涵某種規律、好似一聲聲廟中和尙朝會般的呢喃，在這種呢喃中，五個人的手上分別亮起了一團團赤白色的光球，在幾個人的手上逐漸變大。

「赤耀電網！」五個人同時大聲地喊出了這個名詞，瞬間一個高而閃亮的電網，成正方形將以龍爲圓心直徑五十米的空間包裹了起來，因爲電網的熾熱，無數空氣被蒸發得顯了形，紛紛地從電網的空隙中向四周飄溢。

「赤耀電網？」楚天疑惑地看向了特洛嵐，這五個鳥人真的很奇怪，居然還會擺陣，更加用出了聞所未聞的技能。

「不要看我，我也不知道這幾個人的來歷，也從沒有聽說過有這種種族異能存在，而且幾個人的靈禽力極其特別，與我們所運用的完全不同。」特洛嵐一副思考的樣子，隨後一攤手說道。

經特洛嵐這樣一說，楚天就更加對幾個人好奇了，不過出於對鴕鳥的信任，他並沒有衝過那什麼結界，而是繼續觀察著裏面的情況。

電網織了起來，但讓楚天琢磨不透的五個人在那巨龍面前，仍好像五隻螞蟻般的渺小，看他們的樣子，仍是想制伏這條巨龍的，難道他們傻啊，這個時候不跑，還想玩耗子逗貓的自殺遊戲？

「那些傢伙說只有等這大傢伙醒了才允許我們用種族異能萬物沉睡！真是太豈有此理了。」一臉狂暴的那個巨人有些惱怒地看著籠中的怪物說道。

「好了庫巴，這件事情怪不得別人，誰讓我們的人在他們手裏。以這些人的實力想殺我們並非難事，現在他們既然給了我們任務，我想他們應該不會騙我們。」說話的是站在伊美爾身邊的藍迪，他神情緊張地盯著籠子裏說道。

「萬物沉睡」？這次楚天連看都沒看特洛嵐，這傢伙知識面也太窄了，哼哼，以老子的聰慧我一下就猜測到了這些傢伙種族異能的作用，不就是讓人睡覺嗎。不過，還有什麼任務？這些人到底是要做什麼？

這樣想著更加堅定了楚天看下去的意念，所以他運起靈禽力更加仔細地打量著場中的任何一個細節。

楚天正想著，那條超級巨龍終於在晃晃悠悠中清醒過來了。

「轟嗥……」一聲巨大震撼猶若轟天憾雷的吼叫，頃刻間便在整個空間回響起來，楚天一晃腦袋差點沒坐地上，他心裏慘叫著：「我的耳朵，下次這樣大吼的時候麻煩吱一聲，我還運著功呢，差點沒把我耳朵震聾。」

在楚天心中不斷叫罵的時候，那隻巨龍慢慢地站立了起來，強壯的後腿將整個身體支了起來，短小的前爪縮到胸前——這裏的短小是針對牠自己，相對於楚天來說，這爪子要是紅燒的話，他一星期也啃不完。

巨龍的身體無疑是巨大的，籠子卻太小，一抬頭就撞到了鐵籠的頂端。而這條巨龍還是極有威嚴的，牠一感覺到這個情況便開始惱怒了起來，在籠子裏左撞右撞，發出讓人驚懼的巨大金屬撞擊聲。

「我的爹，這傢伙的皮還真夠厚的，居然能夠硬到和金屬碰撞而不知道疼的地步了。我喜歡啊，不過就是口水多了點。」楚天看著從巨龍大嘴裏流出的唾液有些皺眉，這傢伙太不衛生了，看從牠巨大尖利的齒縫中淌了下來那些黏液，都夠我洗兩次澡的了。

特洛嵐這個時候在旁邊開口了：「那籠子是用匏鐵製造的，我全力施爲也需要一段時間才能打開。」

「你想說明什麼？」楚天回頭掃了特洛嵐一眼問道。

「這大傢伙不好惹，而且我想我知道這東西是什麼了？」特洛嵐瞇著眼睛做睿智狀。

「靠，有話就快點說。」楚天笑罵道。

特洛嵐一咧嘴角笑了下正要解釋，結界裏面的庫巴卻大號一聲將他打斷：「這到底是什麼東西，姥姥的，你們確定我們幾個能把這傢伙最裏面那顆牙齒拔下來。」

「庫巴，不要吵了，你能叫牠乖乖地讓你拔牙嗎？」伊美爾皺起秀麗平滑的額頭說道。

「我好像知道這是什麼東西了。」說話的是那個白衣酷哥，他風騷地甩了下頭髮，有些不太確定地說道。

「嗯，貝利，你說什麼？」藍迪有些發愣地呆呆問道。

「我想到這東西是什麼了。」貝利盯著籠子裏發狂的巨怪說道。

「那快說啊，知己知彼方能百戰百勝，我們現在就是不知道這東西的底細，所以才會感覺茫然無措的。」一直被楚天當成是無知小蘿莉的那個小妹妹竟然說出了一通讓楚小鳥和特洛嵐同感震驚的話。

「我也是猜的，不一定準。」酷哥貝利有些猶豫地說道。

「你倒是快說啊。」幾個人對這人的磨嘰程度表示了嚴重的憤慨和不滿。

「呃……」愣了幾秒，看著幾個人要噬人的表情貝利趕忙說道，「你們看牠的眼睛，一隻是深不見底的黑色，一隻是冷淡無比的白色。」

聽完這話，不止是幾個人，就連楚天兩鳥也看向了巨龍的眼睛。結果正如貝利所說，這傢伙的兩隻大眼睛分別變成了墨黑色和雪白色，不止是眼球就連瞳孔也變成了同樣的顏色。

「咦！怪了，我記得一開始這大傢伙的眼睛都是綠色的啊，怎麼……難道是我看錯了。」楚天心裏剛升起這個疑問，那邊的貝利就很配合地替他解釋了：「我曾聽我爺爺的叔叔說過，在遠古時候有一種奇特的猛獸，牠們雖然並不能如一般獸族那樣修煉，但卻擁有先天的威勢，牠們的名字叫做古泰龍。」

一聽這個名字楚天差點沒倒地上，這東西果然夠威勢，一種生命居然融合了兩位大人物的名字。

「我下面所說的都是根據我太叔公所說來猜測。古泰龍擁有一個超越所有生命的特性，那就是牠們雌雄同體，也就是說不需要找到伴侶，牠們就可以繁殖。」聽到這裏楚天兩鳥已經快汗死了，這個酷哥完全糟蹋了他那一身皮囊，淨說一些沒用的，不過繞是如此楚小鳥也是聽得津津有味，畢竟這種動物也是太奇怪了些。

「據我太叔公說這種猛獸相當的可怕，可怕的程度甚至超過了所謂的王者。但是爲什麼可怕我就不清楚了。不過我太叔公說，古泰龍是整個世界上最具威儀也最美麗的一種生物。牠們體形嬌小，最大的也就兩米多高。不單如此，在陸地上牠們的行動速度也是超級的快，但因爲繁殖和環境的原因，古泰龍的數量少得可憐，可能都已經滅絕了。」貝利說到這裏停了下來聳了聳肩，表示無法提供進一步的情報了。

「王級，那我們還有什麼搞頭！」說這句話的是庫巴，而同時響起的還有藍迪的尖聲驚問，「滅絕了？那咱們眼前這是什麼。」

「你們別打擾我，我還沒說完呢。」好像很無奈地看了幾個人一眼，結果就看到幾個滿身的殺氣，他打個哆嗦趕緊說道，「這種古泰龍是所有未開化生命的王者，牠就好像我們族的族長一樣，而在牠手下則有著四種同樣戰鬥力非凡的物種，其中一種就應該是我們眼前這個傢伙。」

一聽說到了正題上，幾個人全豎起了耳朵，而籠子裏的怪物此時也不知是不是撞累了，暫時安靜了下去，貝利不敢再囉唆繼續說道：「牠的名字叫獨角扇龍，其特點就是發怒的時候眼睛會變爲一白一黑，其力大無窮，皮糙肉厚，尋常利器根本無法近身，速度也並不慢。我只知道這些了，其他的我太叔公都沒說。」

本來以爲能找到什麼有用的東西的，但聽到這裏伊美爾幾個人差點沒給氣炸了，若不是現在情況不允許，他們真想將貝利狂揍一頓。

一直在外面看熱鬧的楚天這個時候心裏那個樂啊，這幾個人除了長相出眾外，還這麼有意思，呵呵。

楚天臉上浮現出笑意，卻迎來特洛嵐怪異的眼神，一看鴕鳥的樣子，楚小鳥立刻正色叫道：「笑什麼。」

「沒笑什麼，只是感覺這幾個人也不簡單。」特洛嵐一挑眉毛說道。

「怎麼個意思？」楚天看著鴕鳥問道。

「貝利竟然能說出這大傢伙的名字，足以證明他或者是他家族裏的人見識非凡了。」特洛嵐微笑著看著場中的幾個人說道。

眼睛立刻瞪得大大的，以陰謀家自詡的楚天如何聽不出特洛嵐的話外之音，他問鴕鳥：「你知道這個大傢伙的來歷？」

「知道一些，還聽說過一個關於古泰龍的故事。」特洛嵐微笑著說道。

一看特洛嵐這個樣子，楚天也是大感興趣，他拍拍鴕鳥的肩膀說道：「好了，別廢話了，快說吧。」

看到楚天猴急的樣子，特洛嵐也算滿足了，他左手敲打著右手說道：「這獨角扇龍是整個世界上最龐大的生物，據說最大可以長到百米高。」

「百米！」饒是楚天見多識廣，仍是爲這個量詞搞得一陣目瞪口呆。

「嗯，不單如此，牠還是最狂暴的食肉動物，愛好群居。正如貝利所說，牠們還是天生力量最巨大的生命，而且不畏懼一般的鈍器傷害。」特洛嵐每說一句話，都讓楚天心中的震驚增加一分，這東西，要是飼養一批的話，那什麼雕鴞集團軍什麼明王赴死軍，全他媽滾一邊去。

見多識廣的特洛嵐從楚天的神情裏就察覺了他心中所想，鴕鳥笑了下打擊他道：「別想了，這東西不好養。」

沒有說話，楚天只是向特洛嵐投去了詢問的眼神，而後者則配合地解釋道：「在一萬多年前，曾經有人飼養過這東西，不多，幾十頭而已，但就是這幾十頭卻引發了一場讓當時整個鳥族社會震驚的慘案，一座天空之城被屠戮殆盡。」

「什麼！」楚天這次是徹底震驚了，他瞪大了眼睛忍不住吼了起來。

「叫什麼，這個世界上的事情本來就比小說裏更離奇。」說了句話特洛嵐才繼續說道，「呵呵，不過那時鯤鵬因爲怕引起鳥族的恐慌而把事情稍稍改動了下，我這個版本卻絕對是實實在在的。這你也猜到了，當然是因爲我們族中的祖宗十八代心法。」

特洛嵐說了這句話，楚天才微微平復下心中的震驚，不過他仍是瞪大眼睛等待著鴕鳥的解說。

特洛嵐此刻臉上也沒了笑意，而是略帶感慨地說道：「雖然鯤鵬極力壓下了這件事，但看到了那次災難的整個經過的兩個倖存者中，有一個就是我鴕鳥族的族人，他怎麼也不會對自己的主上隱瞞。」

說到這裏，他深吸了口氣後才繼續道：「我這位族人和一隻鷓鴣族的女孩在距離那座天空之城三十多公里的山溝裏採花，本是要送給他們住在城中的老師，卻看到從城下飄來了一朵黑色的烏雲，這烏雲很奇怪，不止帶著一種『嗡嗡』的好像蜜蜂揮動翅膀的聲音，還有一些大個的與山石差不多的大扇子在上面蟄伏。

「當時我的這位族人拉著鷓鴣女孩躲了起來，結果就看到這座可以遮蓋整座天空之城的『雲朵』逕自飄進了城裏，隨後就響起了震天的慘叫聲和怒號聲。當時我的族人害怕極了，卻不敢向城裏走，這是一種出自本能的畏懼，這樣直到五六個小時後，雲朵變小飄走。」

特洛嵐在這裏停頓了下，再次深吸了口氣，這樣的情形讓楚天心中產生了某種明悟。

「隨後他們趕了回去，而映入眼簾的就是倒塌的城牆，殘破的斷垣，塌陷的道路以及滿地的屍體，全城的人包括不少的羽爵翅爵級別高手，都在那不知道是什麼東西的烏雲中莫名其妙地死了，而且死狀相當的恐怖。而正在這座天空之城馴養的幾十頭獨角扇龍也全部神秘地失蹤了。

「後來根據我族中長老的分析，那片烏雲很可能就是古泰龍手下四大族中最小的毒肉蜂。牠們只有蜜蜂大小，但每次出動數量動輒千萬。據說這種生物體形雖然小，但是有著劇毒的毒牙，並愛吃鮮活生命的肉類。而那些大山則是將城牆房屋弄塌的罪魁禍首獨角扇龍，他們雖然無法飛行卻懂得共存，讓毒肉蜂帶著來救他們的同伴。」

利用。

直到此刻，楚天已經震驚得說不出話來了，這些東西，也太強了吧，居然還懂得相互利用。

反應了好一會兒楚天才問特洛嵐：「那古泰龍到底厲害到什麼地步了？」

「這要說當然是要從本源開始嘍……」臉上掛著不可深究地微笑，特洛嵐敲擊著自己的手正要說，場中卻發生了意外。

獨角扇龍再次發出了牠那如雷鳴般的咆哮，用比上次還猛的威勢撞擊著勊鐵所制的籠子，竟然把鐵棍給撞彎了。

「伊美爾，你們快點幹活啊，這籠子眼看就要廢了，再不動手可就沒機會了。」被場中畫面所吸引的楚天忍不住叫了一聲，他甚至跳起腳來，若不是特洛嵐在旁邊，他一定會衝下去幫幾個傻蛋的。

也不知是不是感應到了楚天的大叫，五個人終於紛紛回過神來，看來剛才是都被大龍的威勢給嚇呆了。

一醒過來，五個人趕忙再次緊張地聚到了一起，開始了並不正規的戰前討論。楚天再次豎起耳朵，靈禽力運轉聚於雙耳，傾聽著他們的對話。

「庫巴，我們四個人一起施展萬物沉睡，你要看好牠，牠要是衝出來了，你可要擋住啊！」伊美爾不止是長得俊俏，居然還有做大將的風範，她妙目含煞地做出了指揮。

「好……啊！我擋？如果你們出了問題，我豈不是就第一個變成了龍糞！」庫巴不只是個子大，嗓門也夠大的，他嚷嚷的聲音楚天不用運功都聽得一清二楚。

「放心，籠子是勊鐵鑄造的，雖然……呃……可能是質量有點問題，但絕對能再抵擋半個小時，這工夫夠辦事的了。你只要看機會給牠一下，讓牠安靜下來就好……」說話的是藍迪，他看了眼已經將籠子撞得走形的獨角扇龍，咧了下嘴角，儘量擠出了一個笑容。

「好了，快點，按計劃行事吧，庫巴，看你的了。」伊美爾再次說話了，嬌柔卻充滿英武，還帶著一種綿意，讓楚天這頭狼心中大叫，若是給我這樣加油，我一定會爲你赴湯蹈火的。

話說到這份兒上了庫巴還能說什麼，不過看他臉上的決絕之色，想來他也沒真埋怨讓他站在這看似最危險的位置上。滿是肌肉的手臂抬起，輕輕一晃，一把兩米多長的黑色巨劍閃爍著烏光出現在他手上。

這是一把中階羽器，楚天一眼就看了出來，這讓他瞬間眼冒紅光，這幾個傢伙，看來還挺富有的嘛。

在楚天胡思亂想的時候，庫巴已經邁著大步走向籠前。巨龍看著眼前的美食向牠走近，立刻停下了劇烈的「運動」，低下頭來，對著他張大了巨口，「轟嗥……」地來了一嗓子。

楚天心中暗幸：「幸虧咱見機快，老爺我事先捂住了耳朵，要不然憑著一嗓子，非得把咱耳膜震出血來不成。」

楚天是樂了，但庫巴卻慘了，直接用獨角扇龍的口水洗了個淋浴。

在這個時候，剩下的四個鳥人卻是一臉肅穆，他們口中念念有詞，身上漸漸覆蓋了一層七彩斑斕的羽毛，然後均抬起還是人形的右手在胸前畫出一個個圓圈。漸漸地，一個只有雞蛋大小的光球從他們各自的胸口生了出來，「呲呲」地冒著電火花，接著他們手一動，同時將光球用雙手托了起來並在同時響起的大喝聲中被高高地推了出去。

四個光球成弧線，慢慢地向上飄，一直到巨龍眼前不遠處，便開始高速震動了起來。那頭巨龍果然不負眾望，低低地吼了兩聲，慢慢地閉上了眼睛。

「原來這就是萬物沉睡啊，雖然他們的靈禽力比較特別，但利用能量的原理卻並不難，是根據光球裏光線的閃動來刺激生物的視覺，先引起其視覺疲乏，再利用光波在空氣裏的輕微震動刺激生物腦內的細胞，引起生物的昏睡，這看起來更像是一種特殊的利用靈禽力的方法，而並不是什麼種族異能吧。」楚天腦海裏盤算著。同時默默地將這一招記在了心裏。

楚天眼角一瞇，心中暗叫：「這技能果然不簡單，嘿嘿，看來對付某些人我總算是找到辦法了。」

正思想間，楚天耳邊響起「轟嗥……」一聲突如其來的巨吼，一回頭，就看到掛在半空好像燈籠一樣的四個光球頃刻間便被巨龍的大吼震得四散開來了，飛速地飄逸出電網外打向四周的岩壁，發出劇烈的爆炸。

「呃……看來這招也不是那麼保險啊……」楚天咧著嘴角說了句。

這個時候當做保險的庫巴發揮作用了，只見他奮力地向前一躍，背上長出了兩隻紅色的翅膀，粗大的劍帶著火紅的烈焰狀光芒砍向籠中的獨角扇龍。

劍通過籠子的縫隙，狠狠地擊打在了龍低垂的腦袋上……

本來預料中的腦漿崩裂並沒有出現，兩者的接觸只發出一聲「咚」的響聲。

獨角扇龍這次是真的憤怒了，而且庫巴那很具威勢的一劍看上去沒有帶給牠任何傷害。

楚天對於這條大傢伙的本事還真是有些震驚了，到底是你太強，還是這幾個小傢伙太弱了呢？

就在楚天很無聊地想著這種問題的同時，突然聽到了一聲巨大的金屬架子倒塌聲……

「靠，那頭獨角扇龍終於衝破了鐵籠！」

本就不想多事的特洛嵐沒有二話，拽著楚天立刻轉身就向回跑。

「幹嗎？特洛嵐，什麼時候你變得這樣麻木不仁了……」在楚天的大喊大叫中，特洛嵐還是一直把人拉到了通道外面才鬆開了楚小鳥的手。

「你到底怎麼了？」楚天這次並沒有用玩笑的語氣，而是鄭重地看著特洛嵐。

「我只是不想在其他人身上浪費我們寶貴的時間，你可知道我們進入這裏多長時間了？外面情況到底怎麼樣了？我們要快點離開了，這些人明顯應該和這裏有什麼奇特的聯繫，我們多事說不定會發生什麼。」特洛嵐也是一臉急色。

「呃……」一聽特洛嵐的話楚天無言了，畢竟，這些人只和他有一面之緣，不，連一面都不算，可這樣真好嗎？

楚天搖了搖頭，隨特洛嵐向另一條通道走去，卻不禁回頭看了一眼，卻看到了庫巴巨大的身體好像一截木偶般地從電網的空隙中被撞得飛了出來，手裏的羽器也飛到了高高的空中……

那隻獨角扇龍得意地揮舞著長長的尾巴，低低的吼了一聲，接著便張大了巨口，飛快地朝另外四個人衝了過去。而這個時候，楚天已經被特洛嵐拉進了另一條通道裏。

這條通道完全不同於兩鳥已經經歷過的任何通道，雖然還是那樣美麗，但卻多了一個個圓形的斑點。

這些斑點顏色各不相同，但卻有一個相同地方，那就是同樣的吸引人，其中有一個土黃色的特別迷幻，看到這個光點，心急火燎想出去的特洛嵐竟然忍不住停下去摸它。

「嘟……」響了一聲，隨後特洛嵐就「啊」的大叫一聲，陷進了五彩斑斕的通道裏，實在是太快了，等楚天反應過來時連根鴕鳥毛都看不到了。

「鴕鳥喜歡土黃色的東西，這是牠爲什麼鑽土的原因。」當年在地球上楚天曾經看到過這樣一則無稽的報導，現在他腦海裏忍不住閃過另一個念頭：「看來那個說法並不算太無稽。」

這樣的想法下，楚天在特洛嵐陷進去的地方摸了下，很平滑，一點縫隙都沒有，又踢了兩腳，紋絲不動，真不知道剛才是怎麼變成爛泥流沙的。

楚天運起靈禽力，正準備強行擊破救人，卻聽到通道外傳來了一聲淒厲的慘叫。

「藍迪小心！」

「伊美爾小心！牠的尾巴！」這是另一聲嬌美的叫聲，應該是那個叫娜塔紗的可愛小丫頭吧。

「啊……」隨後這聲慘叫是……是伊美爾，那個震撼自己心靈的女孩。她……她受傷了？

回頭望了一眼通道入口，知道事情不能再耽擱了，楚天在心裏默念了一聲：「特洛嵐，支持住，我去去馬上就回來救你。」大踏步向前方的出口跑去。

其實在剛才楚天就已經發現眼前的通道與剛才的通道相通，它們都與那片「環境」相連，為了試驗，他在出口處停下了腳步。深深地吸了一口氣，楚天的手伸向了通道口。結果讓楚天有些失望，這裏居然也有特洛嵐所說的海族結界。

他停頓了下，抬起頭，深邃的目光穿過眼前的景色，緊緊地盯著獨角扇龍那顆超過叢林很多的大腦袋。一矮身，將全身的靈禽力都匯聚到雙手，大喝一聲，一對翅膀展了開來，化作流影，將手變作武器，朝那個巨大的腦袋撲了過去。

他此刻的位置竟比龍頭高了將近三十米，也正好就越過了那高高的電網。

楚天在空中緩緩地釋放了一遍靈禽力，使身體繞了一個奇妙的弧度，從獨角扇龍眼睛的死角朝牠的腦袋撲了過去。

楚天眼睛的餘光看到了獨角扇龍下面的情景。電網快被牠衝破了，粗大的尾巴正從電網的縫隙中鑽出，將想上前襲擊的娜塔紗也擊飛了。伊美爾左手捂著右肩蹲在藍迪身後不遠處，此刻的她臉色蒼白，身上也變回了人的模樣，一副搖搖欲墜的樣子，但在她白淨的右手還緊緊地拿著一個透明圓環，那應該就是她的羽器。

伊美爾臉上露出痛苦的神情，大口地喘著氣，看著讓人心疼無比。

藍迪此刻全身成了一種美麗夢幻的淡藍色，通過敏銳的戰鬥意識，楚天明白這應該就是他們口中所說的天寒地凍，憑感覺楚天覺得這也是一種對靈禽力的特殊運用功法。

藍迪還在拚盡全力，企圖阻止獨角扇龍突破電網，但可惜的是，他們這種異能似乎對大爬蟲只能產生微小的作用，僅僅是讓巨龍那迅捷而猛烈的攻擊稍稍地減緩一點點而已。

幾個人現在都在距離電網比較遠的地方，所以獨角扇龍的尾巴暫時還夠不到他們。

楚天對自己的本事那可是有著相當的自信，曾經以一人之力消滅了被譽爲不敗軍團的一整隊雕鴞集團軍，而且還幹掉了鳥族大大小小無數高手……楚天都懶得祭出什麼羽器了，他決定直接用肉體力量幹掉這個大傢伙來彰顯自己的英雄氣概。

飛速地靠近獨角扇龍的頭顱，楚天發現牠身上的鱗甲還真是出奇的厚實，而且看起來非常的粗糙，充滿了尖銳的突起。「咦！這樣看起來，我的靈禽力恐怕都不能穿透這傢伙堅硬的鱗片呢。」

腦中這個念頭一閃而過，加強了靈禽力的楚天還是決定試探一下。他調整好身形，雙手呈反狀，上面的靈禽力就好像兩把噴吐的劍芒，準備下一瞬間便深深地刺進獨角扇龍雙眼的正中央。

楚天努力的調節著呼吸，讓自己的血液流動聽起來能夠正常而平穩。「一定要保持最拉風的姿勢，拜託了，一擊即中，讓美女愛上我的英姿吧！」

渾身的靈禽力急速地湧進雙手裏，手指尖頓時爆發出耀眼的白光。楚天眼看著那個巨大的頭顱在他眼前迅速地放大，不由故意地大吼一聲，猛地高抬起雙手，接著就將發出刺目白光的光劍插向了牠雙眼間……

「該死的。」楚天心中咒罵了句，動作太猛了，獨角扇龍反應也很快，牠那鋒利的長角差點穿透了楚小鳥的下頜，咱們楚小哥是偏著腦袋才險險擦過牠的巨角，躲過了這破腦之災的。

如楚天的腦中所想，這龍皮隨後也敵不過他這翎爵高手的攻擊，劍非常順利地插進了獨角扇龍的雙眼之間，楚天幾乎都要興奮得高聲號出勝利之歌了。

「吱……」靈禽力所化的光劍只是刺進去了兩寸多，便遇到了無比堅硬的抵抗，在一聲好像磨鐵般的刺耳聲音裏再無寸近。「靠，這骨頭也太硬了吧……」

在楚天心裏咒罵的同時，獨角扇龍口裏發出一聲巨大的吼叫「轟嘷……」聲音是直接從手上傳進耳膜裏的，震得楚天差點腿軟。

同時大爬蟲猛烈地晃動起腦袋，看樣子是想把楚天給摔晃下來。

「你找死，我可是會飛的。」楚天心中叫了一聲，卻並沒有飛起來，而是死命地抓住了牠額上的巨角，左腳蹬在牠突出的眼睛上，右腳運起靈禽力猛地踩向牠的右眼。「噗」一聲，牠的右眼便爆裂了開來，巨大透明的水晶體被楚小鳥踩成了稀巴爛，順著牠的眼眶滑落了下去。

獨角扇龍再次痛苦地嚎叫起來，這次的聲音更加的巨大，聲嘶力竭，恐怖至極。牠竟然不顧伊美爾等人織起的電網上不斷流轉的電弧，帶著楚天就往電網上撞了去。

「你受不了想自殺就去吧，我可要去陪我的妹妹了。」楚天將雙臂伸直，緊緊抓住牠的角，接著雙腳一起用力，在牠的頭快要撞上電網的瞬間，雙手用力向後一甩，便跳離了牠的頭，從電網的縫隙間躍了出去。兩翅展開，非常優雅地輕飄飄地落在了地上。

「哼哼，對於你這種爬行動物，我還真不屑用空中優勢來搞你。」藐視地想著，楚天正要去看那條爬蟲的境況，眼角卻撇到一把巨大的劍朝自己當頭落了下來。

「用我的羽器屠龍！」

楚天迅速地一回頭，只見庫巴在娜塔紗的勉強攙扶下，站立著，朝自己大叫。

「爺爺的，你要是不叫這一嗓子，老子還以爲你要暗算你的救命恩人的——大哥我呢。」心中悻悻地想著，楚天也懶得用自己的羽器了，這也是給自己留個後手，誰知道眼前幾個小傢伙到底是什麼來頭，若該死不死是萊仕德的人的話……嘿嘿，自己還是留點底的好。

身隨心動，楚天身體輕巧地一躍，半空一翻身，正好將那把巨大的劍接住，此時他腦後傳來巨大的破空之聲。

「小心，牠的尾巴！」伊美爾在楚天前面不遠處指著他的後上方大喊著。

「耶！美女關心我了耶！」楚天腦中花癡地閃過這個念頭，身體卻根本不在意識指揮下就已做出了正確的動作，抱住巨劍，死命的一躍，跳起來十來米高。

「砰」的一聲巨響。楚天翅膀閃動著，迅捷地晃了幾下，轉身回頭，就看到剛才他站立的地方有一個大得可以埋下一隻成年大象的深坑。

「我娘耶！這小東西果然力氣夠大，雖然我自忖身體夠強橫的了，但要是被打實了那也好受不了，最主要的是肯定會丟了面子，身歿事小，在美女面前丟面子事大，多虧了我的小伊美爾妹妹哦。」楚天正噁心地想著，一個嬌俏的聲音插進了他的耳朵裏。

「謝謝你！」伊美爾小妹妹招呼著嫩蔥般的小手朝楚天喊著，「這大傢伙翅膀會向空中灑釘子，你小心啊！」

「啊……」楚天一驚，心中總算找到了幾個鳥人為什麼不飛在空中與這大傢伙鬥的原因，就聽到後面連續傳來破空之聲。

「這小丫頭怎麼現在才提醒我啊，還有特洛嵐……那個渾蛋竟連這麼厲害專對付鳥族的招式都不說。」楚天心中嘰歪著，身體在空中跳起了芭蕾，左閃右閃，最終……還是中了一標。

沒辦法，這傢伙噴出的刺釘不止超多，而且速度超快，又是完全無準備的偷襲，楚天能只中一下已算萬幸了，可惜中的位置不太好，再往下三寸這輩子就不用再生娃娃了。

第十一章 海鳥秘史

「你個渾蛋。」楚天很隱秘地將那根有地球上筷子那般長粗的毛針拔下來，看著正準備再次來個齊射的獨角扇龍就決定上去將牠立刻砍殺咯，但剛想動作就聽一聲驚叫。

耳朵賊尖的楚天一下就辨別出這是美女伊美爾的叫聲，報仇的事只好暫時放下，楚小鳥身形一動已經來到美女身邊，那條巨大的尾巴此刻距離美女只有零點零一千米，不過對於楚小鳥來說這點距離已經足夠了。

他飛速地將美女抱起，躲閃著那些飛射起來的毛針飛落向另一邊的地面。

「謝謝。」美女有些蒼白的臉上浮現起一絲紅暈，低頭說了聲。楚天扭頭朝她露出一個自認爲最瀟灑的微笑，正要說些什麼，卻聽到身後傳來一陣似乎什麼網破裂的聲音……

「不是吧！你個大爬蟲也太沒眼力了。」楚天心裏那個惱啊，他回轉頭的同時耳邊傳來另一聲叫喊。

「啊！牠出來了！」娜塔紗指著電網尖叫了出來。

獨角扇龍看來也是個記仇的東西，牠一衝出電網就向楚天衝了過來，而此時那條大尾巴已經飛速地靠近了楚天的左側。

意識並沒有立刻回轉過來，饒是高手，但楚天畢竟在剛才走神了，而就在這個時候他卻被一個飛快撲過來的身影帶得朝後飛了過去，接著便和那身影一起摔倒在了地上。

是貝利！

「我們看來根本不是牠的對手，現在牠出籠了，我們要怎麼辦？」貝利從楚天身旁爬起來後，對著被娜塔紗救開的伊美爾大叫。

「為了救朱莉她們，即使是我戰死也心安理得！娜塔紗，你離開吧，告訴族長我們這裏的情況，讓他派人來這裏！」伊美爾轉頭對自己身旁的娜塔紗用命令的口氣說道。

「我不……」娜塔紗語帶哽咽地反駁。

「聽話，我們偷偷出來族長不知道我們的情況，我們需要他的援救。為了朱莉，為了我們，你快走！」果然是巾幗英雄，說到這句話的最後伊美爾已經一副決絕之色。

娜塔紗臉上閃過堅決的表情，她不捨地轉身，回頭看了一眼，飛快地離去，向那有結界的通道跑去，在楚天詫異的眼神下，她隨手一揮，一道紫光閃過，結界就自動張開了一道門，在她穿越過去後又閉合上了。

「特洛嵐說這不是海族的種族異能嗎，這些人怎麼能破開。」楚天腦子裏閃過這個奇怪的念頭突然醒悟！

「他們知道出去的路?!暈……那我是不是該立刻出去援助崽崽他們，算了，怎麼說都這樣了，救人救到底，送佛送到西。」

楚天雙手舉起庫巴的那把羽器巨劍，抬起頭來，獨角扇龍的大半個身體已經擠出了電網，正在費力地往外擠著。

「這傢伙居然不太怕電，我靠！」心中咒罵著，楚天腦海裏卻陰險地閃過一個想法：「如此好機會，還不出手，那我腦袋就是被驢踢了！」

楚天眼角的餘光大概地瞄了一下庫巴的羽器，暈……居然是加了禁制的！「那大個，你真不愧是典型的個大無腦，給我這種武器是想謀殺我不成！幸虧我本事大，能夠直接衝開你的禁制。」

在這個世界上，很多人爲謹防自己的羽器被其他鳥人盜竊或者是偷用，都在自己的羽器上加上了自己才能用的獨門禁制，這是禽皇留給楚天的記憶。

「你大爺！賊龍，哥哥讓你有死無活，看這一下俺的威猛吧！」楚天將體內的靈禽力運轉瞬間催發至急速，將那把羽器拖到身後。這是一招非常適合猛男大開大合的招式……不過這東西實在是夠分量，沉得有點夠戧……

知道這傢伙皮厚，楚天用上了八成的力量，在靠近牠巨大的身體的一瞬間，雙腿猛地蹬地。半空中身後的羽器好像風火輪一樣從下面輪了一圈，狠狠地朝上斬了去……

眼角一閃，楚天只感覺一條巨大的黑色事物朝自己的頭上狠狠地砸來。「這爬蟲的尾巴！糟了，這東西的尾巴居然這樣長！能從身後伸到胸前，也太誇張了點吧！」

雖然楚天自負能應付得來，不過卻聽到了伊美爾等人關心的驚呼從身後傳來……

「真是好啊，美女又對我關心了。」楚天心中閃過這樣的想法，就感覺一股冰冷的氣息瞬間從他頭上飛過。

「藍迪！」

那巨大的尾梢看起來稍稍地停頓了一下，但馬上又帶著巨大的呼嘯砸了下來……

「這群人看起來還都挺善良的。」楚天很中肯地評價著這群人，手中羽器一沉，隨後就覺得一股巨力猛地撞在羽器上面，其力量之大，差點讓劍脫手。

「靠，這下要是砸實了還不給哥哥開了腦袋殼啊！」楚天暗恨，牙關一咬，渾身的靈禽力猛地一縮，瞬間便讓羽器大劍稍稍下沉，卸去了那股巨大的力量，接著靈禽力再突然猛烈地膨脹，手中羽器便也隨之猛地上揮……

吞吐兩米多的靈禽力之光隱約一暗，楚天只感到好像有什麼粗大的東西被斬成了兩段，接著便深深地突破一層堅韌的東西，滑進了一股柔韌的物體中。

同時，一團濕淋淋黏兮兮的東西澆在了楚天臉上，他不得不閉上眼睛，但感覺卻更加敏銳了，一個比常人還重的東西砸在了他的肩上，從身旁掉了下去。

楚天體內的靈禽力再次集聚，帶著巨大的嘶吼聲急速在龍肉裏上升……

突然，被光華掩蓋的羽器再次碰到了一片堅硬，楚天心中一動，借著腿上的力量和翅膀的支持，硬生生突破了那片堅硬，而他的身體也高高地飛到了空中。

身下傳來獨角扇龍的嘶啞低嗥，一陣清風吹過楚天的臉。

楚小鳥臉上掛起了邪媚的微笑，暗暗地將肺中的濁氣緩緩吐出，低頭看了看，獨角扇龍從胸口一直到下顎，被劃開了一道深深的裂縫，鮮血狂噴而出……

「看來剛才最後的一片堅硬是牠的牙床吧，現在牠的整個下顎已經被哥哥從中間劈了開來，哼哼，開膛破肚，這就是得罪咱的下場！」

用拉風的好像是天仙下凡的姿勢慢慢地落地，楚天隨手將羽器大劍一扔，大劍就從哪裏來回哪裏去了。

楚天眼角斜視著，看獨角扇龍呻吟著慢慢倒下，那顆睜著的巨大左眼緊緊地盯著楚某鳥，竟露出了深深的恐懼……

「恐懼了吧！害怕了吧！投胎之後招子要放亮點，別不識好歹見人就咬。」楚天暗地裏開導著獨角扇龍就聽旁邊突然響起了歡呼聲。

美麗的仙子伊美爾一瘸一拐地走到楚天身旁，露出友好或者說是勾引人的微笑，伸出一隻白淨的小手來。

「重頭戲終於開了，嘿嘿。」心中得意地笑著，楚天表面上卻一臉正色地伸出一隻手，輕輕地握住了美女柔膩滑嫩的手，看到人家差點倒下去，連忙手上用勁將她拉住了，並非常巧妙地拉進了自己懷裏。

「我是君子！」心中念了兩聲「可米豆腐」，楚天知道現在可不是好時機，所以他只能裝作很紳士地，低頭去看看伊美爾受傷的左腳，又抬頭看了看她的右肩。

幸好，傷不深，都是一些與獨角扇龍戰鬥時的擦傷，只要稍稍治療一下，問題不大。

「我叫伊美爾，你是……」伊美爾兩隻秀眸仔細地打量著楚天，眼中透露出好奇和欽佩的神色。

「我叫……」楚天本來是想說出自己的名字，但隨後想了想，感覺還是先保留下好，所以只好開口說道，「你可以叫我楚大哥。」

「嗯……」她先是露出疑惑的神情，隨後才一低螓首有些羞澀地喊道，「楚大哥……」

楚天心中暗暗一笑，嘴上卻換了一副君子嘴臉道：「那我可以稱呼你爲伊美爾妹妹嗎？」

「嗯……」細不可聞地從鼻管裏擠出這個字，伊美爾點點頭。

楚天摟住小美人的纖腰，輕聲問道：「伊美爾妹妹，你的傷沒事吧，我來給你療傷好不好。」

在伊美爾妹妹含蓄的應承後，楚天的手成爪狀落在了她的背心，身體裏澎湃的靈禽力變成一股股似液非液似氣非氣的暖流，順著他的手掌流入伊美爾的經脈裏。

因爲伊美爾受的傷都是一些皮外傷，所以楚天根本不需動用啄木鳥的種族異能，只需要用靈禽力將其經脈活絡，同時加快血液裏白細胞的活躍度就可以了。

當然，這些說法都是楚天自己的理解，要不然他跟這群鳥人講什麼白細胞的問題，那他絕對是喝酒喝得上頭了。

楚天的靈禽力是多麼強大，再加上被禽皇給昇華過，在伊美爾體內只是稍稍流動了幾個輪回，伊美爾所受的傷就已經好了個七七八八。

在給美女療傷的時候，楚天本是想占些小便宜的，但伊美爾那幾個夥伴實在是太煩了，他們幾個問這問那，還手忙腳亂地給獨角扇龍進行了屍體解剖。

只見幾個人不顧那腥臭的鮮血和噁心巴拉的腸胃，就撲到了獨角扇龍的身上，用飛快的速度將那幾顆巨大的龍牙給拔了下來，看著伊美爾臉上的喜色和興奮之意，楚天知道，要不是自己正在給她療傷，她也早就衝上去了。

這大爬蟲有那麼大魅力嗎，幾個人都這樣發瘋？心裏感歎著已經將靈禽力收回的楚天忍不住咳嗽了一聲問伊美爾：「伊美爾妹妹，你們這個是要……」

「我們要用這頭爬蟲的牙齒，那扇門上的三個鑰匙孔全部需要牠的牙齒才能打開，而那些門是通向頂層的，我的朋友被關在上面，我需要救他們。」伊美爾本來羞澀的神情瞬間消失無蹤，她的臉上掛著堅決的神色說道。

「嗯？你的朋友在上面？」楚天腦海裏隱約有些明白到底是什麼事情了，但是他卻沒有挑明，而是繼續問了句。有時候男人不應該表現得太聰明。

「我們幾個是來地下世界探險順便找尋標本的，不過在半路上卻碰到一群似鳥非鳥的怪人，他們抓了我們三個夥伴，我們打不過他們只能眼睜睜地看著愛娃她們被抓走。」插嘴的是拔好牙齒的藍迪，他神色黯然地說道，「本來我們是想回去找人來幫忙的，那些抓我們夥伴的傢伙卻又突然出現。」

「咦！」楚天聽著這個有些不符合邏輯的事情有些驚奇。

「他們給了我們地圖，說想試驗一下我們有多強，如果我們能夠通過重重考驗上到頂層他們就會放人。」藍迪在後面補充說道。

「這樣啊。」楚天點點頭並沒有太大的情緒波動。

這幾個傢伙見自己說了這樣「感人肺腑」的故事楚天都不為所動，頓時有些失望，彼此對望了兩眼，最終由伊美爾開口了。

美女楚楚可憐地看著楚天說：「楚大哥，您能不能幫我們，我們一定會報答您的。」

「咦！這是什麼話。」口中如此說著，楚天心裏已經得意地叫喚開了，不過他卻很慎重地考慮了下當前的情況，「如果隨他們去，肯定要耽誤時間的，而地面上現在還不知道是個什麼情形呢。」

楚天雖然有些心花，但絕對不是一個不以正事爲主的人，這次救人也多少存著憐香惜玉，不想看著這樣兩個花季少女殞命於龍口的心思，所以一考慮此刻的情況，他正準備拒絕，卻見藍迪將伊美爾等幾個人拉去了旁邊商量什麼事情。

「這些人，還有什麼事情要瞞著我嗎？」楚天暗笑，靈禽力一動，兩隻耳朵豎起來就想聽幾個人在秘密商量什麼，但奇怪的是，無論他再怎麼加大靈禽力居然都無法探聽到幾個人在說什麼。

「怪哉！我的耳朵出問題了？」楚天心裏納悶。

當然不是楚天的耳朵出了問題，也不是他本身有什麼意外，而是幾個人的對話是用了一種他完全所不瞭解的途徑，那是不屬於陸地的對話方式。

耳朵下面一個細小的無法用眼睛察覺的突起，好像受到震動的耳膜一樣來回震動著，一種只有自己種族內的人才能瞭解的聲音傳進了神經裏。

伊美爾不好意思地瞥了眼旁邊的楚天，不得已也用這種對話方式訓斥藍迪：「藍迪，你要幹什麼，為什麼用腮聲？我們這樣對楚大哥太不禮貌了。」

「哼，我要是用普通對話的話會更不禮貌。」藍迪一撇嘴說道，「你們幾個發現沒有，這位兄台身上並沒有我們的氣息。」

「什麼我們的氣息？」一看就知道是大老粗的庫巴粗聲粗氣地問道。

「就是我們的海水氣息啊。」藍迪在一旁有些無奈地翻著白眼。

「咦，是啊，難道他不是我們種族的？」貝利一摸自己拉風的白髮說道。

「肯定不是啦，如果是的話，像他這種高手我們會不認識？」藍迪繼續翻白眼。

「我承認他很厲害，但絕對不能算高手，我們族裏的約爾遜才是真正的高手呢。」庫巴一翻手腕說道。

「什麼啊，我看這位哥們比約爾遜也差不到哪裏去，他靈禽力太龐大了。你們難道沒有看到，在一開始的時候，他的靈禽力竟然透體三四米長。」貝利反駁道。

「哪裏……」庫巴還想爭執一下，但卻被伊美爾打斷了，超級美女嘟著嘴巴問藍迪道：「你到底想說什麼？」

「我在想我們怎麼才能留下他幫我們上去，要是光憑藉我們幾個人……唉……不一定上得去。」說到最後藍迪無奈地搖了搖頭。

「什麼是不一定，是肯定，還有三層呢，這一層就差點讓我們掛掉了，其他的更不用說了。」貝利點著腦袋說道。

「你們也太卑鄙了吧，楚大哥已經路見不平拔刀相助救了我們，我們竟然還在想怎麼讓人家繼續幫我們。告訴你們，如果楚大哥有事情的話我寧可戰死，也不會耽誤他的事情的。」這個時候伊美爾可惱火了，她秀眉一挑，語氣極端堅決地說道。

「哎，伊美爾，你……我是那種人嗎，我想說的是還要看情況，畢竟你們都應該知道我們種族在鳥族裏的狀況。如果他是鳳凰的人，別說請人家幫忙了，我們還是逃命要緊。」藍迪臉色大沉，看起來很是擔心。

一聽藍迪這話，幾個人貌似才反應過來，都是臉色一暗，尤其是伊美爾，更是一副傷心要死的表情。

「藍迪，有什麼話你就說清楚，不要搞得這樣迷迷糊糊的，麻煩。」最終是庫巴受不了了，他大叫了一聲說道。

「我們先要查清楚這位仁兄是哪個派系的，隨後就要告訴他情況了。」藍迪一攤手說道。

「什麼情況？」幾個人都感覺奇怪無比。

「就是我們只知道出去到我們族裏的通道，卻不知道其他的通道，而且根據我們從那些非鳥人口中探聽到的消息，要想找到其他出口也必須要地圖，否則自己是絕對找不到出口的。」藍迪說到這裏輕舒了口氣。

「對啊，我們已經肯定他不是族中的人了，而若是他有急事，就一定要找到另一條出口，可要找地圖也得上頂層，這樣他就得和我們在一起了，哇，有這樣強大的保鏢，我們還怕什麼，朱莉他們一定沒有問題。」貝利冷酷的臉上掛著賊賊的笑容。

「要是楚大哥是神權那一派的怎麼辦，我們可是與他們有不共戴天之仇啊。」一旁低頭沉思的伊美爾突然抬起頭，兩隻明亮的大眼睛裏含著淚水說道。

「呃……沒有這麼巧吧！」藍迪一愣，隨後苦笑道。

「管他呢，去問問不就知道了。」庫巴說著就想去楚天那邊，卻被藍迪一把給拉住了。

「你個大笨熊，這事情你能去問嗎，別說是神權派的，就算是與我們族間隙不大的王權派，被你一問也得出問題。」藍迪最不留情地打擊著庫巴。

「你……我有那麼厲害嗎！」庫巴吹鬍子瞪眼道。

「懶得理你，伊美爾，還是等下你來問吧。」白了庫巴一眼，藍迪扭頭對伊美爾溫柔地說。對這樣的一個女孩子，任誰也不願呵斥。

「嗯……」點點頭，伊美爾又偷偷地看了眼正一臉鬱悶的楚天。

商量完了幾個人原地解散，爲了給伊美爾時間其他三個人都走向了其他地方。

「楚大哥。」神情多少有點忸怩，伊美爾這個小丫頭，真是純得要命，連這種陰謀都顯得十分不自然。

「啊哈哈，伊美爾妹妹你們說完悄悄話了？」楚天倒是隨和，不過一句話差點沒把伊美爾給搞哭。

「楚大哥，我們不是……我們其實……」小丫頭感覺不好意思，緊張得話都不知道怎麼說了。

「好了伊美爾妹妹，我知道的，我沒放在心上。」楚天口中這樣說著，心裏卻腹誹開了：「居然把我晾一邊。」雖是這樣想，但看著伊美爾可憐巴巴的樣子，楚天如何忍心折磨她的精神，所以寬慰地在她嬌柔的肩膀拍了兩下。

「楚大哥，伊美爾想問你個問題。」也許是楚天的安慰起了作用，深吸了兩口氣後伊美爾抬頭直視著楚小鳥那雙賊亮的眼睛說道。

「嗯……什麼問題，你問吧。」楚天心中暗暗呻吟了一聲：「哎喲，我本來是想告辭的，可看這丫頭的樣子，實在是有些不忍心啊。」

「你是不是神權派的鳥人？」伊美爾並沒有要過什麼陰謀，所以她現在思前想後了一番，最終還是決定單刀直入，這讓那三個豎著耳朵傾聽的小鳥人差點沒一屁股坐地上，這小妮子，哪有這樣問事情的。

「呃……」楚天愣住了，在聽了這個問題後他腦中思緒萬千，考慮這幾個人的出身還有問自己這話的原因，但沒等他考慮出個所以然來，就被伊美爾那直直的目光給打敗了。

「這丫頭，要是被你騙了，我也心甘了。」楚天無奈啊，這丫頭的眼神太正了，正得讓人無法興起一些陰謀的念頭。

「我不是神殿的人。」楚天說出了讓幾個人歡呼雀躍的答案。

「耶！」旁邊的三個鳥人都高興地蹦了起來，而伊美爾則是兩眼激動地含著淚花盯著楚天。

「乖乖，別這樣看著俺好不好，就是俺玉樹臨風瀟灑帥氣英俊拉風也不能這樣老瞧著俺啊，俺會不好意思的。」楚天心中雖然得意，但確實被伊美爾的眼光看得有些臉紅，因爲這丫頭太厲害，那眼神就跟最虔誠的信徒看到佛祖一樣，只要被看的這個人他還沒有達到佛祖六塵全滅的境地，都會受不了的。

「那這位大哥應該是南大陸的人吧？」一看楚天不是自己等人內定的敵人，藍迪等三鳥也不過分擔心了，他們被一時的喜悅給蒙蔽了眼球，把楚天當做了好說話的聖誕老公公，全部蹦到楚小鳥身邊問道。

「嗯……怎麼個意思？」被伊美爾這種純妹妹問也就罷了，你們這種一看就有不良少年嫌疑的傢伙竟然也想從楚大爺口中套話，腦袋沒病吧你們。楚天心中喞歪著。

「楚大哥，我們就是想問你是不是南大陸的人？」三隻傻鳥呆住了，伊美爾瞪了幾個人一眼，隨後又望著楚天問。

再次聽到「南大陸」這個詞，楚天心裏一動：「這幾個人怎麼不問我是哪座天空之城或者是什麼地方的，卻偏偏問我是不是南大陸的呢？這只能說明一個情況，他們所在的地方是可以用大陸來劃分的。」心中回轉著這些念頭，楚小鳥並沒有立刻提出自己心中的想法，他先是回答了伊美爾的問題：「是的，楚大哥正是南大陸的好鳥。」

「反正這些問題並無傷大雅，也就是沒什麼大事，告訴你們也沒什麼。」從楚天這樣的想法中，就可以看出他絕對不能說是一個好人。

「那我們要告訴你了楚大哥，要是沒有地圖的話，這裏根本出不去的，除非有那些非鳥人帶路。」伊美爾紅嘟嘟的小嘴巴用各種可愛的形狀說道。

「什麼意思？你們中那個最小的妹妹不是已經出去了嗎？」楚天奇怪地問道。

「我們並不是南大陸的人，根據我們從那些非鳥人口中探聽到的消息，這個地下世界有很多通道，其中有連通南大陸的，也有連通其他地方的，而我們那條通道則是直接通向我們族外面的。」伊美爾解釋道。

「那你們族？」楚天找準機會問出了一直縈繞在他心頭的疑問。

「楚大哥，這個我等下一定告訴你，現在我們先向上層走好不好，時間已經耽誤了好久了，我怕我朋友會出意外。」伊美爾可憐兮兮地說道。

「嗯，說個種族，能耽誤什麼時間。」楚天心中雖然奇怪，但口中卻不願爲難這位小妹妹，所以他點點頭，同意了伊美爾的話。

這樣幾個人穿越了那片血腥之地，來到伊美爾等人口中所謂的通向上層的通道前。

這裏和楚天第一次見到的通道口完全相同，也是平平整整完全由一塊巨大的石頭構成，也有一些奇怪的浮雕，唯一的大區別就是這裏的門是閉合著的。

楚天在幾個人的默許下做了下撞擊試驗，他發現除非他動用自己獨有的超級羽器，否則單憑藉靈禽力絕對無法打開這扇門。

這樣的試驗讓楚小鳥多少有些明白了，這裏的人可能是石頭比較多，這扇門也肯定好像外面那門一樣，都是幾米厚。

這扇門上雕刻著很多三角圖案，而在圖案的正中心，就是一個不規則圓的鑰匙孔，看看大小，正好插上那顆有人大腿粗細的牙齒。

一直抱怨自己是勞工的庫巴，在藍迪的安排下，將獨角扇龍的牙齒插進了鑰匙孔裏，隨後就聽到「咯吱咯吱」的聲音，隨後門就緩緩地升了起來，楚天眼前所展露的是一個奇怪的走廊，這個走廊兩側全部是由一棵又一棵的粗大樹木構成。這些樹木緊密相連著，每兩棵樹中間的縫隙連一隻螞蟻都鑽不過去。

「這些樹好奇怪啊！」看來藍迪、庫巴等人也沒看到過這樣的景色，他們忍不住感歎，而楚天畢竟也算是閱歷豐富了，他只是深深地看了兩眼後又把目光看向了其他地方。

除了奇怪的樹木，地面上則是一些好像地球上草坪的小草，一棵連一棵，織成了一塊天然的地毯，再抬頭望天，嗯，什麼都沒有，只是一些密密的樹葉，這些樹葉跟楓葉極其相似。

正當楚天想邁步向裏走時，後面突然傳來一聲嬌脆的叫喊：「你們沒事吧。」

一回頭，映入眼簾的就是那張紅彤彤好像蘋果的小臉蛋，竟然是娜塔紗，看來這個小丫頭也夠義氣的，肯定是走到半路上又不放心幾個人再次跑了回來。

「你怎麼又回來了？」伊美爾等人有些發愣，但也沒惱火，畢竟現在已解決麻煩了。

本來紅彤彤的臉蛋更加紅得可愛，娜塔紗低下頭囁嚅道：「我不放心你們。」

「好了，既然來了，我們就走吧，反正也應該不會有什麼危險了，咱們楚大哥可是很厲害呢。」藍迪這個傢伙，還是有些小聰明的，他小小地拍了下楚天的馬屁。

一見這個樣子，楚天當然更沒意見了，這不是說他對自己的本事已經自信到一個無法想像的地步，而是感覺這路上要是多個如此可愛的小姑娘會更有意思。

這樣一行四男兩女，在根本沒有確切計劃的情況下就這樣上路了，可是剛在樹林走廊裏拐了個彎，楚天就愣住了，因爲他發現了一件熟悉的東西。

「咦！這樹可奇怪了，結果子也就結吧，怎麼這果子長得跟特洛嵐一模一樣啊。」腦中奇怪地想著，楚天快步離開眾人來到了拐彎處的一棵樹前。

這刻大樹比其他樹要粗一些，上面有很多碧綠色的藤蔓，而在這些藤蔓中就有一個碧綠色的人形。

心中一動，靈禽力噴薄而出，頓時在手中幻化出一把短刃，楚天揮手一扔，斬向了那些藤蔓，只聽「噹」的一聲，那些藤蔓上發出好像金鐵碰撞才出現的火花，卻沒有斷開。

「咦！好硬的樹。」楚天口中輕叫著，就想再次加大靈禽力，卻見庫巴快步跑了上來將那把巨大的羽器大劍遞了上來：「大哥看起來是沒羽器啊，那就用我的吧。」

「呃……」楚天有些發愣，這樣的反應有兩個原因，一是他這種高級羽器無數的人竟然會被人說沒有羽器；二是實在無法想像這大個居然如此大方，雖然這把大劍只是中階羽器，但對於大多數鳥族來說已經是很難得的寶物了。

「我看大哥用著比我帥，嘿嘿，所以給大哥它絕對會滿足的，嗯……我們那裏肯定還有這樣的羽器的，所以大哥不用擔心我。」說話的時候庫巴還是不捨地看了眼大劍。

因爲比較掛念特洛嵐，楚天並沒有細細思索庫巴話裏隱含的意思，笑著說了聲「這羽器並不合我的手」後已經將劍拿起來，有了這件羽器做支撐，體內的靈禽力頓時犀利了不少，在藤蔓上一擊，雖然還是有些艱難，卻準確地破了開來。

「刷刷刷」幾下，幾枝藤蔓化爲十來截，被包得只剩下半截綠油油身子的特洛嵐從上面掉了下來。

「特洛嵐，你怎麼成這個樣子了？」楚天看著渾身沾滿散發著植物氣息綠色漿液的鴕鳥同志，把他抱起來邊搖晃邊說。

鴕鳥被楚天在晃的同時輸入他體內的靈禽力一擊，頓時從昏迷中清醒過來，他先是警覺地一把推開楚小鳥，隨後才反應過來搖晃了兩下腦袋問道：「你怎麼……呃……我這是怎麼了？」

本是正準備問楚天的，但特洛嵐一下發現了自己身體上的異狀，指著滿身的綠黏液問道。

「我哪裏知道，你難道不記得發生了什麼了嗎？反正我看到你時你就在這上面掛著呢。」楚天皺著眉頭抬手指了下那棵巨大的老樹。

「嗯……我記得。」摸了摸自己的太陽穴，特洛嵐鎖眉思索著說道，「我記得我被那片奇怪的地面給吸了進去，隨後就看到了一片片綠色和土黃色混合的圓圈，它們在我眼前轉啊轉的，轉了沒一會兒我就什麼都不記得了。」

「這樣啊……那我也不知道發生什麼了。」楚天一攤手說道，「不過我猜想應該是你暈了之後不知道被什麼人掛在了這裏準備曬鳥乾呢。」

「你還有心情開玩笑，咦……你最終還是救了他們，還不出去嗎？崽崽他們……」特洛嵐想了下感覺實在是想不起發生了什麼後索性不再想了，他一抬頭就看到了伊美爾等人，頓時臉上出現了焦急之色。

一聽這話，藍迪等幾個男人立刻露出想將特洛嵐吃掉的目光，而娜塔紗則是有些茫然，只有伊美爾則是有些歉意地看向了楚天。

揮揮手示意伊美爾不用那樣，楚天拍了拍特洛嵐的肩膀說道：「如果我不救他們就找不到你了。」

「怎麼個意思？」特洛嵐皺眉問道。

楚天打開話匣子，將事情的原因說了一遍，同時也把自己爲什麼跟著幾個人上頂層的原因說了出來。

「竟然是這樣！」特洛嵐口中喃喃說著有些鬱悶，但也無法再說什麼，畢竟就是再著急，如果出不去也沒辦法。

經過這樣的事情後，幾個人在耽誤了一會兒後才再次踏上未知的道路，在大樹走廊裏向前快步行進著。

正走著，一路上都沒有說話，顯得心事重重的伊美爾突然拉了拉楚天的衣角小聲說道：「楚大哥，我給你講個故事吧。」

「嗯？」楚天有些奇怪，這丫頭，怎麼現在想講什麼故事了。雖然有些疑問，但楚小鳥真是感覺這個女孩太純了，潔白得讓人不忍心說什麼拒絕她的話，所以只好點點頭。

如此兩個人漸漸落在了後面，而在他們之前的則是不怎麼合群的特洛嵐和娜塔紗。

「楚大哥知不知道海鳥族啊？」沉默了半天，最終在楚天奇怪的詢問眼色下伊美爾才開口問道。

「海鳥一族？不就是那群背叛鳥族，投降了海族的傢伙嘛。」這是楚天心裏的想法，他並沒有說出來，因爲有人搶先開口了。

「海鳥族，怎麼說呢，他們是群很奇特的鳥人，但從客觀上來講，他們是一個溫和善良的民族，不好戰，愛好和平，而且非常的熱情好客，其中曾出現過不少著名的藝術家和傑出的發明家。」插口的是特洛嵐，他眼中閃爍著有些奇怪的光芒說道。

「咦！」對於特洛嵐發出這樣的評價楚天很是驚異，但伊美爾卻對說這話的鴕鳥露出了感激的神色。

「有詭異。」楚天將這些情形都看在眼裏，不由在心底作出了這樣的評價。

停頓了下後，見特洛嵐也慢下了腳步，但因爲他剛才的評價，伊美爾最終還是開口說道：「這位大阿叔說得有些高了，其實海族裏面也有壞人的，但不多。」

「大叔！」特洛嵐對這個稱呼大汗無比，但沒容他反駁，伊美爾已經繼續說了。

「海族最早的歷史出現在兩萬一千多年前，當時他們不過只有五萬多人，但在近萬年的時間內他們就由這不到一城的人口發展到了五百多萬人的龐大族群，而且對整個世界的發展產生了巨大的影響力。因爲他們對機會似乎有著比其他族更加敏銳的判斷力，就好像嗅覺靈敏的獸族獒犬一樣，總是能提前預知某一類商品或者哪塊地皮會給他們帶來巨大的經濟效益。」眼中熠熠生輝，伊美爾停頓了下才繼續說道。

「因爲這種本領，以至於在萬年前海鳥族幾乎控制了整個世界的經濟命脈。楚大哥你知道嗎，現在整個世界所使用的大部分流行產品都是由海鳥族發明製造出來的。」在獲得楚天驚訝的神色後，伊美爾才繼續笑著說了下去。

「因爲這種好似不平等的存在，海鳥族就漸漸地成爲了其他族的威脅，一些不公平的聲音開始在鳥族社會散播開來。本來這些事情並沒有引起海鳥族的重視，因爲他們相信流言止於智者，但這個世界有多少智者呢。當流言傳播到整個世界的各個角落時，一場讓整個鳥族社會震驚的大騷亂爆發了。」

聽伊美爾說到這裏，特洛嵐好像想到了什麼，他細不可聞地歎息了一聲，而走在前面的幾個鳥人更是有些觸動地捏緊了拳頭加重了步伐。

第十二章 天禽傳說

「那是一萬多年前，據說當時全世界所有生活在世界底層的鳥族們都高舉起了旗幟要反對海鳥族人對經濟的控制，當時已經統治了鳥族，但卻無法完全壓制鳳凰的鯤鵬王立刻就站在他們的立場上發表了一通言論。

「他說絕對不會對這種貧富極端傾斜的現象置之不理，一場公平的談判是必須的，而且他還說如果談判不順利的話，不介意用必要的手段來予以制裁。」說到這裏，伊美爾的聲音已經有些哽咽，她將自己的小手捏得發青，還是楚天抬手在她肩膀上安慰地拍了兩下，才讓她能繼續說下去。

「一個擁有強大力量，獨裁當時世界的王者，竟然干涉普通民眾的正常生活，可呵……根本連懸念都沒有，當時出現一面倒的局勢，有誰敢和當時被冠以英雄稱號王者之風的鯤鵬進行對峙呢？」苦笑了兩聲，伊美爾才眼露暗淡地說道。

「可是，那個時候的海鳥族長老會並沒有把鯤鵬王的威脅當成是一回事，因爲他們感覺這個世界是有道理的，他們是憑藉自己的智慧賺錢，哪裏有錯，這跟鯤鵬王以超絕的武力登上王位有什麼區別？

「而且那些長老們也以爲鯤鵬王口中所謂的制裁，最多只不過是讓他們交出在以前萬年時間所攫取的一部分財富，並將自己手中所攥著的一些獨門商品製造手藝和方法貢獻出來，從而給其他族種可以與自己競爭的機會罷了。」

「看來海鳥族的人也都是倔脾氣。」雖然並不知道真正的歷史，但楚天從伊美爾說話的語氣中還是品嘗出了其中滋味，他感歎地說道。

點點頭，伊美爾也不知是什麼樣的情緒，她只是有些低啞地大聲說道：「是的，他們很倔強，在談判會議上，海鳥族的十二位長老統一口徑對此事進行了堅決地反對，還提出這種行爲並不能真正地讓貧富差距拉近，只會肥了一些有心人的腰包。

「最爲主要的，這種貧富不均其實只是一個暫時現象，海鳥族說他們正在對一種完全新型的能源進行研究，這不同於晶石，可替代一些靈禽力所製造的動能，並且採集方便，只要有了結果，就能給整個鳥族社會造福，同時還能給其他族人提供一個全新的發展機會，屆時整個鳥族都將發生翻天覆地的變化。」伊美爾嘴角微微揚著說。

「這種能源便捷、簡單，可以給更多的鳥族使用，還可以支撐天空之城，只要開採成功，到時就可再建造無數的天空之城，讓所有的鳥族都居住在高空城市，而且海鳥族還說，到時不僅將這些技術毫無保留地傳授給大家，還會將其他產品也無償地貢獻出來。

「但是，因爲前期的投入太大，他們不能在這個時候把維持他們研究資金的產業交出來，而且對於研究結果的最終確定時間和可行性還有些摸不準。結果，海鳥族的這種曖昧態度導致了談判的最終破裂。」

「其實當時很多鳥族代表都已經充滿希望地放棄了自己的立場，可是鯤鵬王卻依然堅持說必須要提供準確的時間和具體實施方案，還說如果不給出以上這些證據，他就將對『魚肉百鳥』的海鳥族採取嚴厲的制裁。」

此時的伊美爾眼圈變得紅紅的，眼見她這個情況，前面的藍迪走了過來說：「剩下的我來說吧。」

藍迪嘴角咧出個嘲諷的微笑說道：「呵呵，海鳥族也不知是傻還是感覺自己多強或者是以爲鯤鵬王只是開個小玩笑，他們並沒有將鯤鵬賊鳥的話放在心上，而誰也沒有想到的是，就在鯤鵬將話說出，海鳥族置之不理後的一個星期，數百萬的來自三大天空之城的鳥族衛士就降落在縹緲城上。除了始祖鳥一族外，所有的海鳥們僅在數個小時內就被這群鳥族的守衛者們抓起來了百分之九十。

「而且鯤鵬本部的鯤鵬城上，還誕生了一個奇異組織，他們說所有的鳥族罪惡都是海鳥族所犯的，說海鳥族是被鳥神詛咒的種族，還說那些叛亂都是因爲海鳥族才出現的。」

口中冷哼了兩聲，本就是酷哥的貝利更是一臉寒霜地插口道：「那個奇異組織隨便就可以建立起來嗎？若不是有心人利用，怎麼可能出現得那麼巧，而且他們不是盛傳一種奇特的修煉功法，可以讓很多停滯不前的鳥人突破境界嗎？

「所以，這根本就是鯤鵬的陰謀，那修煉功法根本是鯤鵬族特有的種族異能——種力大法，這是由大鯤鵬王研究出來的，不過因爲並沒有公佈出來，才騙了那麼多人，包括一些小族的族長，若不是這樣，我們……」

酷哥本來還想說什麼，卻被娜塔紗給打斷了，見此情況，楚天和特洛嵐對視一眼，都看到彼此眼中了然的神色。

雖然極力壓抑，但畢竟五個人都很年輕，所以此時他們都有些悲切地佝僂著身子，拳頭捏緊，神情鐵青，眉頭緊緊地鎖著，嘴唇哆嗦著。

楚天雖然感歎，但畢竟是個經歷了太多事情的人，他把想法壓下，只是抬頭看著那道依然美麗的身影。

不知道爲什麼，此刻的伊美爾，卻更多更深地吸引住了他。這美麗有些夢幻，卻讓他深深地沉迷在其中而無法自拔，沉迷得讓楚天有些發傻，呆呆地看著那道靚麗的身姿，憂鬱地肅立在眼前。

「怪了，我怎麼現在就好想這樣默默地注視著她，然後輕輕地將她摟進我的懷裏，用盡我全身的溫柔，去抹平她緊鎖著的眉……這個女孩……真的太動人了。」楚天心裏忍不住泛起有些腐酸的想法。

有些意動，楚天撇頭看了眼特洛嵐，就連比他還自私，只對身邊人關心的鴕鳥居然也露出了悲痛的神色，一句話不說，靜靜地看著前方的通道發著呆。

「看來這傢伙知道什麼。」楚天心中想著，可能是悲傷夠了，伊美爾突然搖了搖頭說道：「那簡直就是一個黑暗的讓鳥神都落淚的時代，好像所有的人都突然失去了理性一般。其他各種鳥族，在一起探討的就是海鳥族的事情，在說到幾萬海鳥族人被關在煉獄山谷中，用上千條餓了一星期的大型食肉野獸瘋狂踐踏撕咬追逐的時候，居然沒有一個露出恐懼或者悲痛的神色，他們大都是興奮地大笑，還有不少人專程組成團隊去現場參觀。」

也不知道想到了什麼，伊美爾絕美清麗的臉上露出了無限驚恐的表情，一看這個情況特洛嵐竟抬手阻止她繼續說下去了，他深呼了口氣說道：「還是我來說吧，我腦子裏清晰地有這些記憶。這是我一位老祖宗的，雖然他其他記憶都很模糊了，但這些卻記得很清楚，因爲他曾經親眼看過這些情景，當時他還只是個十來歲的孩子，看到那個場面的時候都嚇得大哭了起來，可是當時在他周圍的無數鳥人們都發出了震天的歡呼聲。呵呵，而接下來就是更加令人髮指的事情。」

特洛嵐這個時候竟然也咬牙切齒起來，他一字一句地說道：「那……就……是……吃海族女人和孩子的時尚了。當時幾乎所有的餐廳都掛出這樣的牌子，說本店有最新鮮最可口的海族鮮母蟲和幼蟲，而且還爲客人免費提供各種流行的吃法。他們不把那說成是人，只是說那是幼蟲，好像這樣就能爲他們那種種瘋狂醜陋的行爲帶上美麗的光環似的……」

伊美爾已經捂住了自己的耳朵，不停地搖著頭，好像是要將這些事情全部拋出腦海。

特洛嵐苦笑了一下，對這幾個在他看來還是孩子的鳥人說道：「你們啊，有些事情，是無法去改變的。」

說完話，鴕鳥低下頭，彷彿是在出神地思考著某些問題般，喃喃地說道：「其實我在想……禽皇的起義，是否與這件事情有關。」

「咦？天禽不是爲了反對鯤鵬的獨裁統治，以及兩派的鬥爭才起義的嗎？」楚天皺著眉頭問了出來。

「嗯，的確是這樣的，但是你要知道天禽在起義前已經具有了無上的威能，爲什麼唯獨在屠殺海鳥族過後才起義呢？」特洛嵐眨了眨眼睛，抬頭微笑著看向了楚天。

楚天想想也對，任何事情都是有原因的，要不然怎麼會選在那樣的時候呢。

特洛嵐拍了下楚天的肩膀，知道他是不知道當時的情況，肯定有些不解，所以只好解釋說道：「在我祖宗的記憶裏，天禽是個挺有愛心的人，他本就對那次慘無人道的大屠殺非常憤怒，可惜當時他因爲去了北大陸獸族的領地，而對此事完全不知情，等他回來的時候，海族的鳥人們都已經被殺得差不多了。我想若不是這樣，當年也不會有那麼多種族支持他了。」

聽到這裏的伊美爾，臉上神色很尊敬地接口說道：「我聽我爺爺說過天禽的事情，他真是一位偉大的鳥人。記得我爺爺說，天禽他最不喜歡和那些有權的人打交道，說什麼那些人太虛僞，他喜歡和普通的鳥人待在一起。

「我爺爺說，他從來沒有見過一個如此有人情味的族長，幾乎所有的種族都對天禽懷有一份親切的崇敬。我爺爺還說，天禽走到哪裏，哪裏就充滿了歡樂，他不論做什麼事情都要先爲子民們著想。」

一旁傾聽了半天的娜塔紗終於開口了，她此刻正憧憬地看著遠處，喃喃地歎了口氣說：「這樣的偉人，可惜啊，我竟然沒機會看到他。」接著突然轉過頭來笑著對楚天等人說道，「你們肯定不知道，天禽他是個絕對癡情的男人，爲了自己的女人，他曾經單槍匹馬殺進了海族的大本營裏，害得當時的海皇不得不親自將天禽的女人送出來。唉……如果我早點出生的話，一定要去追他……和這種男人在一起，就是死了也心甘！」

楚天神情一呆，偷偷看了眼伊美爾，結果這小丫頭也是一副認同的表情。

裝了半天酷哥的特洛嵐，這個時候終於忍不住了，他「哼哼」笑了出來，做出一副

「原來如此」的表情，偷瞄了眼楚天說道：「原來你們都喜歡禽皇那樣的男人啊。」

伊美爾的臉突然一紅，接著趕忙辯解說道：「哎呀，大叔你胡說什麼，我才不喜歡那種男人呢，我只是感覺他很有魅力。」

楚天趕忙捂住了自己的嘴，將那聲笑咽了回去，喜歡禽皇，禽皇現在就在他身體裏，也就是說他已經是禽皇了，根本不用解釋；現在解釋肯定是對自己有那麼點意思，怕自己誤會，而且，現在還多了一個超級小蘿莉，真是豔福齊天啊。

正當楚天心裏開花的時候，庫巴突然開口喊道：「咦，這裏怎麼有這麼多岔路啊？」

「怎麼了？」幾個人都從剛才的故事裏回過神來，趕緊幾步來到前面，結果就看到前面出現了一堵厚實的土黃色牆面，牆面上不多不少，豎立著五座黑黝黝的大門。

「這是怎麼回事？你們不是有地圖的嗎？」特洛嵐邊看著這些門邊問幾個人。

藍迪趕忙從自己懷裏拿出了那張地圖，這地圖楚天看了，就是一張好像很結實的方布上隨手塗鴉畫了一些通道和樓梯，其中有紅顏色的有綠顏色的。

「這奇怪了，地圖上沒有岔道啊，只是畫著一節樓梯，上去了就是倒數第二層了。」

藍迪摸著自己的腦門說道。

「我看看。」特洛嵐將地圖從藍迪手中接過來仔細地查看了起來，結果在一支煙的工夫後，抬起了頭無奈地晃動了下腦袋道：「是沒有啊。」

「既然這樣，那我們大家商量下該怎麼走。」楚天很相信特洛嵐的判斷，他見如此就決定想其他的辦法，「現在有兩種辦法，一種比較穩妥，那就是我們合併一路，先走一條道路，如果出錯的話就再回來，當然，這是比較好的預計，也有可能回不來；另一種就是分家，冒險點，但肯定有人能上得去。」

說完話，楚天從口袋裏掏出了一把水晶說道：「這是遠距離通話水晶，如果誰找到正確的道路了，可以通過這東西喊其他人過去。」

一聽這個情況，幾個人你看我，我看你，最終還是看起來比較穩妥的藍迪開口說道：「這樣我們選擇第二條吧，畢竟朱莉她們太讓我們擔心了，我們沒有時間這樣耗下去。」

「兩個女孩需要照顧，這樣吧，三個男孩各選一條，我和這傢伙一人陪一個女孩。」特洛嵐在楚天的嚴重警告下終於妥協，作出了最符合色狼心意的安排。

楚天當然是選了和伊美爾在一起，他們兩個走的是最中間那條道路。

這是一個看起來很普通的通道，成正方形，四周都是一些土黃色的石壁，上面雕刻著神秘的三角，這條通道唯一奇特的地方就是太黑了，一點點光線都沒有，而且極靜，靜得都可以讓人聽到自己的心跳。

還有一點，那就是這條通道擁有干擾人視覺的作用，不知道爲什麼，一來到這個通道裏，楚天就感覺自己跟陷進泥漿裏一樣，有些悶悶的。

通道看起來很長，即使楚天運足目力，也不能看透前方無邊的黑暗，而在這種環境中，只剩下兩人走路時帶起的腳步聲。

「楚大哥，這裏怎麼一點光都沒有啊？」畢竟是個女孩子，對於黑暗有著天生的畏懼，伊美爾拉緊楚天的手緊張地說道。

「不要擔心，伊美爾妹妹，楚大哥給你講故事好不好？」楚天用怪叔叔領小女孩去看金魚的語氣說道。

「好啊，好啊。」單純的伊美爾點點頭說道。

正當楚天等人進入通道時，在他們要去的金字塔頂層一個神秘全黑的房間裏，一聲好像金屬摩擦的聲音傳出：「卡迪爾，你帶著你的手下，去將這些人都幹掉吧。」

「可是……神侍，你不是說他們的潛力還需要進一步觀察嗎？」在黑暗房間之外，一個滿頭金髮的帥哥單膝跪地說道。

「因爲這個人的出現，我感覺很不安，我不希望出現任何意外。」金屬聲音說道。

「這個人……我們從他身上感覺到了熟悉的氣息……我們想……」金髮帥哥語氣有些不確定地說道。

「偉大的神說要殺掉他！」金屬聲音在這個時候變得尖銳，幾乎刺破了人的耳膜。

「……是！」事到如此，金髮帥哥只能在心中暗歎一聲，隨後站起身向外走去，而這個時候才看到，他的胸前竟然有一片地方長了許多鳥羽。

「最近神侍的要求越來越奇怪了，神也出來得越來越少，到底是怎麼了。而這個傢伙身上氣息太奇怪了，我越體會越覺得熟悉，嗯，不行，不能就這樣殺掉他，我要問他問題。」金髮帥哥腦中盤算著，在一側的金色牆壁某一塊磚上一按，他的身影就漸漸地融進了那面牆壁裏，當他再次出現時他已經來到了楚天等人分道揚鑣的那面牆壁前。

身形好似跳著某種舞蹈般在幾個門洞前跳躍著，隨著他身影越來越迷離，漸漸地竟然好像出現了視覺錯誤，同時見到了五六個他的身影，等他動作停下來的時候，竟然真的有了五個他。

「嘿，大家選好路，記住，先不要殺死，全部將他們活捉。」站在最中間的金髮帥哥命令著已經快步向中間那條道路閃躍而去……

楚天這裏，因爲他們兩個人是摸索著前進，而金髮帥哥卡迪爾則是熟門熟路，所以他很快就來到了兩個人的身後。

「將你的潛力逼出來，你才能不敗在我手下，這樣我就有理由敷衍神侍了。」卡迪爾心中如此想著，對前面挑釁般地喊了起來：「喂！前面那個大光頭！給我站住！」

楚天此時正和伊美爾說得高興，加上這裏的環境讓他迷惑，所以他根本沒有發覺有人靠了過來，畢竟卡迪爾也不是弱手。

本來和伊美爾靠得越來越近的身體突然一頓，接著慢慢地轉過身來，憤恨地看了過來。看他那臉上的神情根本就是在說：哪個不要命竟敢在我泡妹妹的時候來找碴！

「嘿嘿，你這個看起來好像大狗熊的傻大個，靠人家那麼近想幹什麼？」卡迪爾是決心將挑逗進行到底了，沒有其他意思，就是想將楚天逼瘋。

楚天簡直鬱悶透了，本來正跟伊美爾說得好好的，突然從後面殺出個程咬金不說，毫不要命地用明顯帶有人身攻擊的詞語狙殺著自己，這不是活得不耐煩了嘛！

這樣想著，楚天卻並沒有如卡迪爾想的那般憤怒得汗毛都豎立起來，他只是冷冷地盯著這個並沒有鳥人氣息的傢伙，臉上不帶一絲表情。

「哼哼，雖然你給我的感覺很熟悉，好像地球上的人一樣，但很不誇張地說，你把我搞火了，所以……不論你是什麼身分，我都將你揍成真正的鳥不鳥，人不人。」

心裏冷笑一聲，楚天將伊美爾護在身後，一字一句地說道：「你一定會後悔的。」

卡迪爾的臉瞬間便變了幾分顏色，看起來很是驚奇楚天的養氣功夫，其實心裏是更加奇怪楚天此刻的氣息，這好像讓他想到了他們的老大——鳥神！

皺著眉頭，卡迪爾此時又想到需要問他問題，但知道這裏的一切都會被神侍監視，他不得不開口激道：「希望你的實力有你的口氣那麼大。」

「少廢話，手底下見真章！」楚天有些不耐煩地冷哼著，「剛才好像一副立刻求死的樣子，現在怎麼又㞞了！我可沒時間陪你在這裏耗。」

「這裏？難道你不怕當著這位妹妹的面出醜嗎！嘿嘿，還是跟著我來吧。」卡迪爾口氣陰冷地說了句，隨後轉身朝著通道左側的方向，縱身便幾個閃躍，消失在一個拐彎處。

楚天回頭看了一眼伊美爾，拍拍她柔嫩的肩膀讓她放心，並輕聲告訴她讓她等一下，隨後帶著一肚子的火氣，化作一道青煙跟了上去。

其實此刻楚天已經動怒了，若不然以他的心性絕對不會獨自將伊美爾一個人扔在這種黑不溜秋的通道裏的。

運起琉影御風變的楚天飛速地跟了上去，他的身影在空中輕飄飄的好似一片葉子。

運轉著體內的靈禽力，加上九重禽天變的昇華，楚小鳥的速度就如流星般拐過了那一道彎兒。

眼簾的盡頭果然出現了那頭金色的髮絲，知道他是在等自己楚天更是暗恨不已，這到底是怎麼回事？越來越離奇了，居然讓我碰到這樣一個賤人。

現在的楚天，彷彿又回到了那個世界上學時的年代，一股熱血代替了平時的陰謀算計，他現在只有一個念頭，那就是將眼前的帥哥扁得連他自己都認不出來。

楚小鳥冷冷地看著前面的卡迪爾，彷彿他就是與自己有殺父奪妻之仇的敵人一般。

這是楚小鳥來到這個世界上之後第一次這樣憤怒，甚至說有些無來由，畢竟他已經經歷了不少的事情。

見卡迪爾停了下來，楚天深吸一口氣將內心裏情緒平撫爲無驚無喜的狀態，只是冷冷地看著對面那人鳥，從他的身形上尋找著他的弱點。

「因爲你的挑釁，我將用我最大的實力來和你對戰，哼哼，你大概做夢也想不到，你惹怒了一個什麼樣的敵人，將擁有怎樣的結果。」楚天心中狂嘯著，眼睛瞇了起來。

這裏的環境要比剛才的走廊亮堂一些，是個半圓式的場地，很靜，地下仍然是踩起來有些軟軟的毛草，在這三四十米的方圓外也還是圍了一圈奇特的樹木。

除了彼此的心跳和呼吸，只剩下微微的風，從後面高高的樹上朝二人吹來，卻更加顯得肅殺。

正當楚天一副戒備的樣子時，卡迪爾這傢伙卻「噗哧」一笑。

「笑什麼，動手。」楚天一咧嘴角，口氣裏帶著一種難明的情緒。

卡迪爾笑嘻嘻地看了楚天兩眼，手來回擺動著嘴巴張開說道：「唉，幹嗎老是打打殺殺的，我是想問你些問題。」

「我靠……你是個白癡嘛！要問，等下地獄去問吧。」

其實楚天自己都不知道爲什麼，要是在平常的話他早就動手了，但不知爲何，面對這個金髮青年他總是有些不願先出手，這是一種來自靈魂深處的悸動，彷彿是在提醒著自己什麼。

楚天不耐煩地晃了下腦袋，將那種奇怪的感覺排出腦海，然後死死地盯著那頭耀眼的金髮說道：「你去死吧！」

要是平常的話，楚天絕對不會喊這樣一嗓子，給敵人反應的機會，在他看來，能偷襲就偷襲，能暗殺就暗殺，反正事情是怎麼省力怎麼來，雙方對決本就沒有公平道義可言，但因爲這個帥哥給他的奇怪感覺，他最終還是叫出聲提醒道。

話一說完，楚天體內靈禽力勃發而出，頓時渾身如起火一樣，泛蕩起一些實質化的離場光影。

「喂，我想問你問題呢，不過我要問什麼來著……喂等下……」卡迪爾的老毛病急性失憶症又犯了，他一手敲擊著自己的額頭，一手也擺出了戰鬥的架勢。

眼中露出自惱的神色來，邊想要問楚天什麼問題邊盯著他，雖然他很自信，但從楚天表現出的實力，他知道也輕敵不得。

此刻的楚天，已經完全心無旁騖。在「嘿」了一聲後他動了起來，全身的靈禽力都開始了活動，那種無比火熱的感覺，瞬間讓楚天的頭腦亢奮起來，但他的眼睛卻異常的清醒。

卡迪爾不愧是打架的好手，一見楚天的樣子他知道事情大發了，不可能再來一場戰前會談了，所以他只能作出決定，先把你打得沒了力氣，咱們再問問題，反正這裏也不怕神侍看到什麼。

這樣想著，卡迪爾先動了，他先是迅猛地隔空飛出一腳，自己繼承於鳥神的氣流從腳上發出，變作一道呼嘯的無形氣刀便破空而去，直擊向楚天的右胸。接著便跟著手腕輕輕向前一抖，再次向楚小鳥身體左方發出了一道璀璨無比的金光彎刀形氣刃。

「你個傢伙！……」楚天那個惱啊，自己是不願先出手，而這傢伙卻夠膽子，直接來了這樣兩下。

渾身靈禽力流轉，一層紫金色的光罩將楚天籠罩，抵擋住這兩下帶有試探性的攻擊，楚天隨後大叫一聲飛快地大踏步朝左迅速移動，靈禽力化作有形變成無數柄飛刀，同時翅膀在「撲棱」聲中展了開來。

「靈禽力實質化！……」聽到金髮的一聲大喊，楚天心中暗暗冷笑，這傢伙眼力倒是不錯，可惜，得罪了大爺我。

卡迪爾總算知道楚天的氣息為什麼那麼熟悉了，這根本就是鳥神的氣息啊，擁有人的力量和鳥族的靈禽力，要知道他們這些人是不能運用靈禽力的，現在他使用的能量是鳥神專門研究出來只適合他們運用的不完全靈禽氣。

「這傢伙，怎麼會有和鳥神一樣的氣息？難道他也是被試驗的種族！」心中思緒聯翩，卡迪爾的身體反應卻不慢，因爲體內特殊的力量，他此刻像一根枯樹枝般在空中翻了好幾個跟頭，雖然看似狼狽，卻完全躲過了楚天的攻擊。

楚天見到卡迪爾奇怪的運功方式只是稍稍一愣，隨後他就再次起了殺心，只見他雙臂好像水草一樣擺動，四周樹木上的葉子飛快地晃動起來，漸漸變成一片片薄刀在他的「呔」聲中通通斬向卡迪爾。

「這位……嗯……朋友，請等一下，我有事情要問你。」這次卡迪爾是真急了，他一定要問清楚楚天的來歷。

「去問閻王吧。」楚天口中怒喝著。

「閻王！」一聽這句話卡迪爾更加肯定了楚天的身分，不過他也知道在一開始他的行爲徹徹底底將楚天搞火了，既然這樣，那就用實力讓你閉嘴吧。

「鎖神術！」、「大日金烏！」卡迪爾和楚天同時大喊出聲，只見光華亂閃，整個空間被暴虐的氣流所籠罩，發出一陣陣氣爆的聲響。

而在殘花落葉漸漸趨於平靜後，在氣場中心的兩個人卻都停下了手。

「你中了我的鎖神術，最好不要動，要不然受苦的是你自己。」卡迪爾看著身體僵硬散發著綠油油光芒的楚天，露出一個有些痛苦的笑容說道。

「哼哼，你也好不到哪裏去，被大日金烏加強後的靈禽力準確擊中，我想你內傷應該很重吧。」雖然感覺身體裏突然出現一件奇怪的東西，並不能隨自己的意識動作了，但楚天卻沒有任何鬱悶之色，因爲他體內還有兩件神器沒動呢。

不過，看這小子的樣子，好像真的有什麼東西要說，楚天心中有些明悟，所以決定暫時停手。

「咳咳……你果然不愧是和鳥神同等級的人……確實厲害。」捂著自己的胸口，卡迪爾咳出了一攤血跡。

「什麼意思？」楚天心中一動，他想自己腦袋裏老有一些不受控制的想法大概就是因爲這個問題吧。

「我先問你，你是不是這個世界的人？」並沒有回答楚天的話，卡迪爾卻問出一個讓他吃驚到掉眼球的問題。

「這個世界的人？」楚天腦中不斷地盤旋著這個問題，口中也喃喃自語著。

雖然楚天並沒有回答，但卡迪爾一看他這個樣子已經有了答案，他嘿笑兩聲說道：

「果然，果然。」

說完話他隨手一揮，楚天就感覺自己體內那道奇怪的禁制消失了，可他並沒有動，而是仍保持著剛才的動作，繼續想著這個問題。

「我不是這個世界的人，不……應該說我的祖先不是這個世界的人。」卡迪爾並沒有管楚天的表情，而是自顧自地坐在地面上，好像在回憶什麼似的說道。

楚天渾身一震，他有些機械地抬頭看了眼卡迪爾，眼中出現了一種莫名的光芒。

「不會吧，我居然碰到了傳說中的異世相撞，這位仁兄不會也是從地球來的吧，那可就好玩了。」楚天心中是這樣呻吟的。

第十三章 變異生物

「爲了表示我的誠意，我先說我們的故事。」示意楚天坐下，卡迪爾做出要長篇大論的樣子說道，「我祖宗其實是遙望星球上的一個死刑犯，本來他是自忖必死的，但在行刑的前一天，他被人帶出監獄，並上到了一艘中型飛船上。在這艘飛船上，他看到了好幾個本來已經被執行死刑的獄友。據這些人說，他們被秘密救下來，是爲了一場試驗，這場試驗是將人與動物的基因混合。」

聽到這裏，楚天已經聽出一個端倪來了，他抬眼看了一下卡迪爾暗忖：「這傢伙的祖宗竟然不是地球人，那個遙望星球看起來好像很強啊，居然都有飛船了。」雖然想到了這些東西，但楚天腦中卻生出更多的疑問，但他知道，此刻還不是問事情的時候，所以他繼續聽著。

「這個試驗是當時遙望星球幾個大財團聯合幾個政府秘密研究的，因爲當時已經有規定，不允許這種藐視人權的試驗，所以他們只好將實驗基地拉到了飛船上，並進入到公共宇宙區域，還特意找一些強壯的死刑犯來做試驗。

「在飛船上，每隔一段時間就會有人被拉進實驗室，注射無數科學家耗費心血製造的基因融合劑，但沒有一個成功的。這幾乎讓人絕望了。可就在我祖宗去了三個月後，他們有一個注射鳥族基因的人竟然有了蛻變的現象。

「這下整個試驗船都振奮起來，但好景不長，在他們以為要成功的時候，那個人所在的實驗室電路出現問題，竟干擾了整艘飛船的運行程式，結果就打開了宇宙黑洞，整艘飛船都被吸了進去。」

「等大家醒過來的時候，發現居然來到了一片不知名的星域，那是個荒蕪的星域。當時的船長等人立刻就陷入了絕望中，而在這種絕望的氛圍下，一些萌生死志的科學家竟在整艘飛船的造氣設備裏投入了基因融合劑。這下船失控了，所有的人都沒有心思去管理飛船了，所以導致飛船撞進了一顆星球裏。」

楚天感覺自己的耳朵和腦袋都快出問題了，這個傢伙實在不會講故事，但沒辦法，他對這件事太有興趣了，說不定還能找到回家的方法，所以他只好鼓足耐心聽下去。

「掉落的這顆星球就是這裏了吧。」楚天敲擊著自己的眉心說道。

「對，正是這裏。」卡迪爾點點頭。

「最後那些人都活了下來，並成了這裏生命的祖先？」楚天繼續問道，他要引導卡迪爾說話。

「不，沒有，雖然大家都活了下來，但生命卻並沒有太大的改變，還是如人那般脆弱，但這個星球的其他生命，卻慢慢進化成了現在的半人半鳥獸形態。我們經過研究，確定就是因爲這裏的本土生物吸收了從飛船裏溢出來的基因藥劑而導致。」

說出讓楚天感覺不可思議的話，卡迪爾有些鬱悶地說道：「據我祖先說，當初試驗的時候也曾經抓過不少動物，但卻沒有成功。我分析，可能與這裏的環境有關係。」

「又不是作科學報告。」楚天心中鄙視了一下，決定繼續問重點，「那你們是怎麼回事兒啊？」

「在那次的事故中，只有少部分人存活了下來，其中有幾十個失敗品，也就是我的祖先那些人。他們因爲注射了其他物種基因而擁有了那些物種的某些生物特徵，像我……」抬手摸了摸胸前的那一片羽毛後，卡迪爾才說道，「我的祖先是有了鸚鵡的基因。」

「等等……我腦子有些亂，首先是你們有沒有什麼特殊能力，然後外面那些鳥人們又怎麼出現文明的？」楚天摸著自己的眉心問道。

「在一開始，我的祖先們只是擁有了其他物種特徵，只有少數幾個才獲得了屬於那個物種的一些能力，有的變得力大無窮，有的變得可以在水中呼吸等……至於你後面那個問題……就需要說下當時存活下來的人了。」

停頓了下彷彿在組織語言，卡迪爾才繼續說道：「你前面也聽到了，飛船之所以出問題，是因爲有個人體內的禽類基因被激發了，而這個人也在飛船失事後存活了下來，更爲奇特的是，這個人完全融合了禽類的基因，也就是擁有了禽類的超強能力。」

「嗯?!……」楚天瞪大眼睛。

「是的，這個人不只擁有了鳥類的能力，還增添了很多超越普通人的技能，而這個人就是這個世界文明的引導者。」卡迪爾說最後一句話時，眼中精光閃爍。

「鳥神！」楚天已經知道了這個人是誰了，他嘴角一吐出來兩個字，但神情上還是夾雜著一絲不敢確信。

點點頭，卡迪爾說道：「是的，他將自己引導能力的方法交給了那些被基因催化了的鳥人們，並將我們世界的一些觀念灌輸給了這群鳥人，要不然你以爲短短幾萬年的時間他們能夠發展成這樣的社會嗎?相信你也知道，一個高智慧種族的產生，沒有一千幾百萬年的逐步進化完善，那是不可能的事情。不單如此，他也交給了我的祖先一種可控制自己體內變異能量的方法，這就是我現在擁有的能力。」

「有沒有這麼厲害?」雖然是自己先說出這句話的，但在得到確認後，楚天還是忍不住有些吃驚，再加上卡迪爾話裏的神奇，他心裏暗異不已：「這個傢伙也太強了吧，居然可以開創這樣的情況。」

「我也不知道，因爲我根本就沒有與指引者親自對過話，而且這些都是我祖先留下來的，具體的東西早就沒辦法考證了。」卡迪爾晃了晃腦袋說道。

「亂了亂了，怎麼回事？鳥神竟然是另一個世界創造出來的。」楚天感覺自己的腦袋簡直成了一鍋粥。

「這些只是我傳承留下的『故事』，具體如何我也說不清了，畢竟誰也不知道幾萬年前具體的情形了，而我們也已經經歷了數十代的繁衍，關於鳥神的那點印象，我只是從我爺爺的爺爺那裏聽來的，因爲自從他開創了這樣的世界格局後，就離開了這裏，我的前輩們再也沒有看到過他。」

楚天已經對這位仁兄講故事的能力完全失望了，幸虧他夠聰明，理解能力也有夠強大，總算是弄清了事情的來龍去脈。

這個世界的鳥人是由一個外星人帶入文明社會的，而這個外星人就是後來的鳥神，這些人是鳥神一個星球的人，算起來還是鳥神的兄弟姐妹。費了半天話，訊息也就這麼多。

心中感歎著，楚小鳥摸摸自己的腦袋頂問道：「好了，你說的鳥神的事情大部分我都知道了，現在我想問的是，你一開始的話什麼意思？」

「哪句？」隨口問出話來，卡迪爾卻已想了起來，他「噢」了一聲後說道，「雖然我沒有見過引導者大人，但卻感受過他遺留的氣息。在你身上，我感到了與他同樣的氣息。」

「有沒有搞錯，我身上有什麼味道嗎？」楚天心中惡搞地想著，卻也知道這是一股意識裏的味道，就好像見到某些人會生出親切的感覺或者憎恨的感覺一樣。

明白這個問題是不可以深究的，因爲他知道卡迪爾這個傢伙也不知道，所以楚天只能將疑問放在了心裏，他繼續問道：「你們在這裏這麼久了，就沒有上過地面嗎？沒有與其他人溝通過？有沒有找到怎麼回家的路？」

楚天一連三問讓卡迪爾著實好好想了一下，眉頭擠到了一起回答道：「我們是經常去地面的，但一般這裏是沒有人來的，主要是幾個通道都太複雜，沒有人指引其他人根本走不進。無法與其他人溝通。」

卡迪爾神色有些黯然地搖晃了兩下腦袋說道：「外面的人只要是有靈禽力的都能發覺我們不是同一種族的，好多人都稱我們爲怪物，我們怎麼與他們交流呢。」

聽了卡迪爾的解釋，楚天露出個同情的笑容，他是明白這種感受的，當然，這不是說他有什麼地方能被人當成怪物的，只是經歷的不少。當年在地球上與人合作盜墓，在墓裏發現了四隻奇怪的渾身披著白色絨毛的人類，這幾個人還幫了自己，但最終還是被與自己合作的那傢伙貢獻給了國家。據說有三個被活體解剖，剩下的一個跳進焚化爐自殺了。

人類就是這樣，總是不能容忍其他智慧物種存在，認爲自己是高高在上，可以對其他物種隨意地蹂躪。其實說白了，還不是拳頭大的說了算。要是真如美國好萊塢大片裏那樣有高科技的外星人抓地球人做試驗，不知道身爲同類的他們會有什麼想法。

一瞬間腦子裏就想遠了，直到卡迪爾再次開口，才把楚天的思緒給呼喚了回來。

「回家的路，找到了。」

「什麼！」一聽這話，楚天直接蹦了起來，他抓住卡迪爾神色激動地叫道。

沒等卡迪爾回答，楚天卻鬆開了手，臉上也出現了掙扎矛盾甚至說是猙獰的表情，他心裏正作著劇烈的鬥爭：「有回家的路了，那我回去嗎？回去了崽崽他們怎麼辦？吉娜、天禽、奧斯汀還有特洛嵐、伯蘭絲。」

正當楚天感覺無法抉擇的時候，卡迪爾揉著自己發疼的脖子抱怨道：「幹嗎那麼激動，我又沒說完，聽我說完你再激動不遲啊。」

「哦哦，你說，你說。」楚天神遊天外，下意識地說道。

「通道據說可以打通，但打通的方法全在引導者那裏，只有找到他才有可能回去。」

卡迪爾奇怪地掃了楚天一眼，隨後這樣說。

「咦！是這樣，那鳥神不是消失了嗎？」楚天被這句話喚回了神，他瞪大了眼問道。

「是啊，所以說這個事情還需要從長計議。」卡迪爾說完這句話感覺背部一陣發涼，沒容他想明白怎麼回事楚天已經撲了上來。

「渾蛋，你竟然不說清楚，害我白擔心。」楚天的咆哮聲中是一陣連續的碰撞聲。

「呵……呵……卡迪爾，鳥神的事情我們不說了，現在我要問你的是，你是不是有什麼事情想讓我幫忙？」暴揍了一頓卡迪爾，楚天攤開四肢躺在地上邊喘氣邊問。

「哈……是……噢喲……你下手不能輕點。」捂著自己腫起來的臉頰卡迪爾欷歔著。

「哈哈……是不是男人你。」楚天爽朗地笑了一聲罵道，他心情不錯，首先知道了好多鮮爲人知的事情，而承受這些東西的壓力因爲這場純流氓式的幹架也消散了，還有最重要的一點，他感覺和卡迪爾很投機，這種天生的默契感曾經只有一個人能讓楚天感受到。

「嘿嘿。」乾笑了兩聲，卡迪爾放開捂在臉上的手嚴肅地說道，「我是有事情想讓你幫忙。」

「說。」楚天並沒有看到卡迪爾的表情，所以仍是用一副玩笑的口氣。

卡迪爾並沒有因爲楚天的態度而有任何不滿，他沉頓了一會兒才說道：「我想讓你幫我找到引導者大人。」

「鳥神？我怎麼能找到呢？而且不是有個神秘的黑衣人已經給你們找到鳥神了嗎？」

楚天隨手從地上拔了棵小草叼在嘴裏說道，雖然這裏環境不好，但這種小小的愜意他可是很久沒有享受了。

「你怎麼知道的?!」有幾分吃驚，卡迪爾半坐了起來看著楚天問道。

閉著眼睛，楚天說道：「是我新收的小弟說的，他是你們這裏的人。」

「嗯？」卡迪爾並沒有看到楚天一開始的神勇之姿，所以眼中出現了詢問的神色。

這樣的情形楚天只好解釋起來，他說道：「呃……他是個傻大個，身高七米以上，腦袋長得好像個地瓜，幾乎沒有脖子……」

聽著楚天的解釋，卡迪爾差點沒噴出來，他趕忙擺手說道：「好了好了，我知道了，他是因爲基因融合劑過度澆灌地面而催生的菌類生命。」

「你說他是泥土人，呃……也就是他是由細菌進化而成的。」楚天想到金剛的樣子，感覺還真是很像呢。

「對啊，就是這樣的，我們稱它們爲巨石菌族，算是引導者最早的手下呢。」卡迪爾顯然也接觸過金剛的族人，知道他們的憨厚，所以露出了笑容。

楚天可沒有樂，他由這件事聯想到了更多，不由晃動腦袋問道：「按照你的意思，既然連菌都能進化，那麼植物豈非也能進化了？」

「對，不過因爲植物比動物更難融合，所以數量非常少，但戰鬥力都是非常強悍了，也算是引導者的第一部隊，應該分散在其他地方。」卡迪爾拋出讓楚天再次震驚的事件。

「看我這記性，費了半天唾沫一開始的事情還沒有說呢。」因爲楚天現在練得越來越不把內心的想法寫在臉上，所以卡迪爾並沒有發覺他的異樣，而是突然拍了拍自己的腦門說道。

「咦！」楚天抬起臉，看著卡迪爾疑問。

「巨石菌族人說的黑衣人被我們稱之爲向標，他來的時候確實是打著引導者的名義，而在那個時候我的父親也發現他身上有引導者的氣息。但不知道爲什麼，隨著時間的推進，他身上的引導者氣息越來越弱，本來這樣我們是不會懷疑他的，但他卻命令我們做一些奇怪的事情。」好像有什麼難言之隱，卡迪爾說話有些斷斷續續。

「奇怪的事情？」楚天眼睛瞪得滾圓，他心中有些好像頓悟般的感應，就似有什麼事情要發生一樣。

「嗯。」緩慢卻堅定地點了點頭，卡迪爾臉上閃過痛苦的神色說道，「這也是我們爲什麼會經常去地面上的原因了。」

卡迪爾的話讓楚天腦袋裏的東西立刻貫穿起來，按照他們被外面人所歧視的情況，他們根本不可能經常往外面跑，這是個很自然的事情，畢竟沒有哪個變態會習慣去用自己的熱臉貼其他人的冷屁股。想明白這個情況再加上剛才心中的怪異感覺，楚小鳥對卡迪爾後面的話產生了很大的興趣。

「我們是按照向標大人的指示去地面上抓鳥人。」卡迪爾面上愧疚之色更濃道。

「幹嗎？」楚天失口問道。

「做試驗。」卡迪爾眼神下意識地東張西望著低聲說道，「但什麼試驗我們就不知道了，因爲我們只負責抓人，把人抓來後就交給向標大人自己的部隊了。」

「他的部隊？」楚天感覺事情是越來越複雜了。

「是的，在向標大人到來後，他就不斷地領進無數手下，不過我們根本不瞭解這些是什麼人，因爲他們全身也被黑色的袍子包裹得嚴嚴實實。」卡迪爾顯然不想在這裏多說什麼，他後面趕緊說，「這些人的情況我們不瞭解，因爲我們很少見他們。」

「是因爲這個才懷疑的？」楚天敲擊著自己的眉心說道。

「是的，但我父親他們剛懷疑，引導者大人就出現了，只是一個光影。」卡迪爾眼睛裏閃爍著思索的光芒說道。

沒有說話打岔，楚天只是邊轉動著腦子邊豎直了耳朵。

「這個光影的出現打消了我們的疑慮，但就在不久前，我和我的族人突然發現了一個秘密。」卡迪爾說到「秘密」兩個字時聲音都有些顫抖。

「什麼秘密？」楚天的興趣完全被吊了起來。

「是……」將手放在嘴旁卡迪爾就想湊過來，卻被楚天推開了。

「快點說。」楚天很反感兩個大男人在這樣的環境下做出這樣的動作來。

「是……」很堅持，卡迪爾又湊了過來。

「你有完沒完，又沒人，快點說。」楚天挺直身子叫道。

「好了，我們發現他竟然用那些鳥人做活體解剖試驗。」卡迪爾被楚天一嚇立刻大聲地將話吐了出來。

「活體實驗！」楚天也叫了起來。

「是啊，好像還是靈魂試驗之類的，因爲我們巧合之下見到的那個鳥人看起來根本沒有靈魂，戰鬥力卻十分強大。」

「靈魂試驗……活體實驗……巧合……強大……糟了。」一聲驚叫，楚天突然對卡迪爾喊道，「你爲什麼把我拉這裏來？」

「因爲剛才的通道是被向標監視的，這裏是空白區。」卡迪爾很奇怪楚天的表現，他撓著頭皮說道。

「伊美爾！快回去。」楚天也顧不得幫卡迪爾解惑了，他臉色大變立刻運動靈禽力向來路奔去。

「怎麼了你？哎！」卡迪爾是丈二和尙摸不著頭腦，但也快步跟了上去。

「伊美爾！」楚天連吃奶的勁兒都使上了，所以幾乎是在幾個眨眼間他已來到一開始兩人分開的地方，但這裏除了黑暗還是黑暗，別說鳥人了，連根鳥毛都沒有。

「果然實力驚人啊，你跑得也太快了。」卡迪爾的聲音在這個時候自楚天身後傳來。

楚天飛速轉身，背上好像長了眼睛一樣，在轉身的同時手已成爪狀伸出，卡在卡迪爾的脖子上將他提了起來，表情猙獰地說道：「伊美爾人呢？」

「咳咳……你瘋了……咳咳。」感覺到肺部的空氣一點點變稀變少，臉色被憋得通紅的卡迪爾連忙伸手去掰楚天的手，邊掰邊沙啞地叫著。

「你不是來抓我們的嗎？快說，你的人把伊美爾他們帶哪裏去了？」楚天咬牙切齒地說著，心中有些亂，他早該想到的，這傢伙怎麼會突然找上自己，還編出那麼不合理的故事。

「不是我幹的！」雖然對於楚天突然爆發的力量，卡迪爾反應有些慢了，但他畢竟也算是能和楚天打上半天的高手，所以在這工夫裏他身體裏已經儲備了足夠多的力量，在吼出這句話的同時，他手上力量勃發，一反手，給怒極的楚天來了個倒背摔。

「咳咳……不要來了……事情我立刻給你說清楚。」半跪在地上，卡迪爾一手撐地一手扶著脖子順氣，看楚天又要衝過來，他趕忙抬手阻止說道。

「你應該知道，你想跑是跑不了的。」楚天在距離卡迪爾一米多遠的地方站定，看著這個一頭金髮的帥哥眼睛裏陰晴不定，最終卻選擇給這隻人鳥一個機會。他有些疑慮，有這樣漏洞的故事並不好蒙人，卡迪爾看起來不像那種笨人啊。

「我來確實是接受了命令，引導者讓我將你們全部殺掉。」卡迪爾此時感覺肺中終於有了一些活力，說話也不是沙啞得讓人要掉雞皮疙瘩了。

「就你！」楚天對卡迪爾的大話嗤之以鼻。

「哼哼。」卡迪爾乾笑，卻不反駁而是繼續說道，「但我們並沒有實施。我早就說過，對他，我們已經很懷疑了，而你的身上又有引導者的氣息，我們怎麼能？」

「好了，別說這些，我需要的是證據，而且，伊美爾呢？是你的手下抓走了她對不對？」楚天有些不耐煩，他怒視著卡迪爾大聲地吼道。

「我沒有。」因爲楚天的刺激，卡迪爾也吼了出來，不過隨後他就如癟了的氣球一樣耷拉著腦袋說道，「我沒有什麼證據。」

看著卡迪爾的樣子，楚天沉默。

卡迪爾有些感傷，第一次碰到族人以外對自己無所顧忌的人，卻要懷疑自己。他並不是太聰明，但絕對不傻，對於楚天的懷疑，他明白。安撫著自己的心，他在深吸口氣後說道：「我知道是誰幹的，是那些黑袍人，我想向標已經開始不信任我們了。」

「到了現在他竟然還說那個故事是真的，靈魂試驗，哼哼，這個東西在這個世界怎麼可能有！」楚天心中冷笑，不過看著卡迪爾真誠的目光和表情，他又有些動搖，「他的樣子不像是說謊，而且不是有句話叫大千世界無奇不有嘛，說不定這裏還真有什麼瘋狂科學家之類的呢。」

想了半天，楚天捶了自己胸膛一拳在心裏叫道：「幹什麼，這樣猶猶豫豫搖擺不定，是不是男人，暫時相信他了。」

楚天強迫自己選擇一條路的動作讓卡迪爾嚇了一跳，他以爲楚天還是不相信他，開口還想解釋什麼卻被楚天阻止了。

「好了，反正他們還在這座鳥神宮殿裏面，你在我手裏我還怕你耍什麼花樣，現在你帶我去找向標。」楚天臉上還是陰陰的。

卡迪爾臉上一喜，站了起來說道：「我們走。」

說完話卡迪爾先行一步向前方走去，而楚天緊緊隨後。

有卡迪爾這樣一個熟門熟路的傢伙，兩個人的速度快了很多，很快，他們來到了卡迪爾離開的那一個地方。

「向標就在裏面。」指著前面那個好像完全與黑暗融入一體的房間，卡迪爾有些小心翼翼地向四周張望著說道。他很奇怪，既然已經開始懷疑了，爲什麼能夠這樣順利地來到這裏呢。

「你先進去。」楚天命令道。

「好。」咬咬牙，卡迪爾一步一步向前，最後猛地推開了那扇烏黑的大門，終於看到了這個神秘的房間。

「咦！」後面的楚天和前面的卡迪爾都忍不住發出了一聲輕叫，因爲這個房間裏的東西與外面的環境有太大的反差了。

不論是剛才的走廊還是外面的佈局，都好像地獄一樣，但這樣形容的話，那房間裏就是天堂。

房間裏應該是被施用了什麼空間擴展術，裏面有個碩大的森林，森林百木常青，還有無數嬌豔盛放的花朵，嫩油油的碧草上，一條直穿而過的清澈小溪發出「嘩啦啦」的水聲，裏面有著各色的魚兒在搖擺游弋，那邊幾隻黃色的小鳥「唧唧喳喳」歌唱不已，一隻白色的小鹿抬頭看了樹梢一眼，點點頭，好像聽懂了牠們的樂聲。

在這個世界，並沒有什麼環境污染之類的說法，哪裏都能找到原始叢林般的「大自然」，但像這樣明媚給人美好讓人陶醉的景色楚天卻沒有見過。

「這裏是什麼地方？」嘴巴張得老大，卡迪爾呆呆地問著。

「你問誰呢。」楚天經過的事情太多了，他先一步醒過來，踏進了這個世外桃源。

「真是越來越詭異了。」對這次發生的一切評價並提醒自己小心警戒，楚天猛然看到森林裏好像有什麼東西一晃而過。

是個人影！心中一驚，楚天一驚拔腿追了上去。

這個森林確實很大，楚天跑了一會兒才到邊緣，而到這裏時那個時隱時現的身影就徹底消失了。

「怎麼回事？難道這傢伙是王級高手嗎，要不然怎麼能瞬間就從我的眼前消失。」楚天在腦海裏問著自己，眼睛好像雷達一樣在四周來回掃瞄著，不一會兒，他看到左面三米遠的地方的草有些奇怪。

其他草地都是順向地向南面傾倒，而這片草地上有一些長茅草卻顯得比較雜亂。

快步走到那裏，抬手一揮，一層紫金色光芒從他手上揮出，地面上的草就變成了綠色粉末飄舞起來，騰出一塊五米見方的空地，在這裏，映入他眼簾的是一個漆黑的地下入口。

「果然有鬼。」楚天心中冷笑起來，後面有聲音突然響起。

「你在追什麼？」是卡迪爾，他沒有看到那道人影。

「下去了。」楚天和卡迪爾一起跳了下去，落下來後看到的卻是一些很巨大的台階，直接通向前面。

「這到底是什麼地方，我並沒有聽我的父親說起過這裏啊。」眉頭蹙起，卡迪爾有些納悶。

「去看看不就知道了。」楚天嘴角洋溢著笑容飛快前跑，不一會兒石頭台階沒有了，而眼前的一切也豁然開朗，這是一個大殿。

而在這個大殿裏，成序列地排放著近百口石質棺材！

「這……他媽是什麼！」好久沒有爆粗口的楚天這次忍不住叫了起來，他不害怕，只是感覺不能理解而已。走到最近的一口棺材前，一巴掌將棺材打開，露出了裏面的屍體。

一身羽毛的大部分爲粉白色，脖子後面有白色的長長飾羽，臉朱紅色，喙長而下彎，喙頂端爲紅色，其他地方是黑色。

雖然這隻鳥的臉部已經變成人形，但楚天還是瞬間認出了他的種族，因爲他實在太熟悉了，這隻鳥竟然是——朱䴉！

被譽爲「東方寶石」的朱䴉，在地球時那可是頂級世界保護動物啊。因爲牠性格溫馴，外貌討人喜歡，更被中國人稱之爲「吉祥鳥」。

這東西只分佈在中國的陝西省漢中市洋縣和日本。而其中，中國只有七隻，日本更是只留下一隻，是比大熊貓還珍貴的野生動物。

這國寶在地球時不多，在這個世界也是很珍貴的。根據楚天的瞭解，整個朱䴉族也就幾百口，他實在想不到在這裏竟然看到了。

正當楚天詫異不已時，那隻閉著眼睛的朱䴉卻突然睜開了他的眼睛。

不是楚天印象中的橙紅色眼球，而是徹頭徹尾的血紅！

「嚕！」楚天耳膜裏傳來一陣破空的聲音，他急忙向後跳開，結果看到朱鷃的翅膀帶著白色的靈禽力劃過他剛才站立的位置。

見一擊不中，朱鷃很僵硬地坐直了身子，好像機器人一樣地動作著，從棺材裏爬了出來。

「他們就是我看到的那些實驗品。」雖然上次看到的並不是朱鷃，但一看他動作的樣子，卡迪爾立刻叫了起來。

「原來是這樣，那傢伙竟然把朱鷃製造成了傀儡。」楚天並不瞭解情況，但他結合已知的東西已經能猜測到朱鷃的經歷，他有些憤怒，畢竟朱鷃算是他原來國家獨有的動物，他難免產生愛屋及烏的心理。

「呱呱……」好像烏鴉一樣的叫聲中，朱鷃長嘴上湧動起一陣靈禽力，一條尖削的光箭從上面射了出來。

楚天是什麼鳥人？翎爵級別，放在這個世界裏，在哪座天空之城都能算得上是超級高手了，雖然朱鷃的攻擊比較突然，但他一個標準的鐵板橋就輕鬆地閃過了這道攻擊。

「哼哼，不要怪我心狠。」楚天心裏叫著，他已經決定出狠招了，但他剛站起來，卻發覺事情根本和他計劃的出入太大。

只聽那些棺材都發出「沙沙」的聲音，那是棺材蓋與棺材摩擦的響聲。

順著聲音看去，所有的棺材蓋都向左邊挪動，不一會兒，所有的棺材裏都爬出了很機械的鳥人。

這些鳥人種族各異，但無一例外，都顯得很僵硬。

「我靠，這是要搞生化危機嗎？」楚天心裏怪叫一聲，一拉卡迪爾邊跑邊喊道：「快跑啊，傻愣著幹嗎。」

「不打嗎？」卡迪爾瞪著眼睛問。

「打個屁啊。」楚天可不是個不識時務的人，這裏可有幾百口棺材呢，要是想將這些人全數擊殺的話他又得動用神器的力量，而後面的情況還完全是個未知數，他哪裏敢冒這種風險。

明智地選擇了撤退，楚天和卡迪爾在棺材間跳躍著。

這些傀儡和地球上恐怖片裏的殭屍很相似，動作都十分慢，再加上楚天二鳥的速度實在是快，所以輕輕鬆鬆就逃了出去。

「這是想要人命嗎！」剛跑進通道裏楚天和卡迪爾都叫了起來，這裏是個比剛才的大殿要稍小些的房間，但擺放的棺材數量比大殿還多，已經快有千口了，一眼望去，密密麻麻的。

若是像剛才的情況，楚天打死也不會去碰這些棺材的，但現在問題是，裏面的東西已經爬了出來。

「撤退！」眼見情況不對楚天連忙想向回走，但剛轉身卻看到那些鳥人扭動著身子滴著涎水都爬在了通道上。

「小傢伙們找死！」楚天感覺胃裏有些不舒服，他捂了下嘴，隨後一甩手凶巴巴地吼了一聲，身體裏的靈禽力湧動，一把虛擬的九環大刀出現在他手上，他決定大開殺戒了。

「喂，那邊有路。」卡迪爾抬手指著左面的牆角說道。

「怎麼不早開口，我是個和平主義者。」楚天是這樣說的，其實他心裏實在是噁心得厲害，剛才的朱鸝還沒什麼感覺，但後來出現的殭屍鳥，根本就是一堆堆的爛肉。

他們有的渾身腐爛好像被硬生生拔去羽毛；有的皮膚像是被脫了層皮鮮血淋淋；有的渾身長滿了大小不一的疙瘩血泡還時不時有黃色的濃湯流出來；有的臉部扭曲口歪眼斜眼珠子都掉了出來……

雖然形象不一，但他們有個共同點，就是他們的嘴或者喙中滴出一條條透明的夾雜著白色泡沫的口水，落在地上，形成一小灘。

「我受不了了。」使勁把嘴抿死，楚天真有些少婦懷胎的感覺，他不得不強迫自己轉移注意力，在不去看這些人的情況下快速向左牆角跑去，那裏有個拱形的通道。

雖然發現了路，但走路的過程卻並不容易。三三兩兩的，幾十隻已經脫毛嚴重，不仔細研究分辨不出是什麼種族的鳥人成了楚天的絆腳石。

「你們去死！」楚天猛地閉上眼睛，所謂「眼不見心靜」，爆發思感，他能夠感應到這群傀儡的位置，而有這些已經足夠了。

楚天背上「噗噗」兩聲展現出一對由靈禽力實質化後所凝成的羽翅，雙翅展開，最起碼有五米長，底部的一排紫金色羽毛閃爍著銳利的亮光。

「嚓嚓」連續的爆響聲中，一對羽翼好像靈活的遊蛇打橫將撲過來的四隻傀儡鳥人直接攔腰切斷。

「卡迪爾，衝！」嘴中吶喊著，楚天手中的大刀帶著「呼呼」的破空聲，在空氣中劃出一道紫金色的光影，隨後激起朵朵憤怒開放的血梅。

「嗷嗷」一聲聲激昂如同野獸般的叫聲在大殿裏不斷迴盪，這並非是那些被砍斷肢體的傀儡在慘叫，他們好像沒有痛覺一樣，只要你不砍下他們的腦袋，他們就會繼續勇往直前，這叫聲是由其他傀儡發出的，好像是聞到血液的味道在興奮著。

這些人中，只有少數是擁有靈禽力並將之作爲攻擊手段的，其他大部分還是靠爪子和尖利的喙，按說這樣停留在最原始階段的鳥人就是有幾萬也不夠楚天這樣翎爵級別的高手宰啊，但這些鳥人卻擁有一般鳥類沒有的特長——他們皮厚爪利嘴尖。

楚天被九重禽天變昇華過的靈禽力都要費很大的力氣才能破這些鳥人的防範，而他們的爪子則在楚天和卡迪爾身上留下了不少紀念。

「這些傷口不會像電影裏那樣吧。」楚天嘴裏好像吃了苦瓜一樣，腦子裏徘徊著一些港台和好萊塢大片的片段，某些被殭屍咬到或抓傷的人也都會變成殭屍。

「呸呸呸……我楚天得天獨厚，豔福永享，怎麼可能老碰到這樣倒楣的事情。」正想著他就感覺一個人撲到了自己身上，心中一驚，雖然沒有睜眼，但他絕對不相信有殭屍能逃過他靈識的監控。有了這樣的心理他立刻睜開了眼睛，結果眼眸裏映出一張蒼白如紙的臉龐。

「喂卡迪爾，你沒事吧！」楚天一把扶住來人的肩膀搖晃著說道，同時，一對翅膀好像收割機一樣旋轉著卷向四周，將衝過來的殭屍通通撕碎。

「我沒事，可能是失血過多。」卡迪爾晃了下腦袋如是說。

看著眼前的人鳥楚天也不多說啥，立刻飛奔，橫衝直撞下終於衝過重重包圍，來到了通道裏。

第十四章 詭異女王

兩個鳥人並沒有放鬆警惕，因爲在屁股後面那些殭屍還是如聞到腥味的野狗一樣窮追不捨。卡迪爾身體明顯已經出現不對勁兒了，楚天只好將他半拖著向前跑。

這是個很像地球酒店的走廊，狹窄陰悶，卻很長，並且有一扇扇幾乎相連的門。

跑了幾分鐘楚天感覺背上卡迪爾的氣息已經變化極大，他被自己拉在肩膀上的手臂都有些僵硬了，而後面的殭屍們卻毫不氣餒地跟著，不給人哪怕一秒鐘的停頓時間。

「前面有門！」楚天眼睛裏終於出現了有別於兩側牆壁灰黑色的灰黃色，他心頭一喜，靈禽力從後腳跟噴出，身體好像火箭一樣飛速前衝。

依靠這下的爆發，他與殭屍拉開了一段很長的距離。「哐噹」一腳，將那扇沒看出是什麼材質製造的門踢開，楚天一下竄了進去。

掃了一眼四周，發現這裏只是個三四十平方米的小房間，除了日常傢俱和兩扇門外並

沒有其他特別的東西。

並不想把自己搞成甕中鼈，楚天本是打算去看看那兩扇門口有什麼東西，但外面那些擁有靈禽力的殭屍卻已經衝到了。

「該死！」嘴裏咒罵著，楚天趕緊將門關上，同時調動靈禽力將四周的傢俱全部推到了門後，算是做了現在情況下最大限度的防護工作。

做完這一切後楚天才將卡迪爾放下，結果在看了眼後忍不住倒吸口涼氣。

卡迪爾身上出現了明顯的血管；他的皮膚變得極薄極白，好像隨時會破掉一樣；眼窩深深凹陷，外面有一層黑黑的眼圈；嘴巴好像吸毒者一樣不斷地張合著，顯得極其痛苦；一口的牙齒也似吃了什麼大補藥般不斷地生長著。

「真玩生化危機嗎？這裏又沒有什麼疫苗一類的東西，現在要我怎麼辦？」楚天看著卡迪爾眉頭蹙成了大麻花，束手無策的感覺讓他狠狠地一拳砸在了地板上。

「嘭」的一聲，無數碎石飛濺，一個碗口大的坑出現了，而門外嘈雜的撞擊聲卻因此而停頓了一下。

「你可以用你的血試一下。」正是這下停頓，一聲細若蚊鳴，卻柔嗲誘人的聲音鑽進了楚天的耳朵裏。

「是誰？」楚天猛地從地上躥了起來，他戒備地看著左側的黑棗色房門喝問道。

沉默，隨後是爆響，但爆響是從大門外邊傳來的。

有了這些雜訊的騷擾，楚天就是耳朵再靈敏也不可能分清那蚊子般的聲音是否響起過，所以他飛起一腳，靈禽力化作一個大腳形狀從他腳上飛出，「咚」地砸在門上，卻沒想到門關得很結實，上面出現了一隻大腳狀的空隙。

有了這麼大的動靜房間裏面卻還是沒有任何聲音，楚天透過自己踹出來的縫隙向裏面瞧了瞧，並沒有看到什麼。

「難道是我神經過敏？」楚天撓了撓自己的大光頭，想了下最終還是決定進去看看。他走到門邊，手上一用力，門沒動。

「果然有人。」楚天心裏暗叫，因為這門看起來並不厚，按他用的力氣絕對能推開了。

楚天在肩膀上集中靈禽力向門上撞去，但在一聲爆響後門上只留下了一個和他肩膀等同大小的窟窿，還是沒開。

「這還怪了，難道是這門材質比較奇特？」楚天納悶地向門上看去，發現只是很堅硬的鐵桐木而已。

所謂鐵桐木是原生長於西伯利亞的一種耐高寒樹種，這種樹樹葉稀疏，長得極高，外皮很厚，樹心成黑棗色。

它的樹幹極其結實，可等同鋼鐵，並且具有極佳的韌性，但因爲其成長期極長，在地球上時很少有人可以用得起鐵桐木做的傢俱。

這些都是楚天在地球上瞭解的知識，在這裏卻並不知道叫什麼名字，他之所以認出來還多虧鐵桐木的一種獨有特性，那就是在陰暗潮濕的環境下會發出一股很自然的香味兒。

這裏的環境是地下，常年不見陽光，絕對是夠潮濕的了。

「怪不得不散架呢。」楚天恍然地說著，抬手想將窟窿上很妨礙自己視線的毛刺拽下來，可剛用力，門自己就開了。

原來……這門是向外開的！

楚天一陣大汗的感覺，他回頭看了看卡迪爾，看到他還在全力抑制自己的殭屍化，暗自慶幸，幸虧沒人看到，要不然，這臉可丟大了。

門開了，裏面的情形一目了然，這個只有十幾平方米的小房間除了門後邊的兩攤碎木屑外，還有一張小小的單人床，一張咖啡色的桌子外，其他的什麼都沒有。

「難道是我的錯覺？」楚天暗道，「可能是連續發生這麼多事情太敏感了吧。」

自我解惑，楚天回到卡迪爾身邊，這個時候他的殭屍化越來越嚴重，雖然他實力並不差，但好像這種感染毒素對他的身體作用更加大，他身上已經開始爆裂，血水浸濕了他身下的大板塊地板。

在楚天蹲下來要看卡迪爾的情況時，他張開大嘴猛地朝楚天的脖子咬去，幸虧楚小鳥經驗不少，早就有了防備，在他出口的第一瞬間已抬手放在他臉上。

雙手一上一下，將卡迪爾的嘴巴掰開，五官擠到一起說道：「卡迪爾，你可是我楚天看上的人，怎麼能這樣就被人征服了呢。快點，立刻給我振作起來。」

說著如此曖昧的話，但楚天的動作卻很無奈，他的手迅速變位，一手按著卡迪爾的腦袋，一手將人鳥的指甲變成兩三寸長的雙手剪到背後，兩隻虛擬的翅膀再次展開，將卡迪爾身上的衣服扯爛，擰在了一起。

幾秒鐘後，一條簡易卻很結實的繩子出現了，楚天飛速地將卡迪爾綁了起來。

「我到底要怎麼做才能將他治好？」將卡迪爾捆好後楚天好像很疲憊地坐在一旁，無奈地拍著自己腦門，聽著那些撞擊聲以及傢俱與地面摩擦的聲音，他知道，等下就是一場大戰，而此刻他體內的靈禽力剩餘並不多，接踵而來的麻煩讓他有些精疲力竭的感覺。

「你這樣不行，你的血能抑制他的變異。」正當這個時候，先前那個甜美的聲音好像空氣裏的針一樣，透過重重嘈雜的圍堵進入了楚天的耳朵裏。

「你到底是誰！」楚天再次跳了起來，跑到剛才看過的小房間裏，左右掃視，仍是沒有東西。

「給我出來。」這次心氣不順的楚天可真發飆了，他手上露出青筋，將桌子舉起扔在地上，然後又去掀床。他剛將床舉起，那床卻很無力地從他雙手上掉了下去。

「咔吧」一聲，床摔折了一條腿兒，卻沒有像桌子那樣四分五裂。

是楚天失手了?當然不，他是發現了床下面有條通道。

兩扇用石頭雕刻的石門上有個巨大的石鎖，石門上雕刻著一些亂七八糟好像甲骨文的文字，這些文字應該是擁有什麼奇特的意義，並組成了一種力量結構，因爲楚天在上面感覺到了能量波動。

雖然是這個時候了，但楚天的好奇心還是無比強烈的，而且現在情況反正已經這樣了，要是打開後說不定有什麼通道可以出去呢。

心裏想著，楚天抬手就去拔那把有人腦袋大小的石鎖，但無論他怎麼用力，那鎖都紋絲不動。

「怎麼可能！」楚天有些驚訝，要知道他這下用的力量可夾雜了靈禽力的，就是鐵球也應該給他捏扁了。

「單純以力量是打不開它的。」突然，那個柔嗲的聲音再次響起。

楚天這次再沒有剛才那種大驚小怪的樣子，他只是放下石鎖，面無表情地問道：「你是誰？」

「我是誰並不重要，但我有辦法救你們。」那個聲音有些高傲。

「哼哼，我需要你救嗎！」楚天冷笑。

「你不要強撐了，你不想你也得想你的朋友啊。」她很會做人的思想工作。

「你讓我如何相信你，如果我沒猜錯的話，你應該就是被封在這門下邊吧，你都自身難保，作爲階下囚你有什麼本事說救我們。」楚天看著那門上的力量笑吟吟地說道。

「我可以先給你點保證。」那個聲音收起了話語中的傲氣說道。

「什麼！」

「剛才已經告訴你了，你把你的血餵給你那位朋友，他就會好的。」

「開什麼玩笑，這個問題我早想了，雖然我不會變異，但要是我血裏有抗體的話，外面那些殭屍早有好多被我轉變回來了。」楚天皺著眉頭，滿臉的不相信。

「外面那些殭屍有人咬到你嗎?那難道是我猜錯了，不可能吧。」聲音像自己詢問著，有些不確定。

「咦！」一聽這句自言自語的楚天突然想到，殭屍們雖然給自己抓了不少傷痕，但卻沒有一隻咬過自己，這樣的話，說不定自己的血液還真有免疫力呢。

雖然想明白了，但楚天卻不願讓這個女人瞧自己笑話，所以他並沒有說明，只是冷哼一聲，走出房間來到不斷掙扎、用好像小刀一樣的眼睛盯著自己呲牙咧嘴的卡迪爾身邊，大拇指彎曲，指甲按在自己食指指肚上輕輕一劃，一道小小的血口頓時滲出一滴滴眼淚般的血珠，準確地落進卡迪爾的嘴裏。

「呵……啊……呵……」本來楚天是想偷偷地試驗下，但沒想到卡迪爾這傢伙一接觸鮮血立刻興奮得嘶吼起來，結果把那個思考的聲音給吸引了過來。

楚天已經想明白了，這個傢伙擁有龐大的精神力，雖然被封印了，但仍能將自己的思想放出來並控制整個房間，但房間之外的地方就無法到達了。

此刻卡迪爾一叫，她立刻把思想投了過來，結果楚天只能裝作很冷酷地說道：「雖然對外面的殭屍沒有效果，但卡迪爾是我兄弟，我總要勉力一試吧。」

並沒有理楚天強辭奪理的話，她很直接地說道：「如果有用的話你就打開這個門，只用靈禽力不行，最起碼得有高級羽器才行，以你的實力，不會沒有高級羽器吧。」

「我當然有，別說高級羽器了，就是頂級的我都有。」楚天怎麼可能允許被人看扁。

「那就好。」她鬆了口氣，並從其話語裏露出了幾分喜意。

「羽器我有，但我可沒說要幫你打開。」楚天抬手將三條腿的床放平，一屁股坐在了上面，大腿壓二腿兒笑嘻嘻地說道。

「你怎麼能……」她聲音頓時提高了八度，顯得非常憤怒。

「我怎麼了我，呵呵，說了半天都是你在自作多情，我有說要做這場交易嗎？我有答應你什麼嗎？你這個笨女人，你以爲你太陽啊，世界都得圍著你轉。」楚天臉上掛著得意的微笑，非常不留情面地打擊著這個未曾謀面，卻已經從聲音就能判斷出是個美女，還是個有權勢的美女的傢伙。他心裏暗道：「跟我玩高傲，也不打聽打聽我是誰。」

她沉默了好一會兒，在楚天感覺等得不耐煩的時候才開口說道：「你最好快點打開。」

「喲！談判不行就開始武力威懾了，告訴你，我是被嚇大的。」楚天眼睛都斜成了四十五度角，因爲他知道，這個女人肯定能夠看到自己的樣子，這是成心氣她呢。

「我沒有辦法威懾你，但你別忘記，外面還有上千殭屍鳥人呢，那扇門幫你頂了這麼長時間，你不會以爲它能幫你頂一輩子吧。」她再次恢復了高傲，還帶著一絲勝利者的冷笑。

「我道你有什麼撒手鐗呢，原來是說那些殭屍呢。」楚天大笑了起來說道，「要是在剛才我不知道自己身體是個大疫苗的時候，你或許還能靠這個威脅我一下，但現在，我還真不怕。」

「你……氣死我……」女人看來把肺都氣炸了，在楚天奇怪之下，沒幾秒，另一個熟悉的女聲傳進了他的耳朵：「楚大哥，你不要氣赫蓮娜姐姐了，她是個好人。」

好像被人悶頭打了一棍，楚天被這個聲音激得呆愣了幾秒，隨後才從床上蹦了起來湊到地下的兩扇門前喊道：「伊莎，是伊莎妹妹嗎？」

「是我，楚大哥，你還沒有忘記我啊。」伊莎的聲音裏充滿喜悅。

「不對，她還在距離這裏萬里之遙的白林鎮呢，怎麼可能到這裏來。」楚天突然反應過來，他迅速站了起來晃了兩下腦袋說道，「你這個傢伙還真是不能小覷，竟然能直接透過精神來窺視人的思想。」

但轉念之間，楚天又想到：「不應該啊，連奧斯汀那樣的王級高手都無法窺探自己的思想，這個女人難道比王級還厲害？不對，最起碼已經是天禽那個級別的高手了，要知道奧斯汀可還有種族異能天心神遊術呢。」

「這自身實力加上種族異能可並非簡單的一加一而已，最起碼也得是兩倍的力量，但要是這樣的話，她怎麼可能被人困住，鳥神嗎？」楚天不相信，同時他也有些擔心，擔心這個能窺視自己思想的女人是否知道了自己的來歷，雖然卡迪爾已經知道了，但那畢竟是與自己有著同種經歷的人。

想到這裏楚天腦中忽然閃過一道靈光：「這個女人難道也是穿越過來的！」如此一想，他立刻恢復了嚴肅的表情，也不再說什麼刺激人的話，反而蹙著眉頭問道：「你真是伊莎？你怎麼不在白林鎮？還被人封印了？」

「哼……」伊莎發了個小鼻音就不再言語了。

「說話啊。」楚天眉頭皺得更厲害，這女人演戲技術比奧斯卡影后強多了，光聽聲音就能感覺到她想表達的心情。

「……」

「你要是不說的話，我可走了。」楚天的演技那可是早就鍛煉出來了，他邊說著話邊向外走。

「你別，楚大哥，你別走。」果然如楚天預料的，伊莎的聲音立刻響了起來。

「你肯說話了，哼，快告訴我，你怎麼到裏面去了。」楚天轉回了身，卻沒再走過來。

「楚大哥，現在你還問那麼多幹什麼，快點放我們出去嘛，等出去我再告訴你。」伊莎用撒嬌的語氣說道。

「那可不行，我先得把事情問清楚，要不那個好像永遠高高在上的傻女人不讓你告訴我怎麼辦。」楚天心中暗笑，臉上卻一副很鄭重的樣子。

「你說赫蓮娜姐姐啊，她不會的，她人真的很好的。」出乎楚天的意料，伊莎的聲音很正常，並沒有一點波動。

「哎呀，還是小瞧你了，養氣功夫不錯嘛。」楚天心裏暗暗笑著，嘴上卻很堅決地說道：「伊莎……快點說。」

「真是的，人家說就是了嘛。」「伊莎」應該是嘟起了小嘴巴說道，「在你走後不久，我爺爺就被綠絲屏城的巴瑞特銳爵選中，銳爵大人說他喜歡吃爺爺種的水果，所以特意讓我爸爸來天空之城傳授種果樹的本領。

「但很不巧，那段日子我爸爸得了很嚴重的眼疾，根本看不清東西，爲了不違抗銳爵大人的命令我就自告奮勇替了我爸爸。楚大哥你也知道，我家的果園一般都是由我看著的，我種樹的本事可不比阿爸差。」

伊莎的話讓楚天忍不住想到了曾經在白林鎮的生活，一時一種現在再不可能擁有的輕鬆愜意佔據了他的心房，不過嘴角剛咧出個回憶的幸福微笑他已警覺清醒。

「這個女人果然厲害，竟然連這些都知道，還能動用精神迷惑方面的種族異能，看來我得小心了。」如此想著楚天暗自一驚，他瞇著眼睛將裏面可能流露出的心理活動隱藏，點點頭笑呵呵地說道：「後來你就一個人從白林鎮來綠絲屏城，結果快到的時候被人給劫持到這裏，並關在了裏面？」

話是從楚小鳥口中說出來的，但他自己卻冷笑不已：「這樣沒有邏輯的故事竟然也說得出口，伊莎一個小姑娘怎麼可能獨自跑上萬里來到這裏？還被人劫持，要挾什麼？難道要挾伊莎她家老頭子貢獻上好的水果嗎？哼，好吧，就算這個連小說故事裏都不用的事情是真的，伊莎能和你這樣一個超級高手關在一起嗎？」

伊莎的話打斷了楚天的鄙視，她驚奇地說道：「楚大哥，你好厲害啊，怎麼猜到的。」

「哈哈。」楚天誇張地笑了兩聲卻在心裏道：「這白癡的模樣裝得還真像伊莎那個小丫頭。」

「不過有一點不對，我不是一個人，薩那大哥等人都保護著我，鎮長大人說我們家給銳爵辦事，那可是無上的榮耀，也尊崇無比，所以特意派了一對白鴿護衛。」伊莎說出這句話有些小得意，想來是爲了打擊到楚天而高興。

「剛說你演技好，現在就出問題了，你這語氣哪裏像被人劫持的，分明是自己劫持了人還不用負法律責任的樣子嘛。」楚天的意識完全是按照自己想的來思維，他已經給下面的女人定死了罪。

「這樣啊，那薩那他們呢。」楚天心中掛著陰謀的笑容問道。

「啊……他們，他們就在我們不遠的房間裏，楚大哥要不要聽他說話啊？」好像有些突然，隨後伊莎才開口說道。

「好啊。」楚天點點頭，心中道：「不錯嘛，還知道找跑龍套的增加故事的真實性。」

「楚……楚天是吧，嘿嘿，你能不能把門打開啊。」聲音跟薩那簡直是一個模子裏刻出來的，雖然時間不短了，但楚天對這個曾經讓自己出糗的傢伙可是記憶深刻啊。

「別說你不是，就是你是真的，我也不見得會救你。」楚天陰陰地想著，嘴上卻說道：「呃……薩那大哥啊，這是怎麼回事啊？在小人心目中，薩那大哥可是個頂天立地的偉漢子，怎麼就這樣成爲階下囚了。」最後一句話他故意拉長了音，按說他這樣一個高手，不應該連一個小小的鴿子也如此記恨，但楚天性子裏有一點，那就是特別記仇。

「你……嗚嗚。」顯然是被楚天氣壞了，薩那張嘴想發飆，但不知道被誰給把嘴捂住了，過了會兒後「伊莎」才說道：「楚大哥，不能怪薩那大哥的，只是那群不像鳥人的怪物太厲害了。」

「哎呀，還上道具了。」暗暗佩服著楚天腦袋一動已經明白伊莎話裏指的是卡迪爾等人了，他點點頭問道：「伊莎，那楚大哥問你，你還記得咱們的事情不？」

「當然記得，只是不知道楚大哥想問什麼。」伊莎那邊很認真地說道。

「那你還記得咱們在你家做的事情不？」楚天壞笑著說道。

「呵呵，我記得最清楚的就是楚大哥第一次到我們家的樣子，哈哈。」伊莎邊笑邊說，最終笑得連話都說不出來。

楚天摸了下鼻子，他知道這是說的那次吃蟲子的糗事。

「爺爺的，竟然連這個事情都看得到，那更不能放你出來了，最好能想直接將你幹掉。」楚天心中發著狠，這叫「殺鳥滅口」。

「呵呵。」乾笑了一聲，楚天說道，「那你記得你還有沒有做什麼，我們在一起，你說你喜歡我，還偷吻了我。」

「楚大哥，人家哪有嘛。」這次真的完全出乎楚天預料，本來按照他想像，下面的女人聽了自己編的故事，應該會在猶豫半天後羞答答地承認，最不濟也得是猶豫不決，但沒想到卻是這種有些羞憤卻很乾脆的話語。

「難道她對自己窺視別人思想的本事這樣自信！」楚天敲了敲自己的眉心，正琢磨著卻聽有聲音自背後響起：「你自己對著地面自言自語什麼呢。」

「卡迪爾，呵呵，沒事，只是在和一位很厲害的高手玩遊戲而已。」卡迪爾一醒楚天也沒有心思再忽悠人了，他站起來拍拍身上轉身說道。

「楚大哥，你怎麼了?就是他，那次劫持我們的就是他領的頭。」伊莎說第一句話時語氣有些奇怪，後面卻非常驚恐。

「已經黔驢技窮了嗎?」楚天心中很鄙視，他連頭都沒有回就說道：「你說他嗎?」

「是的，就是他，那次是他帶的頭，楚大哥，你怎麼認識他的?」伊莎聲音很焦急。

「好了，不要再作秀了，你難道就這點本事嗎?沒有辦法居然連這種以一戳即破的謊話都用上了。」楚天猛地回頭，甩手叫道，他心中有些替自己委屈，竟然將這樣一個傢伙當做對手。

「你在說什麼楚大哥，你爲什麼這樣對伊莎？」聲音有些不敢相信，又有些委屈，還有些痛苦，伊莎這次演得很逼真。

「好，你要玩是不是？我陪你玩最後一局。」大聲地說完楚天走到一臉詫異的卡迪爾面前問道，「你有沒有抓過一個叫伊莎的女人。」

「伊莎？嗯……好像有這樣一個女人。」卡迪爾一開始皺眉的樣子讓楚天嘴角揚了起來，後面的話就讓他咬了舌頭。

「你說什麼？」楚天兩手抓住卡迪爾的脖子瞪大眼睛問。

「你怎麼老愛這個樣子。」甩開楚天的手，卡迪爾摸著脖子說道，「上次在綠絲屏城不遠的地方我們抓了一群白鴿，他們中間有個女孩好像叫什麼伊莎，是隻燕子。你突然發什麼神經，居然問這樣的問題，剛才還自言自語。」卡迪爾用很奇怪的眼神看著楚天說道。

「是真的？」這是楚天腦海裏產生的第一個念頭。

「完了！」這是楚天腦海裏產生的第二個念頭。

「唉，楚天，你怎麼了？」正抱怨著，卡迪爾突然看到楚天踉蹌後退了好幾步，將後面的三腿兒床都撞翻了，他趕忙去攙楚小鳥。

「亡羊補牢。」楚天在卡迪爾一扶的同時腦海裏已經蹦出了最標準的解決辦法，他臉上掛起微笑轉身向後對著地板說道：「伊莎妹妹，我立刻就把你放出來好不好？」

沒有動靜，寂靜得好像沒有生命存在。

「呃……伊莎，你要是不說話的話我只好走了。」楚天苦思，最終還是決定用這個辦法。小燕子是個善良的姑娘，她應該會替下面的其他人考慮。

還是沒有動靜，這讓楚天明白，伊莎是真生氣了。

「卡迪爾，你說我們打開不打開？」楚天眼見如此心中苦笑不已，但又不想就這樣過去，只好問毫不知情的人鳥。

「你說什麼？」卡迪爾有些茫然。

「你說我們打開這扇門不？」楚天瞪著眼睛問道。

順著楚天的眼睛看了下，卡迪爾愣了下後說道，「打開門幹什麼？」

「你說我們打開不打開！」楚天急了，再次去抓卡迪爾的脖子，但人家事先已經有了準備，先一步閃開了。

「你別老來這招好不好……」卡迪爾本想說什麼，但看楚天又衝了上來，他只好擺手說道：「打開，打開吧。」

楚天聽到這個才算罷了手，他點頭說道：「行，既然你都說話了，那咱們就打開。」

心神一動，大日金烏從他身體裏盤旋飛出，在他身體紫金色光華閃耀下，大日金烏猛地砸下，「哐噹」聲中，石鎖總算是開了。

一聲歡呼從下面傳來，楚天一聽，竟有不少人，其中最吸引人的還是那聲柔嗲的叫聲：「不要……」

下面具體發生了什麼楚天二人不知道，他們只看到那扇門上突然爆發出一陣金黃的光芒，隨後是一聲淒厲的慘叫。

「上面還有符咒，大家出不去的，等上面那渾蛋把門打開再說。」柔嗲的聲音讓正準備把門拉開的楚天表情一呆，隨後他直起腰對卡迪爾擺擺下巴。

「幹嗎。」卡迪爾耷拉著眼皮問道。

「開門。」楚天一瞪眼睛說道。

「你自己怎麼不開啊。」卡迪爾顯然並沒有聽到下面那些人的對話，他只是奇怪地抱怨，卻在說話的同時按照楚天說的去做了。

「咯吱吱」兩門被拉開的聲音很像舊軸承被轉動時所發出的聲音，很刺耳，卡迪爾咬著牙，發覺這兩扇並不大的門竟重達萬鈞。

門剛開開，一群白色的虛影非常雜亂地從裏面飛了出來，卡迪爾並沒有看到，但他應該能感覺到，在人影衝出的時候，他被衝得倒退了好幾步，一屁股坐在了地上。

「你們怎麼回事，就這樣對你們的救命恩人嗎?」還是那聲柔嗲的聲音，卻有著無上的威嚴。

將整個房間佔據得滿滿的飄浮白影聽了這話立刻停止興奮的樣子，幾個距離卡迪爾最近的拽他的手托他的背，將他硬生生扶了起來。

「咦，這是怎麼回事？我的身體，不受控制了。」在卡迪爾眼裏，他並沒有看到什麼白影，他只感覺自己的手好像被什麼拽住了，背後也有什麼東西在推自己，身體不由自主地站了起來。

楚天沒有說話，他已經傻了，這些白影……要是沒猜錯的話，該是什麼靈異故事裏鼎鼎大名的鬼魂。

「牛眼淚，芭蕉葉，我都沒有用啊，怎麼能見到這個東西？」楚天自問著看了眼卡迪爾，發現他根本沒有看到更加奇怪了。

「楚大哥，你真是討厭。」伊莎的聲音出現在楚天的耳朵裏，隨後他看到一個熟悉的人影在他面前有些惱怒地看著他，不過那個人影顯得很虛無。

「伊莎，我怎麼能……卡迪爾他……」楚天感覺自己話都不會說了，他指指自己，再指指那邊更加傻的人鳥喃喃說道。

「是赫蓮娜姐姐，她在說話的時候用聲音刺激了你的腦子和眼睛，所以你才能看到我們。」伊莎雖然生氣，但畢竟是個善良的小姑娘，看到楚天傻乎乎的樣子她哪裏忍心不解釋呢。

「這樣啊。」點點頭，楚天才從震撼的場面中恢復過來，他此時才想到一個事情，快速跑到伊莎面前，想去拉女孩的手，卻看到自己的手穿過了女孩的身影。

「伊莎，你這是怎麼了？我怎麼摸不到你！」楚天連續試了好幾次，都是摸在空氣中，他看著女孩焦急地問道。

伊莎眼睛裏閃爍著感動的神情，但卻沒有淚光，她搖晃著腦袋說道：「我沒有身體了，我只是精神體。」

「什麼意思？告訴我，到底是怎麼回事？」楚天感覺自己的心好像被什麼揪了起來，他很想將女孩抱在懷裏安慰一番，但他知道，那只是無用功。

「我和這裏所有的人都是被抓來的，我們一被帶到這裏就被一些穿著黑袍子的傢伙進行了一系列的試驗，在試驗之後他們將我們放到一個巨大的罐子裏，然後我們就從自己的身體裏脫離了出來，變成了現在這副樣子。」伊莎說著說著就抽泣了起來，但卻沒有淚水滑落，她只是抽動著肩膀。

「這群渾蛋！」楚天咬牙切齒地說著，明白伊莎說的就是向標的手下還有靈魂試驗。

「本來就很該死了，竟然還敢動我的人。」楚天眼中閃爍著惡狠狠的凶光，他剛要說什麼卻聽後面傳來「轟」的一聲巨響。

一回頭，看到本來被堵住的大門終於被破開了，領頭的是身上閃爍著靈禽力光華的殭屍，這群噁心的傢伙，進來了。

知道是一番惡戰，楚天立刻將腦中所有的雜念排出，轉身調動靈禽力布了一層結界深吸口氣後說道：「伊莎，你先和其他人出去，這裏我來擋住。」

「哪裏用你擋，哼哼，兄弟姐妹們，到了我們復仇的時候了，我們先把自己的恥辱洗掉！」嬌柔的聲音再次響起，有些輕蔑，但又充滿自信。

「這個傢伙。」楚天心生悶氣，目光忍不住向後看去。「又是一個美女，我最近走什麼桃花運啊。」楚天心中很主觀地想著。

中國古人愛用絕色傾城來形容女人的姿色，這個飛在半空中的女人卻已經完全超越了這四個字。

她有一頭黑亮的長髮，很隨意地用一根同樣黑色的帶子在腦後紮起，卻有一股很飄逸很親切的味道散發出來。

標準的瓜子臉蛋，有些冷，有些傲，有些高不可攀；烏黑的丹鳳眼裏閃爍著陣陣星輝，讓人感覺她能看透自己的心；挺翹的瑤鼻；小小的紅唇；搭配在一起，構成一副完美尊貴引人臣服的畫卷。

本就冷傲如峰頂冰霜的氣質，加上那身白色的長裙，更是猶如火上澆油、冰上添霜，讓她這種氣質佔據人的整個心靈。

楚天想像不到辭彙形容她，她好像女王，好像天使，好像七仙女，永遠是超越其他人的存在。

對於楚天的發愣，赫蓮娜更加鄙視，她一轡頭，不看這個讓她第一次感覺到憤怒的傢伙，對旁邊的虛影們喊道：「用精神力，那才是我們最大的武器。」喊完她身先士卒衝出了房間。

白色的虛影不會帶起任何聲音，但速度卻比楚天還要快，比楚天見過的任何人都要快，但她卻沒有帶起空氣的一絲波動，要是有這種偷襲的話，相信王級也不一定躲得過。

速度快，實力更是超群，只見赫蓮娜飛到眾殭屍頭頂，張嘴發出一聲比女高音還高的叫聲，一圈圈波紋就從她身上發了出來，被波紋接觸過的殭屍立刻抱住腦袋倒了下去。

「啊……啊……」將士們又發出難聽的叫聲，但這次可不是興奮的，而是真正的痛苦。

「強悍的攻擊方式。」楚天在心底暗暗地評價著卻聽伊莎說道：「楚大哥，我要去報仇了，和這些兄弟姐妹一起。」

「你？」楚天記得伊莎並不怎麼會打架的，他有些驚奇。

「嗯。」應了一聲伊莎不再答理楚天，而是也飛向了殭屍們，她大眼睛一瞪，楚天看到一條無色的不斷晃動的光帶從她額頭發出，打在了領頭的朱鸝身上。

一開始的時候朱鸝並沒有什麼感覺，而是抬步向楚天走來，他的嘴上再次閃現起靈禽力的光芒。

可這光芒剛閃現就以肉眼可見的速度癟了下去。

不等朱鸝想明白到底發生了什麼，他感覺到自己本來就只有殺戮和食欲的腦袋裏突然像鑽進了一條蟲子，在他的腦袋裏鑽來鑽去，那種疼痛讓那個他再也不能站立，搖晃著，他倒了下去，抱住自己的腦袋，用力地向地上撞去。

「砰砰」的聲音中，朱鸝腦袋已經扁了，但他還在用力地撞啊撞的，直到把腦袋撞沒了半塊後才轟然倒地，再也不動。

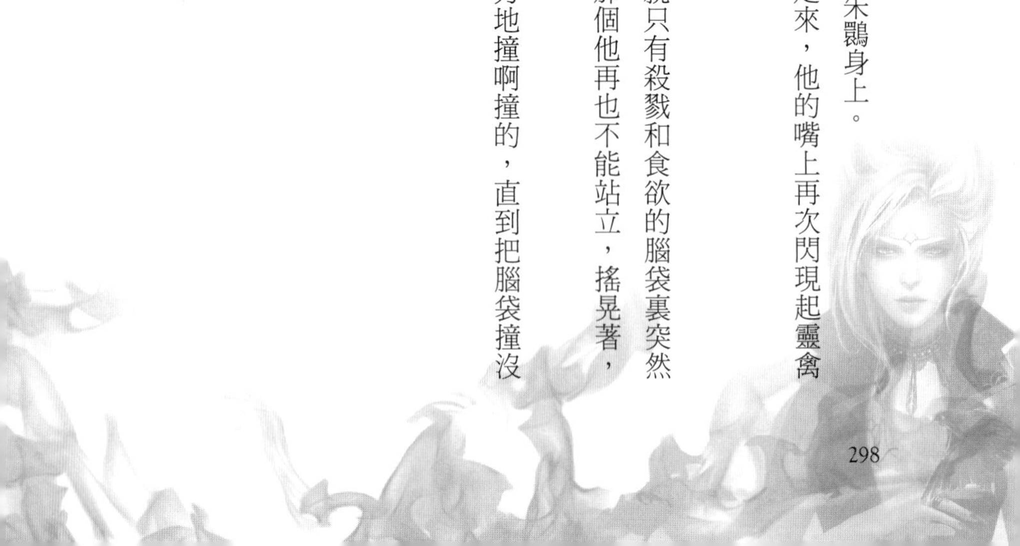

第十五章 意識空間

楚天瞪大眼睛看著這血腥的場面，他見到伊莎臉上很鎮定，沒有絲毫的變化，看著自她額頭發出的線波隨著朱鸝的頭上下搖晃，她居然是面無表情。

「到底發生了什麼？難道這個世界瘋了嗎？還是我瘋了！」楚天心中慘叫著。

楚天記得，他曾經看過某部心理學的著作，上面描述一群善良的人被逼迫著投入了戰場中，在戰場裏他們經歷了很多血腥殘忍的事情，結果一部分人逐漸放棄了一開始所堅持的原則。

但這只是很小的一部分，直到在一次徹頭徹尾，上百萬人的大會戰中，這群人才完全變成了嘴角滴血的劊子手。不論是小姑娘，還是虔誠的信徒，他們都揮舞著手中的武器，毫不留情地向敵人殺去，臉上也是沒有任何恐懼和痛苦，除了平靜，只剩下興奮。

那位心理學家分析，有這種情況首先是他們在戰場生活的這段時間，意識中已經漸漸習慣了這樣的事情，他們開始認爲這是正常的，而最主要的，還是人的群體效應，在一萬個人同時揮舞利刃砍向敵人時，他們的同伴會不由自主做出同樣的動作。

當然，人們變得殘忍變得血腥還有很多其他原因導致，楚天不知道伊莎經歷了什麼，但卻能夠感受到她這段日子一定過得很痛苦。

楚天在地球時就已經不能稱之爲是一個好人，在這個世界更是殺戮了不少生命，但看到伊莎這樣的花季少女冷酷地將人殺掉，他仍是有些心痛。

眼睛猛地閉上，讓劇烈起伏的胸膛稍微平靜，他快步走到伊莎身前想將她抱進懷裏，但剛抬手才想起女孩只是靈體，他根本接觸不到。

無奈下楚天只好運足肺氣喝道：「伊莎，你給我停下！」

巨大的聲音幾乎將房間的屋頂掀了起來，所有的白影還有剩餘的幾隻殭屍都給震得停了下來。

「楚大哥，你怎麼了？」伊莎有些錯愕，她轉過身，看著楚天愣愣地問道。

「你知不知道你在做什麼？」看著伊莎根本沒有意識到自己變得很殘忍，楚天眼中痛苦之色更濃，他寒著臉說道。

「我？報仇啊。」伊莎很自然地說。

「你到底經歷了什麼？爲什麼會變成這個樣子？」楚天抬手想摸伊莎的臉，雖然並沒有接觸到實體，仍是在那片虛影上摩挲不已。

「爲什麼？爲什麼？」伊莎眼中閃現迷茫的神色，她喃喃重複著楚天的話，好一會兒才搖著頭痛苦地叫道，「不知道，不知道，我不知道。」

「你幹什麼？」楚天本來還想追問，赫蓮娜突然飛到他和伊莎之間，很生猛地喝道。

「關你什麼事？你給我讓開。」楚天本已很不爽這位比他見過的所有女人都漂亮的美女，眼見此時女人敢插手他的事情就更氣惱了，抬手就想將女人推開。

等出手後楚天才想起根本接觸不到這群靈體，但收回已經來不及了，想起這個女人的高傲他心生惡念：「反正是摸不到，我就羞辱死你。」這樣想著，他手稍微一抬，竟直指女人高聳的胸脯。

赫蓮娜本來以爲以自己的氣勢，什麼人都該臣服在自己腳下了，包括這個讓她恨得牙癢癢的渾蛋，所以根本沒想到楚天會抬手推她。

直到楚天摸到了她的身上，她才意識到發生了什麼，結果和所有男性一樣，這個時候她忘記了自己的實力和身分，只是發出一聲激昂的尖叫——「呀！」

「咦！」忍不住發出一聲驚叫，楚天感覺自己的手接觸到了一團很柔軟很堅挺很有彈性的地方，他的腦子一時沒反應過來，只是疑問「是錯覺嗎？」，隨後手又帶有科學證實性地用力抓了兩把，結果就證明，確實摸到了一個女人非常隱私的部位。

「你……色狼。」隨著赫蓮娜反應過來的怒罵，楚天就感覺一股巨大的力量打在自己兩腿之間，他「嗷」的一嗓子，趕忙收回手捂著自己受創的部位在地上好像出水的鯉魚一樣跳躍不已。

邊跳楚天還邊呻吟：「噢媽呀，噢媽呀……」

「渾蛋，你去死！」想起自己高潔的身體竟然被這個醜陋的傢伙侵犯了，赫蓮娜感覺要氣惱死，她雙眼一閉張嘴就想直接幹掉楚天，卻被後面反應過來的伊莎拉住了。

「赫蓮娜姐姐，楚大哥肯定不是故意的，您就放過他吧。」伊莎拉著女人的胳膊，可憐巴巴地看著她央求道。

「這個變態色狼渾蛋，我不殺他不解我心頭之恨。」赫蓮娜咬牙切齒地說著眼睛突然轉冷對伊莎命令道，「放開！」

「赫蓮娜姐姐。」伊莎被女人的氣勢激得渾身一哆嗦，但她卻沒有放手，反而抓得更緊了。

「你給我放開！」赫蓮娜眼中閃過一道亮得能穿透人心的精光，伊莎就好像受到什麼打擊一樣，不由自主地向後倒退了好幾步，並最終摔倒在地上。

圍在四周的白影看到這個情形有幾個想衝上來，但在向前飄了兩步後又停了下來，最終看了一眼伊莎又看看赫蓮娜還是退了回去。

楚天雖然感覺一股鑽心的疼痛從下身直傳腦部，但他仍能看到這一切，那幾個人有白鴿有燕子，其中的一個就是有過幾面之緣的薩那。

「這娘們兒是什麼人？竟然能讓忠實的族部戰士不敢幫自己的族人！」楚天腦海裏閃過這個驚訝的問題，但卻沒有辦法思考，赫蓮娜剛才那一下太重了，他又沒有準備，所以……很疼！

在伊莎被摔出去的時候，楚天只感覺像被冰水澆了一樣，體表冷冰冰，心裏卻火辣辣的，他剛想說什麼，卻被疼痛給搞得把話頭咽了下去。

「渾蛋！」漂亮的臉蛋兒有些發青，赫蓮娜一瞪眼睛想發飆，那邊的伊莎喊道：「求求你，赫蓮娜姐姐，放過楚大哥吧，伊莎給您跪下了。」

楚天如遭雷擊，看著燕子屈膝跪下，本來的疼痛頓時消失，他隨後吼道：「給我起來伊莎。」

「楚大哥，你快給赫蓮娜姐姐道歉，她人很好，會原諒你的。」伊莎並沒有起來，她並不知道楚天的實力，卻很清楚赫蓮娜是多麼厲害，爲了不讓楚天受傷害，她只能這樣要求。

「人很好？呵呵。」楚天並沒有去扶伊莎，他重複著這句話笑了起來，同時看著眼前的絕色女人。

「哼，也好，只要你個渾蛋立刻跪下道歉，我就饒你不死。」伊莎的話讓赫蓮娜心中一動，她高傲地說道。

「好，呵呵，我道歉。」楚天笑得很燦爛，燦爛得讓赫蓮娜感覺有些冷，但她以爲這是錯覺，雖然她感覺不到楚天的實力，但絕對不可能超過她！

沒有對楚天的話表示什麼，赫蓮娜只是掛著高傲的笑容藐視地看著這個男人。

那邊的伊莎好像大大地鬆了口氣，她露出一個寬慰的微笑，還很鼓勵地看著楚天。

這眼神幾乎讓楚天發瘋，他是很低級，也做過很多低級的事情，但看到自己的朋友，還是自己非常親密的女性朋友給人下跪，他心中的火焰就差點將他自己燒熔。

努力收斂要爆發的情緒，楚天抬腿向前一撲，來到距離赫蓮娜一米多的位置，彎腰曲腿向地下彎曲。

看到這個情形，赫蓮娜更加輕視這個男人，剛才的憤怒消散了不少。她覺得，爲這樣一個男人而憤怒是對自己的侮辱。

但爲什麼，看到他這個樣子心中有種無法用言語表示的失望呢，這到底是爲什麼？赫蓮娜不明白，或許她從來沒有過這種情緒，不論在自己的國度還是在這裏，她都是女王、女神，誰人能給她異樣的情緒呢。

正當赫蓮娜稍微走神的時候，楚天依靠這半蹲的姿勢再次靠近了她二十多公分，而就在楚小鳥雙膝要碰地的時候，女王大人突然聽到一聲狂烈如雄獅的怒喝。

「你這個娘們兒惹惱我了。」隨著楚天的叫聲，他猛地從地上站了起來，腿上靈禽力勃發，一團連續的紫金色腿影在空中閃現留下無數殘影，只聽一聲肉體撞擊聲響起。帶著驚訝和痛苦的悶哼，女王赫蓮娜被踢飛了出去。

這次楚天沒有留手，惱火的他動用了他身體最大力量；他又留了手，因爲他沒有動用羽器，靈禽力也只調用了一部分。

他不明白自己爲什麼會這樣，明明可以直接用羽器將其立刻消滅，卻沒有用，也許是不忍，他不清楚……

「嘩！」對於楚天突兀的爆發，所有的人都發出一聲驚呼，伊莎臉上卻是極其木然，顯然腦子還沒有轉過彎兒來。

卡迪爾也發現了這裏的情形，他本來是想問楚天發生什麼事了，但想了想最終還是沒問，因爲剛才他已經重複很多次這個問題了，楚天卻都因爲把注意力放到了伊莎這裏而沒有聽到。

卡迪爾很鬱悶，他不知道眼前到底發生了什麼，但他知道很詭異，先是楚天自言自語，然後自己的身體不受控制，再後殭屍們衝進來卻很慘烈地開始自殘，最後楚天又做出某些神經兮兮的動作。

他想肯定是楚天瘋了，要不然就是他在做夢，所以在使勁揉了自己眼睛拍了自己腦門後，他決定先休息一下，他想自己可能是太累了。

楚天根本沒有時間管卡迪爾，他在一擊得手後快步走到伊莎面前，很強硬地對小燕子說：「你馬上給我起來，要不然我楚天將再不會說認識你。」

或許對一個女人，尤其是和他關係很曖昧的女人這樣說有些殘忍，但楚天沒辦法，他實在是氣，氣伊莎這樣作踐自己來保全他的行徑。

「我絕對不會讓自己的女人保護自己，這不是我大男子主義，只是我做人的原則。」楚天在地球上曾經在一次上流派對上說過這麼一番話，而這句話也被選爲《泰晤士報》年度男士格言之一。

楚天來到這個世界後沒有機會說這句話，但他卻一直堅持著，今天他這個原則被碰觸了，他如何不憤怒。

「楚大哥，你怎麼能……我……」可能是先入爲主的念頭在作祟，伊莎第一考慮的仍然是赫蓮娜無所不能不可侵犯的問題，直到看到楚天幾乎要冒火的眼睛後才有些緊張地解釋，可又不知道解釋什麼。

「馬上起來，我不想重複。」楚天這次說話音量並不大，但只要是聽到的人都感覺把自己的耳膜震穿打進了心坎中。

「這……你會……」伊莎還想說什麼，楚天卻不再說話，而是直接轉身，對卡迪爾吼道，「卡迪爾，我們走。」

「呃……你腦袋沒問題了……好的。」卡迪爾本是準備和楚天探討下是他有問題還是自己有問題，但被楚天那好像受傷狼王般的眼神一掃立刻將所有的話都咽了下去。他本能地感覺到，要是再說一句廢話，他會後悔一輩子。

楚天帶頭，卡迪爾緊隨在後他們向外走去，沒有任何動作來驅逐，但所有的白影卻出於下意識地向兩邊退去，讓出通往門口的一條道路。

「不要，楚大哥，你別走。」楚天已經走到了門口，伊莎終於意識到當他走出去後的結果，她帶著哭聲飛快地站了起來，飄到楚天身後一把抱住了男人。

楚天腦中當然奇怪爲什麼伊莎擁有了實體，但他並不想在這個時候探討這個話題，這個小女人，需要好好地懲罰一下。

心中盤算著，楚天用淡然的聲音說道：「放開！」

「不放，不放，放開的話楚大哥就永遠不會回來了。」伊莎小臉蛋靠在楚天背上，搖晃著腦袋帶著哭腔說著，雙手將楚天的胸膛抱得更緊了。

感受著後面小丫頭並不小的凹凸身材，楚天腦中有些好笑，要是正常情況，他這個時候應該開個小玩笑，像「傻丫頭，你把鼻涕都蹭大哥身上了」之類的話語來安撫她，但伊莎不正常，她雖然是在哭，卻沒有一滴眼淚。

憑藉經過無數泡沫電視劇和言情小說培養出來的女性感知力，楚天當然知道伊莎並沒有在裝哭，她是真的沒有眼淚，這樣一想，一陣心疼讓男人幾乎立刻轉身原諒她，但就在這個時候一聲冰冷卻好聽的聲音鑽進了兩個人的耳朵裏。

「放開吧，你楚大哥，他走不了，就是想走，我都會幫你留下的。」極像地球時吳儂軟語卻更加柔嗲的聲音，楚天用腳指頭想，都知道是那位自以爲自己是太陽的赫蓮娜。

伊莎的身體一僵，張張嘴想說什麼，卻又想起楚天的情緒，只好愣愣的不知所措。

楚天抬手將伊莎環在自己胸溝部位的一對玉手拉開，轉身拍拍她的香肩輕聲說：「放心，你楚大哥是比巴瑞特更加厲害的高手。」

抬起頭，顯然是不怎麼相信楚天，但面對他堅定的眼神，伊莎還是違心地點了點頭，她心中暗暗決定：「如果楚大哥出了什麼事，我也不活了。」

楚天當然不知道伊莎心中想的，要不然非得打爛她的小屁屁，這未出師先言敗，不是找晦氣嘛。

安撫好伊莎，楚天才有些流氓地揚起一邊的嘴角，看向了前方。

赫蓮娜白色長袍的腰部有個殘破的漏洞，並不大，卻可以看到裏面細膩如雪的肌膚，不用問，這就是楚天剛才打中的位置。

除了這點狼狽外，女王仍是保持著那份好像與生俱來的高傲，還有的就是冰冷的殺氣。

楚天在小說裏看到過這個情形，髮絲和衣角無風自動，這應該是什麼三花聚頂五氣朝元的境界吧。

心中暗笑著，看著給自己造勢極其嚴重的赫蓮娜，他嘿嘿笑著一抱拳說道：「喲，原來是高手，真是讓小生怕怕，不過高手也得注意點風儀不是，您這樣露出一大片腰肌，怎麼著？是想色誘俺？這確實是個問題，誰讓高手大人這樣有魅力呢。」

楚天這樣說當然是誇張了，赫蓮娜白袍上那塊缺口不過只有銅錢大小，不過這句話卻很好地打擊了女人的氣勢。

本來高傲的氣質完全消失，只剩下氣惱的殺氣，髮絲也不飄揚了，衣角也不晃動了，赫蓮娜捏緊了拳頭歇斯底里地叫道：「我一定要讓你生不如死。」

「那敢情好，生不如死即是不生不死，不生不死則等同不死不滅，咱也能長生不老，可得多謝謝您。」楚天繼續氣著赫蓮娜，同時腳下偷偷地向前挪動，他已經知道，對方物理攻擊並不強，她最大的撒手鐧是精神攻擊。

說起來楚天最大的弱點就是精神，雖然已經融合了這麼長時間，但他成長實在太快了，而且大部分是外在影響。

楚小鳥當然明白自己的不足，所以他只好這樣刺激赫蓮娜，只有這樣才能讓她的精神不能集中，自己才有機會出手。

「你……你無賴。」赫蓮娜顯然並不怎麼會罵人，翻來覆去就這樣幾個詞，但她還是罵了，因爲太氣，連這聲罵都有點不順。

「謝謝您的誇獎。」楚天什麼臉皮，他含笑點頭致謝，同時說道，「您幾乎已經可以與鳥神相提並論了，因爲您太完美了，可惜，怎麼是個結巴。」

「你……渾蛋。」

「怎麼不找些其他的詞兒來誇獎我，老是這幾個你說的不煩，我聽著還煩呢。」

「你……變態，無恥。」

「謝謝，後面那個是第一次聽你說，不過我需要說，你說的這些詞兒外面隨便拉個村婦都會，你不會跟那些粗鄙村婦一個水準吧……唉。」

「你……渾蛋，無賴。」

「……」兩個人沒有一點營養的對話持續著，在四周人傻眼要吞掉舌頭的表情下持續著，但他們都被兩人間的對話吸引，卻沒有發覺，二人間的距離越來越近。

每次一小步，在對了幾十句話後已經變成了四五米的距離。

楚天這個時候好像披著羊皮的狼一樣，將僞善的外套一脫，露出了下面尖利的牙齒。

為什麼不用羽器和靈禽力進行遠端攻擊，楚天是怕，他不知道這娘們兒的實力到底如何，但按照一般小說和科幻影片所描述，任何力量強大到一定程度都能攻防兩用，精神力……也算力量的一種。

所以他只能刺激赫蓮娜，刺激到她神經出現麻痹，而靠近不過是一種本能，靠近了攻擊會更準確這是大部分人腦海裏所承認的道理。

現在想要的結果都達到了，楚天當然會毫不留情地攻擊。

身上被一層幾乎實質化的紫金色靈禽力包裹，楚天拳下生風，逕自掏向女人的腹部。

「嘭！」打實了，但卻並沒有想像中的柔軟感，而是觸到了一層極其堅硬的外殼。

「精神力防護罩！」楚天腦中閃過這個詞語，借助拳頭帶來的衝力一個鴿子翻身，同時也真不敢再講什麼好男不打女之類的歪理。

心神一動間，大日金烏帶著好像飛碟起飛般的轟鳴從他身體裏飛了出來，向赫蓮娜頭部擊去。

這一下要是打實了，別說美女，就是鐵漢也得來個少兒不宜的腦漿迸裂畫面。

事情要是發展得如此順利，別說四周的虛影靈體們不答應，就是楚天也不見得會答應，所以很遂大家心願地，在「哐噹」一聲中，大日金烏與赫蓮娜來了個實體接觸，不過在女人身體周圍有一層紅光擋住了。

「這就是精神力護罩了，竟然連大日金烏的攻勢都能擋住，看來我真的不能心軟了。」腦子裏想著，楚天已決定調用烈火黑煞絲和幽靈碧羽梭，但，事情的發展並不如他的想像。

「就你那點鬼伎倆居然還拿出來，真是不知好歹。」赫蓮娜在控制精神力護罩的同時還能用高高在上的話語打擊楚天，她剛說完眼中已爆發出好像小宇宙般的璀璨光芒。

楚天只感覺眼前的世界一陣天旋地轉，意識一陣停頓後黑暗出現了，是那種伸手不見五指的黑暗，他感覺自己像風，在無邊際的世界裏找不到可以落地的地方；他感覺自己像塵土，好像被一吹動就翻多少滾兒根本無法站立；他感覺自己像這黑暗的一部分，很渺小，彷彿隨時會被其他黑暗吞噬。

楚天想呼喊，卻不能發出一點聲音，想摸摸自己，卻發覺自己沒有身體。

「這是什麼地方？這裏是哪裏？我爲什麼回來到這裏？」楚天自問，但不知道從何找出線索來回答。

突然，黑暗裏出現了一點光亮，就在前方。楚天心頭暗喜，正想向那裏走，卻發現自己沒有腳。

任何事情都不受自己的控制了，靈禽力、神器所有的一切都沒有了，可以說，他只能這樣靜靜地等死。

「我不要，我不要這樣。」楚天在心底吶喊著、發泄著，老天爺好像是感受到他強烈的求生欲望，前方的光亮竟然向這裏慢慢靠近。

「過來了，過來了，我果然是運氣達人。」楚天幾乎要樂死了，就好像抓住救命稻草的駱駝一樣，這種喜悅不是一般人能夠體會到的。

也許上蒼真的眷戀楚天，他的要求實現了，光亮已經來到距離他不足百米的地方。

但不知道爲什麼，剛才的喜悅漸漸淡卻，心頭逐步被一種本能裏的恐懼代替，這就跟老鼠怕貓，狼吃羊等一樣，是烙印在基因裏，可以被遺傳的本能。

「爲什麼？」楚天心頭有疑問，但看著光亮再次挪進，四周的黑暗被驅散，他漸漸明白了，因爲他是這黑暗，黑暗，是不能生存在陽光下的唯一存在。

「啊，不要！」沒有能力來驅趕這種恐懼，楚天只能無力地吼叫，但不會有人聽到。不會嗎？爲什麼有人會應答呢？

「害怕了？咯咯，這就是你得罪我的後果。」是一聲柔嗲卻蘊涵著蛇蠍般惡毒的話語，楚天知道這個聲音出自誰的口中。

看著聲音出處的那片光亮，楚天暗自吞了口口水，他怕這種本能裏的恐懼，但他更怕被這個女人看扁了，他更怕自己失去尊嚴！

知道自己是不可能說出話的，楚天只是在心底冷笑：「怕！我楚某人自打出生還從沒有知道世界上有這個字。」

是有些打腫臉充胖子，但楚天心中的骨氣讓他有打自己的勇氣。

「是嗎？」並沒有像一開始那般暴跳如雷，赫蓮娜帶著笑吟吟的語氣問著卻不再說話，而是帶著那光明一步步向楚天挪來。

沒有疼痛沒有血腥，有的只是生命的靜靜流逝。

當光明開始侵犯自己時，楚天只感覺自己的「身體」融化了一小截。

正當楚天以爲自己快要死了的時候，卻見到赫蓮娜停下了前進的步伐，帶著得意揚揚的笑意說道：「怎麼樣？這種等死的感覺不好受吧，我只要再前進一步你立刻魂飛魄散，再也不能看到你的伊莎妹妹了。」

「呵呵，你可以試試，挺爽的。我可能算第一個能預感到自己死亡的人，榮幸啊。」楚天就是再害怕也不會在這個女人面前服軟。

「很爽？那你再試試。」雖然還是笑笑的，但憑藉自己的敏銳第六感，楚天卻察覺到赫蓮娜話語裏有點惱意。

並沒有時間去考慮這是爲什麼，楚天看到赫蓮娜手裏的火把輕輕地在四周晃動了下，自己的身體邊緣就融化了大半，屬於他的黑暗，只剩下蘋果大的一部分。

紅彤彤火光下的赫蓮娜不同於楚天所熟識的冷傲，卻多了份兒人間煙火氣，看著她婀娜多姿的曲線，楚小鳥卻感覺心中發冷，這個女人真是很惡魔，竟然能將一個人這樣玩弄。

越是這樣楚天越是不想屈服，看到火把停下，他不等赫蓮娜再次侮辱已開口說道：「很好玩是不是？呵呵，我也感覺不錯，記得我們家鄉有種白色的飛蛾，牠們很喜歡火光，為了靠近火光牠們可以將自己的生命投放到火裏面燃燒自己。我原來不知道這是為什麼，現在才明白，原來火是這樣溫暖，溫暖得讓我恨不得立刻融入她的懷抱。」

楚天說的這話當然純屬放屁，但他不像某些江湖大鱷失敗後光亮地喊什麼「要殺要刮悉聽尊便」，或者「爺爺等著，有什麼架勢儘量往老子身上用來」之類的話，完全是因為他感覺那些純屬是裝蒜，真正的紳士是藐視死亡的，是溫文爾雅地闡述死亡的美麗，像他現在這樣。

當然，他並不想死，他只是要刺激赫蓮娜，他感覺，這個女人暴走的樣子值得他嘗受下死亡的滋味。

楚天並沒有如願，赫蓮娜雖然很氣，但她竟然還是壓抑著苦口婆心道：「我知道你說的是什麼，但你甘心嗎？這裏是我創造的精神世界，我想怎麼折磨你，你都無法抵擋，甚至連反抗的機會都沒有。何必這樣為了一口氣而自尋死路，快，求我，只要你求我，我立刻放了你，我還能把伊莎給你。」

要是這番話出自其他人口中，楚天或許還真就舉手繳槍了，但從赫蓮娜的嘴裏吐出來他就是寧肯淒慘無比地死亡，也不願低這個頭。

「你把伊莎給我？真的，那可是太好了，不過你也太自作多情了吧，伊莎本來就是我的人，哪裏用你給我，你是她母親嗎？還真沒看出來，你竟然這麼老了。」楚天很無賴地說著，並且那語氣好像在對赫蓮娜猥褻著什麼。

「你個渾蛋，氣死我了。」強忍了半天的赫蓮娜終於被這句話給氣炸了肺，她一個冰清玉潔高貴不可攀的黃花大閨女竟然被人這樣說，如何受得了，剛才做的工夫全部白費，她怒號起來。

而在自己大叫出聲的第一刻，赫蓮娜就知道自己這一回合敗了。其實她並沒有這樣好的養氣功夫，在一開始楚天氣她的時候，她是真的被氣得精神不能集中，但她並非一般人，她的身分讓她擁有了一件寶物——海洋之心，這件神器可以隨時隨地在她受到強烈打擊的時候緊急釋放一層防護罩。

這些都扯遠了，之所以說她沒有養氣功夫是因爲她剛才的表現太過怪異，在楚天的言語刺激下她爲什麼能那麼抑制呢，這全是因爲她所創造的意識世界的原因。

其實在這個世界裏，所有人的意識都是平等的，只有一方承認弱小或想到死亡，那他的意識才會真正地消亡。

楚天不會自己尋死，赫蓮娜只好來嚇他，好讓他投降，只有那樣，自己才有機會吃掉這個可惡的男人。

但事實就是如此無奈，楚天明明是被逼得沒有辦法，但卻就是不認輸不道歉。

這個時候赫蓮娜有些恐懼了，她擔心自己現在用意識空間來困住楚天是不是對的。

「剛才只記得自己所會的精神攻擊術法中只有意識空間才能在侮辱他的同時殺死他，但卻沒考慮這個傢伙居然是屬蟑螂的，雖然精神極其弱小，但卻非常有韌力，早知道的話直接用精神衝擊波將他打成白癡好了。」

赫蓮娜在離開黑暗世界的時候這樣想，但她不能離開這個空間，因爲空間是以她的精神創造，早已記錄了她的精神核心，如果她強行退出，她立刻會大受打擊。

剛才因爲動了怒氣，致使赫蓮娜的精神能量不足，無奈之下她只好將自己最信任的一個手下召喚到了這個世界。

「阿杜拉，你立刻告訴外面的兄弟姐妹們，讓他們向我輸送精神能量。」看著眼前這個帥氣到妖魅的紫髮帥哥，赫蓮娜用好像主人命令奴隸的口氣說道。

「是。」妖魅小夥兒看起來是個高傲無比的人，但卻非常恭謹地彎腰說。

「快去吧。」赫蓮娜一揮手再次看向了遠方的黑暗世界，那裏有她恨不得碎屍萬段的渾蛋，就算你是蟑螂，我有那麼多手下，依靠這樣龐大的精神力我就不信搞不死你。

阿杜拉一邊不斷地點著頭一邊倒退著向外走，他當然注意到赫蓮娜沒有看他一眼，卻仍然做出好奴隸的樣子，只是他紫色眼睛裏有一屢貪婪而殘忍的目光流過。

在阿杜拉退出意識世界不久，赫蓮娜就感覺身體漸漸暖了起來，這股讓人忍不住舒服地呻吟出聲的熱氣越來越大，她知道外面的人已經行動起來，有了這個後盾，她的自信再次生出，白淨修長如剝皮竹筍般的左手抬起，手心向上，在她深呼口氣後猛地一翻……

精彩內容請續看《馭禽齋傳說》卷五遺失之城

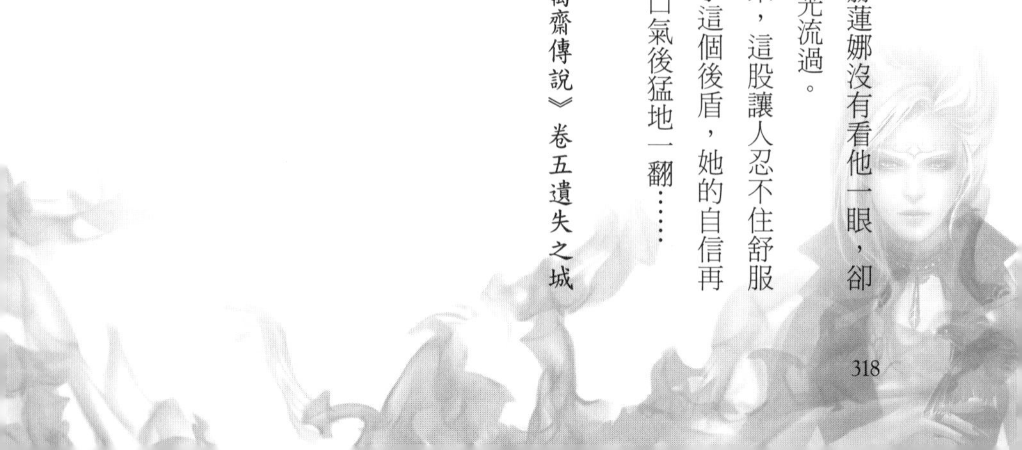

馭禽長征 ④詭異空間 (原名：馭禽齋傳說)

作　　者：雨　魔
發 行 人：陳曉林
出 版 所：風雲時代出版股份有限公司
地　　址：105台北市民生東路五段178號7樓之3
風雲書網：http://www.eastbooks.com.tw
官方部落格：http://eastbooks.pixnet.net/blog
信　　箱：h7560949@ms15.hinet.net
郵撥帳號：12043291
服務專線：(02)27560949
傳眞專線：(02)27653799
執行主編：劉宇青
美術編輯：吳宗潔

法律顧問：永然法律事務所　李永然律師
　　　　　北辰著作權事務所　蕭雄淋律師
版權授權：蔡雷平
初版換封：2016年1月

ISBN：978-986-352-227-0

總 經 銷：成信文化事業股份有限公司
地　　址：新北市新店區中正路四維巷二弄2號4樓
電　　話：(02)2219-2080

行政院新聞局局版台業字第3595號
營利事業統一編號22759935

定 價：280元　特價：199元

國家圖書館出版品預行編目資料

馭禽長征 / 雨魔 著. — 初版. —
臺北市 : 風雲時代, 2015.08-
冊 ; 公分
ISBN 978-986-352-227-0(第4冊 : 平裝). —

857.7　　104009474